HEISSE SONNE

IRIS KRUMBIEGEL

Iris Krumbiegel

Reichenhäuser Straße 28

98634 Frankenheim

Korrektorat: Anita Held/Textstübchen

Covergestaltung: ©2019 Vercodesign, Unna

ISBN: 9781797040745

Imprint: Independently published

1

Stettin 1908

„Renate? Bist du zu Hause? Maria schickt nach dir!"

Aufgeregt kam Paul, der Nachbarsjunge, die Treppe heraufgerannt und pochte an die Tür der Hebamme. Renate hatte ihn vor einigen Wochen zum Boten erkoren, nachdem sie gesehen hatte, wie er versuchte, eine Wurst zu stehlen. Nur mit viel Glück war er einer Tracht Prügel entgangen und hinter einer Ecke verschwunden, bevor ihn der stämmige Metzger, der ihm wütend nachgelaufen war, am Schlafittchen packen konnte.

Sie wusste, dass zu Hause sieben Geschwister auf ihn warteten, die ebenso dünne Körper besaßen wie er und ständig hungrig waren. Damit erging es ihnen nicht anders als den meisten Kindern, die in den Mietskasernen lebten. Der Aufschwung der Wirtschaft lockte zunehmend Zuwanderer an, die häufig vom Land kamen und sich in der Stadt Arbeit versprachen. Sie hausten in beengten, unhygienischen Verhältnissen und bildeten einen starken Kontrast zu den erfolgreichen Unternehmern und Bankiers, die auch politisch an Macht gewannen.

Aber sie konnte schließlich nicht allen helfen. Selbst den mickrigen Lohn für Paul musste sie sich vom Mund absparen. Doch das Strahlen seiner Augen, wenn er das Geld in der Hand hielt, entschädigte sie dafür. Außerdem kam er seiner Aufgabe für die paar Münzen pflichtbewusst nach. Heute wäre es ihr allerdings lieber gewesen, er hätte diese Pflicht versäumt, sie in Ruhe gelassen und mit den anderen Jungs auf der Straße verstecken gespielt oder sonst irgendwelchen Unsinn getrieben.

Müde zog sie die Decke nach oben. Sie hatte höchstens vier Stunden geschlafen, nachdem sie die halbe Nacht bei der Geburt des kleinen Hannes geholfen hatte. Der Junge des Metzgers hatte sich Zeit gelassen, viel zu viel Zeit nach Renates Einschätzung, die befürchtete, er könnte einen Schaden dadurch erlitten haben. Ebenso wie sie um die Mutter bangte, die weit über das Alter hinaus war, um Kinder zu gebären. Innerlich hatte sie dem Metzger die Pest an den Hals gewünscht, der seine Hände einfach nicht von seiner Frau lassen konnte, die nun bereits das achte Kind zur Welt brachte. Umso erleichterter war sie gewesen, als der Kleine endlich kam und so laut schrie, dass alle Beteiligten zufrieden aufgeatmet hatten.

„Renate! Bist du da?“

Es hämmerte heftiger an der Tür. Sie stöhnte auf und verfluchte ihren Beruf, der ihr kaum Luft zum Verschnaufen ließ. Gleichgültig wie schlecht die Zeiten waren, Kinder wurden dennoch gezeugt, und das, obwohl viele davon nicht genug zu essen bekamen. Aber es half nichts. Der Junge würde nicht eher Ruhe geben, bis sie endlich aufstand und öffnete.

„Ich komme ja schon“, rief sie Richtung Tür, woraufhin das Klopfen verstummte. Dann kroch sie aus dem Bett, schlüpfte in ihre Kleider und richtete notdürftig ihr Haar, welches zu einem festen Dutt gebunden war, aus dem vereinzelte Strähnen fielen, die sie weniger streng wirken ließen, als sie tatsächlich war. Zu guter Letzt zwang sie ihre zierlichen Füße in die schwarzen Schnürstiefel und nahm ihre Tasche.

„Mach beim nächsten Mal nicht so einen Höllenlärm!“, warf sie Paul an den Kopf, der vor der Tür wartete. „Ich bin schließlich nicht taub.“

Der Junge nickte verlegen, nahm die Münze entgegen und rannte davon. Renate sah ihm kopfschüttelnd hinterher und folgte ihm auf die Straße. Dort nahm sie ihr klappriges Fahrrad und fuhr ein paar Straßen weiter, wo sie vor einem heruntergekommenen Mietshaus hielt, in dem die Schuhmanns wohnten.

„Das arme Ding“, murmelte sie vor sich hin, während sie die Stufen hinaufstieg und den Schmerz in ihren Knien spürte, die von Arthritis geplagt waren. „Der Familie bleibt auch nichts erspart.“

„Das kannst du laut sagen“, empfing sie Maria Schuhmann, die bereits vor der Wohnungstür auf sie wartete, wo sie nervös hin und her ging und erleichtert aufatmete, als sie Renate hörte.

„Ich habe keine Ahnung, wie ich noch eins der hungrigen Mäuler stopfen soll. Aber nun komm erst mal rein! Ich denke, das Kind wird nicht mehr allzu lange auf sich warten lassen.“

„Da stimme ich dir zu.“

Die Hebamme nickte, als sie die Schreie der werdenden Mutter hörte. „Hast du an Handtücher und heißes Wasser gedacht?“

„Natürlich, ist ja nicht das erste Mal.“

Maria Schuhmann gab sich betont forsch. Doch Renate hörte die Sorge um ihre Tochter und das Ungeborene heraus. Sie lächelte. Die Schuhmanns besaßen vermutlich nicht einmal das Geld, um sie pünktlich zu entlohnen. Aber das Herz saß bei ihnen am rechten Fleck, so viel stand fest.

Ohne länger Zeit zu verschwenden, betrat sie den Raum, in

dem Helene schweißgebadet in den Kissen lag. An der Art, wie sie presste, erkannte die Hebamme, dass es sich wohl nur noch um Minuten handeln konnte, bis das Kind kam. Die junge Frau war mit ihren Kräften am Ende. Der Schrei, den sie bei der nächsten Wehe, die sie überrollte, ausstieß, erstickte in einem kläglichen Wimmern.

Schnell ging Renate ans Fußende des Bettes und breitete die sauberen Handtücher aus. Wie sie erwartet hatte, konnte sie bereits den Kopf des Kindes erkennen, auf dem trotz des Blutes ein dunkler Flaum zu sehen war. Dann wandte sie sich an Helene, die ihren Blick angespannt auf sie gerichtet hatte.

„Du hast es gleich geschafft, Kleine", versprach sie ihr, wobei sie versuchte, unbefangen zu klingen, um Helene zu beruhigen. „Bei der nächsten Wehe presst du noch einmal mit aller Kraft! Hast du verstanden?"

Die werdende Mutter nickte und tat, was Renate verlangte, als die Wehe kam. Keine fünf Minuten später hielt die Hebamme das schreiende Bündel im Arm.

„Scheint ja ein prächtiges kleines Ding zu sein", verkündete sie und dachte an ihr Bett, in welches sie gleich zurückkehren konnte. Ihre Befürchtungen, sie müsse stundenlang bei der Gebärenden verharren, hatten sich nicht bewahrheitet.

„Weißt du, wie du sie nennen möchtest?"

„Rena. Sie soll Rena heißen."

„Ein schöner Name. Meine Großmutter, Gott hab sie selig, nannte mich manchmal so. Also gut, Rena Schuhmann, willkommen auf der Welt. Dann will ich mal schauen, ob auch alles an dir dran ist."

Sie lachte, wurde jedoch gleich darauf ernst, als sie die erschrockenen Gesichter um sich herum bemerkte.

„Keine Sorge, die Kleine scheint gut geraten zu sein."

„Das heißt, die Röteln haben ihr nicht geschadet?", fragte Maria Schuhmann.

Renate zuckte mit den Schultern. Wie hätte sie das zu

diesem Zeitpunkt sagen können? Das Mädchen war ja nicht einmal eine halbe Stunde auf der Welt.

„Ich komme in den nächsten Wochen wieder. Dann wissen wir mehr. Ruh dich jetzt aus, Helene! Die nächste Zeit wird anstrengend genug werden."

Sie ging zur Tür. Von dort drehte sie sich noch einmal um.

„Ihr könnt mir den Lohn zahlen, sobald ihr etwas übrig habt. Es drängt nicht."

„Danke, Renate", flüsterte Helene erschöpft, bevor sie mit der Kleinen im Arm ihre Augen schloss und einschlief.

Währenddessen schob die Hebamme nachdenklich ihr Fahrrad nach Hause. Sie machte sich Sorgen. Irgendetwas an den Augen des Neugeborenen beunruhigte sie. Oder lag es vielleicht nur daran, dass Maria die Röteln erwähnt hatte, mit denen sich Helene während der Schwangerschaft angesteckt hatte?

Renate wusste aus Erfahrung, dass diese Erkrankung nur selten ohne Folgen blieb. Sie hatte in der Vergangenheit nicht nur einmal die entsetzten Blicke der Mütter zu sehen bekommen, wenn sie erfuhren, dass ihr Kind einen Makel davontragen würde.

Sie seufzte und stellte ihr altes Fahrrad an der Hauswand ab, bevor sie in ihre Wohnung ging. Erschöpft ließ sie sich mit ihren Stiefeln aufs Bett fallen. Wahrscheinlich machte sie sich völlig umsonst Sorgen. Das Mädchen hatte seine Augen nur kurz geöffnet gehabt, und der trübe Schimmer darin war völlig normal gewesen für ein Neugeborenes, welches noch gar nicht in der Lage war zu sehen. Am besten würde wohl sein, sie schliefe sich erst einmal gründlich aus. In ein paar Wochen konnte sie erneut nach der Kleinen schauen und sich überzeugen, dass alles gut war.

Dennoch ließ der Gedanke Renate nicht los. Sie war regelrecht dankbar dafür, dass in den folgenden Wochen gleich mehrere Geburten anstanden, sodass sie kaum zum Nachdenken kam. Umso mehr erschrak sie, als eines Tages Helene auf den Stufen der Treppe vor ihrer Tür hockte. In eine Decke gehüllt hielt sie ihr Kind im Arm.

„Helene? Ist etwas passiert?", fragte Renate, die gerade von der Frau des Metzgers kam. Der kleine Hannes hustete seit einigen Tagen, was den stolzen Vater offenbar mehr beunruhigte als bei seinen sieben Töchtern zuvor. Die leichte Erkältung hatte sich als harmlos herausgestellt. Da der Metzger aber großzügig zahlte, war der Weg nicht umsonst gewesen. Nur so konnte die Hebamme auch jenen beistehen, die ihr den Lohn schuldig blieben.

„Nun rede schon!", drängte sie Helene und öffnete die Tür. Mit der linken Hand forderte sie das junge Mädchen auf einzutreten. Doch Helene blieb wie angewurzelt in der Tür stehen und trat von einem Fuß auf den anderen. Als Renate ihr einen fragenden Blick zuwarf, senkte sie verlegen die Augen.

„Du hast Angst, ich könnte den Lohn verlangen?", dämmerte es der Hebamme. Als Helene daraufhin errötete, sah sie sich in ihrer Vermutung bestätigt.

„Beruhig dich und komm endlich rein! Die Kleine wird sich noch einen Zug holen in dem kalten Flur."

Endlich folgte Helene ihr zögerlich in die Stube, in der Renate ihre Tasche abstellte und tat, als wäre es das Normalste der Welt, dass die frischgebackene Mutter sie besuchte.

„Tee?", fragte sie.

Helene nickte. Noch immer sprach sie kein Wort. Doch der erfahrenen Hebamme entging nicht, wie sie wieder besorgt zu ihrem Kind schaute, das gerade erwachte und herzhaft gähnte. Renate ließ ihr Zeit und bereitete in aller Seelenruhe den Tee zu. Erst nachdem die Kanne auf dem Tisch stand und sie die beiden Tassen gefüllt hatte, kam sie ohne Umschweife zur Sache.

„Du bist sicher nicht gekommen, um mit einer alten Frau

Tee zu trinken. Was hast du auf dem Herzen? Wenn ich dir helfen kann, bin ich gerne bereit dazu.“

Helene holte tief Luft. Offensichtlich fiel es ihr nicht leicht, den Grund ihres Besuchs zu nennen. Ihre Wangen waren gerötet, während ihre Augenlider nervös zuckten.

„Nun rede schon, Kind! Wie soll ich dir sonst helfen?“

„Es sind ihre Augen“, platzte es aus der jungen Frau heraus. „Etwas stimmt nicht damit.“

„Die Augen also“, wiederholte Renate und erinnerte sich daran, dass auch sie diesen Verdacht schon unmittelbar nach der Geburt gehegt hatte. Vorsichtig nahm sie das Mädchen und legte es vor sich auf das zerschlissene Sofa. Dann bewegte sie ihren Zeigefinger direkt über dem Gesicht der Kleinen nach rechts und links. Dabei sprach sie sanft auf Rena ein.

Die Kleine schien zu lächeln. Doch das Gesicht der Hebamme blieb ernst, während sie die Bewegungen wiederholte. Zögernd ließ sie wenig später ihre Hand sinken. Als sie aufsah, schaute sie direkt in die angstvollen Augen der Mutter, die blass geworden war.

„Ist alles gut?“, fragte sie mit einem letzten Funken Hoffnung in der Stimme. Doch die Hebamme schüttelte bedauernd ihren Kopf. So gerne sie Helene auch etwas Tröstliches gesagt hätte, die Umstände ließen es nicht zu. Von Mitleid erfüllt strich sie sanft über deren Arm.

„Sag mir die Wahrheit, Renate!“, schluchzte Helene. „Ist meine Tochter blind?“

Der Hebamme schnürte es die Kehle zu. Ihr war bewusst, dass die junge Frau, die gerade mal siebzehn Jahre alt und vom Vater des Kindes sitzengelassen worden war, es auch so schon schwer genug haben würde. Mit einem kranken Kind würde es sicher nicht leichter werden, vor allem nicht in diesen Zeiten, in denen die Vorbehalte gegen die Juden immer lauter wurden.

Noch schwappte zwar die Welle der Euphorie über den industriellen Aufschwung über ihr Land, die in vielen

Menschen regelrecht Begeisterung auslöste. Aber Renate ahnte, dass das nicht lange so bleiben würde, und ihr Gefühl trog sie nur selten. Dann würden sich diese Menschen ein Opfer suchen. Dennoch durfte sie der jungen Frau die Wahrheit nicht verschweigen, so schwer es ihr auch fiel.

„Ja, Helene“, antwortete sie. „Die Röteln waren vermutlich der Auslöser dafür. Es tut mir leid, Kind. Aber Rena wird wohl niemals sehen können.“

2

Stettin 1925

Unaufhörlich ratterte die Nähmaschine über den groben Stoff der Arbeitskleidung. Renas flinke Finger schoben den Saum unter der Nadel hindurch, die eine saubere Naht hinterließ. Dabei sang sie leise vor sich hin. Ihre helle klare Stimme erfüllte den Raum. So bekam sie nicht mit, wie sich die Tür öffnete, und erschrak, als sie plötzlich eine Stimme vor sich hörte.

„Guten Tag, mein Name ist Franz von Lichtenfels. Ich hoffe, ich komme nicht ungelegen. Ich würde mir gerne einen Knopf annähen lassen."

„Haben Sie das Schild nicht bemerkt?", fragte Rena, die es nicht mochte, wenn sie bei ihrer Arbeit gestört wurde, die sie nur ungern unterbrach.

„Doch, das habe ich", antwortete der Fremde zerknirscht. „Aber ich nahm an, dass ich Sie dennoch um Ihre Dienste bitten darf. Es ist nur der Knopf."

„Ein Knopf also?“

Rena arbeitete unbeirrt weiter. Die Stimme des Kunden gefiel ihr, sie besaß einen warmen Klang, was sie sympathisch machte. Leider änderte das nichts daran, dass er mit seiner Befürchtung ins Schwarze traf und sie tatsächlich bei der Arbeit störte. Sie musste die Kleidung, die sie für die Arbeiter der Werft nähte, unbedingt fertig bekommen. Wenn sie es heute nicht schaffte, würde das Depot schließen und sie bis zum Montag warten müssen. Wie sollte sie das ihrem Vermieter erklären, der ihr erst am Morgen gedroht hatte, sie auf die Straße zu setzen, wenn sie ihm nicht bald das Geld brachte?

Die junge Frau seufzte. Der Lohn für ihre Arbeit war mehr als knapp bemessen. Wenn sie davon leben wollte, musste sie im Akkord arbeiten und pünktlich abliefern. Heute stand ihr also auch noch der Weg ins Depot bevor, in dem sie die Overalls und Jacken ablieferte.

„Er ist mir abgerissen“, antwortete der Kunde, der sich in ihren Ohren ziemlich jung anhörte. „Aber ich habe ihn dabei.“

Er hielt ihr den Knopf hin. Doch Rena beachtete ihn nicht. Enttäuscht zog er seine Hand zurück. Dabei hatte er so gehofft, die junge Frau würde ihm diesen kleinen Dienst erweisen und er sie zum Dank in die Konditorei gegenüber einladen können, in der er eigentlich mit seiner Mutter verabredet war. Aber dann hatte er von der Straße aus durch das Fenster dieses hübsche Mädchen gesehen und war stehen geblieben. Minutenlang hatte er beobachtet, wie sie ohne Unterbrechung den groben Stoff bearbeitete und offensichtlich dabei sang.

In diesem Moment glaubte Franz, nie ein anmutigeres Wesen erblickt zu haben. Sie war so schön mit ihrem dunklen Haar und den vollen Lippen, dass es ihm den Atem verschlug. Kurzerhand hatte er den Knopf seiner Jacke abgerissen und den Laden betreten.

„Ich halte Sie von der Arbeit ab, entschuldigen Sie“, bat er und drehte sich um. Seine Mutter wartete sicher schon und würde verärgert sein, wenn er sich verspätete.

„Warten Sie!“ Rena legte die Uniform zur Seite. „Geben Sie mir die Jacke und den Knopf natürlich.“

Sie lachte. Für Franz hörte es sich wie Musik an. Eifrig kramte er erneut den Knopf hervor und reichte ihn gemeinsam mit der Jacke der jungen Frau. Seine Mutter war in diesem Augenblick vergessen. Er hatte nur noch Augen für Rena, die mit geübten Fingern die Jacke abtastete und zu Nadel und Faden griff, bevor sie den Knopf mit wenigen Stichen annähte. Franz, der ihr dabei zusah, war verzaubert von ihrem Liebreiz.

„Darf ich fragen, wie Ihr Name ist?“, platzte er heraus. Für ihn stand fest, dass er sie unbedingt kennenlernen musste.

„Rena. Ich heiße Rena.“

„Ich würde Sie gerne auf einen Kaffee einladen, falls es Ihre Zeit erlaubt.“

Rena schüttelte ihren Kopf und reichte ihm die Jacke. Es geschah nicht zum ersten Mal, dass ein Kunde sie einladen wollte. Da sie vorwiegend Arbeitskleidung ausbesserte, kamen häufig junge Männer zu ihr in den Laden, die sie hofierten. Doch spätestens dann, wenn sie bemerkten, dass sie blind war, verschwanden sie verstört. Sie hatte sich längst daran gewöhnt. Franz von Lichtenfels war nur einer von vielen, wenn auch seine Stimme in ihren Ohren mehr als angenehm klang.

„Tut mir leid, ich muss noch zum Depot und die Waren abliefern“, versuchte sie ihn loszuwerden. Doch der junge Mann gab nicht auf.

„Ich könnte Sie begleiten und Ihnen die Ware tragen. Ich würde es sehr gerne tun.“

Rena zögerte. Sie hatte nicht damit gerechnet, dass er so hartnäckig bleiben würde, und irgendwie gefiel ihr seine entschiedene Art. Aber würde er es auch noch sein, wenn er erkannte, dass sie anders war als andere junge Frauen?

„Also gut“, stimmte sie zu und stand auf. „Wenn Sie darauf

bestehen. Es ist nicht weit bis zum Depot. Aber Sie haben recht, das Bündel ist schwer. Ich nehme Ihre Hilfe gerne an."

Franz begann zu strahlen. Nun, wo sie aufrecht vor ihm stand, erschien sie ihm noch schöner. Ihre Figur war makellos schlank mit Rundungen an den richtigen Stellen. Er war sich sicher, dass sich sämtliche jungen Männer auf der Straße nach ihr umdrehen würden. Nur ihre Kleidung erschien ihm etwas ungewöhnlich, zumindest hatte er einen Schnitt wie den ihres Kleides nie zuvor gesehen. Aber er schmeichelte ihr und ließ sie nur noch bezaubernder aussehen.

„Bitte!"

Er hielt ihr die Tür auf und folgte ihr auf die Straße.

„Darf ich Ihren Arm haben?", fragte Rena und hörte gleichzeitig, wie er nach Luft schnappte. Er glaubte wohl, sie wolle seine Nähe suchen, schlussfolgerte sie und lächelte.

„Natürlich", stotterte er. „Gerne."

Rena hakte sich bei ihm ein. Langsam gingen sie die Straße entlang, vorbei an der Konditorei, in der Franz verabredet war. Er atmete auf, als er seine Mutter nirgendwo entdeckte. Eine Begegnung mit ihr war in diesem Moment das Letzte, was er sich wünschte. Wenn sie ihn mit einem wildfremden Mädchen spazieren gehen sah, konnte das sehr unangenehm für ihn werden. Schließlich kannte er seine Mutter.

Mathilde von Lichtenfels verkörperte genau das, was man von einer Adligen erwartete. Den Freunden der Familie gegenüber benahm sie sich äußerst höflich und zuvorkommend, wie auch gegenüber den Geschäftspartnern ihres Mannes. Ihre Angestellten hingegen bekamen täglich ihre Arroganz zu spüren und nicht selten einen ihrer unbeherrschten Wutausbrüche. Franz kannte beides und ahnte, dass seine Mutter es nicht billigen würde, wenn er sie wegen einer einfachen Näherin versetzte.

„Sehen Sie das Schild des Depots?", fragte Rena wenig später. „Wir müssten gleich ankommen."

„Wenn Sie das Schiff aus Messing meinen, das sehe ich."

„Gut, das meine ich."

Rena lächelte erneut und löste sich aus seinem Arm, bevor sie vorsichtig, aber geübt die Stufen nach oben ging und das Depot betrat. Dort angekommen begrüßte sie ein junger Mann und eilte ihr entgegen. Franz bemerkte sofort dessen bewundernde Blicke, die auf ihren Brüsten lagen und auch noch dort hängen blieben, als Rena mit ihm sprach.

Er spürte, wie er wütend wurde. Besaß dieser Flegel denn keine Manieren? Wie konnte er nur so ungeniert ihre Weiblichkeit betrachten, ohne das Mädchen zu beleidigen?

Als Rena kurz im Lagerraum verschwand, sprach er ihn darauf an.

„Wie können Sie es wagen, einer Dame auf die Brust zu starren? Schämen Sie sich nicht?"

Der Mann schüttelte seinen Kopf und musterte nun Franz in seinem feinen Anzug.

„Sie sieht es doch nicht", gab er zur Antwort. „Ihre Brüste sind schön."

„Warum sollte sie Ihre Blicke nicht bemerken?", fragte Franz verstört, der dem jungen Mann liebend gerne eine Tracht Prügel angedroht hätte. „Selbst ein Blinder erkennt die Gier in Ihren Augen."

„Rena nicht", antwortete der unbeeindruckt, während er begann, die mitgebrachten Kleidungsstücke in ein Regal zu sortieren. „Und ich kenne auch sonst keinen Blinden, der das tut."

„Auch sonst?" Franz erstarrte. „Wollen Sie damit sagen, sie ist …"

„Blind", fiel ihm der Angestellte ins Wort. „Sagen Sie bloß, das haben Sie nicht bemerkt?"

„Nein, ich …"

Franz wusste nicht weiter. Als Rena in diesem Moment zurückkam, sah er in ihre Augen und bemerkte erst jetzt den trüben Schimmer darin. In diesem Moment erkannte er, dass der junge Mann die Wahrheit sagte. Erschrocken schüttelte er seinen Kopf.

Wie hatte er das nur übersehen können? War er so von ihrer Schönheit geblendet gewesen, dass er diesen Makel nicht wahrgenommen hatte? Allerdings hatte sich das Mädchen völlig sicher bewegt und sogar die Nähmaschine bedient. Er kannte natürlich niemanden in seinem Umfeld, der erblindet war, hielt es jedoch für fast unmöglich.

„Ich bin fertig", riss ihn Rena aus seinen verstörenden Gedanken und nahm ihren Lohn entgegen. „Wir können gehen. Mach's gut, Hans. Ich komme dann in fünf Tagen wieder."

„Auf Wiedersehen, Rena. Du weißt ja, ich freue mich schon jetzt auf dich."

Rena lächelte und trat auf die Straße. Es wurde Zeit, sich von Franz zu verabschieden. Der arme Kerl bereute sicher längst, ihr seine Hilfe angeboten zu haben. Vielleicht hätte sie ihn von Anfang an darauf hinweisen müssen, dass sie nicht sehen konnte, und wie sonst ihren Stock benutzen sollen. Aber er hatte so freundlich geklungen und schien ernsthaft bemüht, ihr helfen zu wollen, dass sie nicht anders konnte, als seine Nähe zu genießen, wenn auch nur für einen Augenblick.

„Ich danke Ihnen, Franz", sagte sie leise und reichte ihm die Hand. „Es tut mir leid, wenn ich Sie verstört habe."

„Mir auch", antwortete er und bemerkte sogleich seinen Fehler. „Nein, ich möchte damit sagen, dass es meine Schuld war. Ich hätte bemerken müssen ..."

„Dass ich nicht sehe?"

„Ja. Vielleicht. Ich weiß es nicht." Franz straffte seinen drahtigen Körper. „Ich muss nun gehen, meine Mutter erwartet mich. Auf Wiedersehen."

Rena nickte. Wobei sie sich fragte, warum sich plötzlich Tränen hinter ihren Augenlidern sammelten. Sie war diese

Situationen doch gewohnt. Weshalb tat es dann in diesem Moment so weh?

„Leben Sie wohl", flüsterte sie kaum hörbar. Dann drehte sie sich um und ging. Sie ahnten beide, dass es kein Wiedersehen geben würde.

Rena irrte sich. Die junge Frau ging Franz von Lichtenfels einfach nicht aus dem Kopf. Nachdem er den ersten Schock überwunden hatte, bemerkte er, dass er unentwegt an sie denken musste. Dann erinnerte er sich an ihre vollen Lippen und die weiche Haut ihrer Finger. Manchmal glaubte er sogar, den Duft ihres Haares riechen zu können.

Gleichgültig was er tat und wie er sich abzulenken versuchte, sie ließ ihn einfach nicht los. Er konnte es nicht länger leugnen. Er hatte sich verliebt, ob er wollte oder nicht.

Verträumt ging er durch die Straßen der Stadt und nahm zum ersten Mal die Schönheit des nahenden Frühlings wahr. Die Blätter an den Bäumen zeigten erstes Grün, während die Vögel im Geäst die verheißungsvolle Melodie des Neubeginns sangen.

Ein Neubeginn war es auch für Franz, der von einem Wiedersehen mit Rena träumte. Bis er es irgendwann nicht länger aushielt und erneut zum Laden ging, in dem sie wie gewohnt arbeitete. Sein Herz klopfte laut und ungestüm, als er durch das Schaufenster ins Innere sah und beobachtete, wie sie völlig versunken an der Nähmaschine saß und unbeirrt den Stoff unter der Nadel durchschob.

Einmal blickte sie kurz auf, direkt zu ihm hin, sodass er ihr wunderschönes Gesicht schauen konnte. Franz wich erschrocken zurück. Er fühlte sich ertappt, bis ihm einfiel, dass Rena ihn gar nicht sehen konnte. Was seine Scham nicht schmälerte. Er kam sich schäbig vor, sie ohne ihr Wissen anzustarren. Aber es gelang ihm nicht, seinen Blick von ihr abzuwenden.

Ganze drei Tage ging das so. Sobald Franz die Arbeit in der Bank seines Vaters beendet hatte, lief er in die Brunnengasse und sah Rena beim Nähen zu. Manchmal stand er eine gefühlte Ewigkeit vor dem Schaufenster, nur um zurück im Elternhaus von ihr zu träumen. Inzwischen war auch seiner Mutter aufgefallen, dass er sich verändert hatte. Anstatt wie früher mit seinen Freunden Tennis zu spielen oder auszureiten, saß er nun häufig versonnen im Garten und erschrak, wenn er angesprochen wurde.

„Was ist los mit dir?“, fragte sie ihn an diesem Tag misstrauisch und setzte sich zu ihm auf die Bank im Park. Wie immer war sie makellos gekleidet und trug ihren frisch frisierten Kopf erhoben zur Schau. „Was hat dich so verändert?“

„Ich weiß nicht, wovon du sprichst“, wich Franz ihr aus. Irgendein Gefühl sagte ihm, dass ausgerechnet seine Mutter wohl kaum die Richtige war, mit der er über seine Empfindungen reden wollte.

„Du hockst nur noch im Garten oder bist stundenlang in der Stadt verschwunden. Niemand weiß dann, wo du steckst. Du isst kaum, redest nicht und träumst mit offenen Augen in den Tag hinein. Ich bin deine Mutter, Franz. Glaubst du wirklich, ich sehe nicht, was mit dir los ist?“

„Dann verrate es mir!“, antwortete Franz spöttisch und sah sie nicht einmal an. Was seine Mutter nicht zu stören schien. Sie lachte gekünstelt auf.

„Du hast dich verliebt. Ich erkenne es in deinen Augen.“

Franz erschrak. Mit dieser Antwort hatte er nicht gerechnet. War er tatsächlich so leicht zu durchschauen?

„Nun rede schon!“ Mathilde von Lichtenfels lächelte. „Ich habe doch nichts dagegen, wenn du dein Herz verschenkst. Du bist im heiratsfähigen Alter und ein Nachfolger für unser Unternehmen kann gar nicht früh genug kommen.“

Nun sah Franz doch auf. Die Worte seiner Mutter überraschten ihn. Sie hörte sich tatsächlich so an, als hätte sie nichts dagegen einzuwenden, dass er ihr eine junge Dame vorstellen würde. Vielleicht hatte er sich ja völlig umsonst Sorgen gemacht. Schließlich war sie trotz ihres Standesdünkels auch nur eine Frau und wusste, was es hieß zu lieben.

Außerdem hatte ihm Greta, die Köchin, irgendwann vor Jahren anvertraut, dass Mathilde von Lichtenfels früher die Angestellte seines Vaters gewesen war, bevor sie ihm den Kopf verdreht hatte. Glaubte er Gretas Worten, hatte seine Mutter das aus reiner Berechnung getan und sein Vater der Vermählung nur widerwillig zugestimmt, nachdem sie ihm offenbart hatte, ein Kind zu erwarten. Was sie natürlich gerne verheimlichte und stattdessen so tat, als wäre sie adlig geboren worden.

„Du hast mich durchschaut, Mutter", antwortete Franz aufgrund ihres Verständnisses. „Vielleicht habe ich mich wirklich verliebt", fügte er etwas vorsichtiger hinzu. „Deinen Worten entnehme ich, dass du nichts dagegen einzuwenden hättest."

„Im Gegenteil, mein Junge. Dein Vater und ich haben sogar darauf gehofft, dass unsere Familien durch diese Verbindung vereint werden. Außerdem ist Rosa ganz bezaubernd. Ich kann verstehen, dass du ihr zugetan bist."

Franz war schon nach den ersten Worten blass geworden. Nicht eine Sekunde hatte er daran gedacht, dass seine Eltern darauf warten könnten, dass er Rosa, die er seit Kindertagen kannte, den Hof machen würde. Dabei war es nicht einmal so, dass sie nicht wirklich hübsch gewesen wäre. Im Gegenteil, sämtliche seiner Freunde beneideten ihn um die Freundschaft mit ihr. Rosa war einfach einzigartig, ganz anders als die jungen Damen der Gesellschaft. Obwohl sie ein wunderschönes Äußeres besaß, benahm sie sich wie ein Kumpel und machte jeden Streich der jungen Männer mit. Franz mochte sie sehr. Aber weder ihn noch sie verbanden Gefühle. Sie waren wie Geschwister. Wie konnten seine Eltern annehmen, dass er sie liebte?

Franz seufzte. Seiner Mutter jetzt von Rena zu erzählen, wäre zwecklos. Sie würde ihn niemals verstehen. Außerdem kannte er sie ja kaum. Vielleicht sollte er sich das Mädchen lieber aus dem Kopf schlagen. Alles andere würde nur Unannehmlichkeiten nach sich ziehen. Er hatte doch gerade mit eigenen Ohren gehört, welche Vorstellungen seine Eltern von seiner zukünftigen Braut hatten. In ihren Kreisen lief man keiner Näherin nach, die noch dazu auch blind war. Seine Eltern, allen voran seine Mutter, würden nicht zulassen, dass er sie jemals mit nach Hause brachte. Er musste Rena vergessen, am besten sofort.

„Ich reite aus", teilte er seiner Mutter mit und verschwand, ohne eine Antwort abzuwarten, in Richtung Stall. Als er von dort aus einen Blick zurückwarf, sah er, wie sie lächelnd den Kopf schüttelte. Ruckartig wandte er sich ab und befahl dem Stallknecht barsch, ihm sein Pferd zu bringen. Friedrich, der ihn schon als Kind in den Sattel gehoben hatte, warf ihm einen verwunderten Blick zu, tat jedoch, was er verlangte.

„Guten Ritt", wünschte er, als Franz sich in den Sattel schwang und davonpreschte. Der junge Mann hörte es nicht mehr. Stattdessen trieb er den Wallach immer weiter an, bis Reiter und Pferd ein gefährliches Tempo erreichten. Inzwischen hatten sie den Hügel überquert und waren am Waldrand angekommen. Franz spürte, wie ihm die Zweige der Bäume schmerzhaft ins Gesicht schlugen und ihn zwangen, das Pferd zu bremsen.

Der Wallach schnaufte schwer, als er ihn endlich stoppte und absprang. Im selben Moment erkannte er, dass er nicht der Einzige war, der die Stille der Lichtung aufgesucht hatte. Keine fünf Meter von ihm entfernt erkannte er Rosas Stute, die ihren Kopf hob und Witterung aufnahm.

„Dachte ich es mir doch, dass nur du es sein kannst, der wie ein Verrückter den Hügel hinaufjagt. Darf ich fragen, vor wem du auf der Flucht bist?"

„Wenn du mir verrätst, wo du steckst", erwiderte Franz und schaute suchend ins hohe Gras, konnte Rosa jedoch nirgendwo entdecken. Er erschrak, als sie plötzlich aus dem Himmel zu fallen schien und direkt vor seinen Füßen landete.

„Bist du blind? Ich saß genau über dir."

Das Mädchen lachte, zeigte auf den Ast eines Baumes und ließ sich ins Gras fallen. Franz hingegen zuckte bei ihrer Bemerkung zusammen. Ohne es zu beabsichtigen, erinnerte Rosa ihn an Rena. Dabei hatte er gerade sie vergessen wollen.

„Jetzt setz dich schon hin! Oder willst du dort Wurzeln schlagen? Außerdem hast du meine Frage noch nicht beantwortet. Vor wem bist du ausgerissen? Warte! Lass mich raten! Ist vielleicht deine Mutter der Grund?"

„Treffer."

Franz legte sich neben Rosa ins Gras. Ihre Arme berührten sich, lösten jedoch nicht das geringste Gefühl in ihm aus, sah man von der freundschaftlichen Zuneigung ab, die sie füreinander empfanden. Plötzlich musste Franz lachen, wenn er an den Wunsch seiner Mutter dachte. Er brauchte Rosa nur anschauen und wusste, dass sie so gar nicht dem Bild der feinen Damen der Gesellschaft entsprach.

Anstatt des üblichen Reitkleides trug sie Männerhosen, die ihrem Vater gehörten. Ihr langes blondes Haar versteckte sie unter einer Kappe, sodass sie mehr wie ein Junge aussah als eine junge Frau aus gutem Hause. Seine Mutter würde entsetzt sein, wenn sie ihr so unter die Augen trat. Er war sich nicht sicher, ob der Reichtum und das Ansehen von Rosas Familie dann ausreichen würden.

„Wusstest du, dass unsere Eltern nur darauf warten, dass wir uns verloben?", fragte Franz.

„Natürlich, meine Mutter spricht kaum noch von etwas anderem. In ihren Augen bist du der perfekte Schwiegersohn, so gebildet, ansehnlich und charmant. Nicht zu vergessen, dass dein Vater stinkreich ist. Du bist eine gute Partie, Franz, und wenn ich nicht wüsste, dass ich dir in den meisten Dingen weit überlegen bin, würde ich vielleicht darüber nachdenken und mir von dir den Hof machen lassen."

Rosa kicherte und boxte ihn in die Seite. Franz genoss die entspannte Stimmung und ging darauf ein.

„Wie kommst du darauf, mir überlegen zu sein? Hast du vergessen, wie ich dich bei unserem letzten Ausritt weit hinter mir ließ?"

„Ein Ritt von vielen, mein Lieber", antwortete sie schlagfertig. „Zuvor bin immer ich als Siegerin vom Platz gegangen. Ganz zu schweigen davon, dass ich dir das Schwimmen beigebracht habe, was wirklich nicht einfach war. Ich habe selten einen schlechteren Schüler gehabt."

„Ich war dein einziger Schüler und fünf Jahre alt, Rosa!"

„Na und, das ändert nichts daran, dass ich deine Lehrerin war. Aber nun mal ernsthaft, hat deine Mutter etwa konkrete Pläne geäußert?"

„Nicht wirklich, nur dass sie glaubt, ich sei verliebt."

„Und? Bist du es?"

Als Franz nicht antwortete, sondern nur mit den Schultern zuckte, lachte sie laut.

„Aber hoffentlich nicht in mich, oder? Sag schon! Wer ist die Glückliche? Kenne ich sie?"

Franz schüttelte seinen Kopf. Er war sich nicht sicher, ob er ihr von Rena erzählen sollte. Schließlich hatten sie sich nur ein einziges Mal getroffen, wobei er auch noch überstürzt gegangen war, nachdem er erfahren hatte, dass sie blind war. Wenn die junge Frau überhaupt etwas für ihn empfand, dann vermutlich Wut. Er hatte sich schäbig benommen und sie damit verletzt, was ihm im Nachhinein unendlich leidtat.

„Also gehört sie nicht unseren Kreisen an, nicht wahr?"

„Nein."

„Aber sie gefällt dir?"

„Ja."

„Meine Güte, Franz! Kannst du vielleicht mehr als nur Ja und Nein sagen? Wer ist sie? Wo hast du sie kennengelernt? Wie ist ihr Name?"

„Sie heißt Rena und ist das schönste Mädchen, dem ich jemals begegnet bin, Rosa. Ich musste es nur ansehen und mein Herz begann zu schlagen. Ich erkenne mich ja selbst nicht wieder. Aber ich kann an nichts anderes mehr denken als an sie."

„Dann bist du wirklich verliebt", stellte Rosa ungerührt fest. „Ich gratuliere. Mag sie dich auch?"

„Woher soll ich das wissen? Sie ist gerade mal siebzehn Jahre alt. Aber selbst wenn es so wäre. Wir können nicht zusammen sein. Meine Eltern würden niemals zustimmen. Rena ist eine einfache Näherin. Es ist unmöglich."

„Nein, Franz, das ist es nicht. Außerdem bist du nur drei Jahre älter und bei Gott kein alter Mann." Rosa wurde unerwartet ernst. Ihr Blick wanderte über den Hügel in die Ferne. Franz glaubte, so etwas wie Trauer in ihrem Gesicht zu erkennen, war sich aber nicht sicher.

„Wenn man liebt, dann sollte man es aus vollstem Herzen tun, unabhängig von gesellschaftlichem Stand, Ansehen und Besitz. Ein Gefühl fragt nicht danach. Wenn du es nicht tust, ist deine Liebe nicht echt. Dann vergiss Rena!"

„Es geht hier doch nicht um mich, Rosa." Franz sprang auf. Er ärgerte sich über ihre offenen Worte und wusste gleichzeitig, wie nahe sie der Wahrheit kamen. „Wie soll ich Mutter erklären, dass ich ein einfaches Mädchen dir vorziehe? Außerdem ist da noch etwas."

„Was? Nun sag schon! Oder willst du wieder schweigen?"

„Nein."

Franz schüttelte erneut seinen Kopf. Es tat gut, mit Rosa darüber zu reden. Wenn überhaupt jemand Verständnis für seine Lage aufbringen konnte, dann sie. Dennoch fiel es ihm nicht leicht, die Worte über seine Lippen zu bringen.

„Sie ist blind", sagte er leise.

~

„Ich brauche das Kleid morgen, Rena. Bitte beeile dich! Ich bin auch gerne bereit, dir mehr zu zahlen. Ich weiß, dass es viel Arbeit macht."

„Es wird pünktlich fertig sein, Frau Kaufmann. Ich bringe es Ihnen heute Abend vorbei, versprochen."

Im Gesicht der Kundin machte sich ein zufriedenes Lächeln breit.

„Du bist ein Schatz. Was würde ich nur ohne dich machen? Warum muss ich auch immer fetter werden? Ich esse doch kaum etwas und wenn doch, dann nur trocken Brot."

„Man kann es sich eben nicht aussuchen", erwiderte Rena und unterdrückte ein Kichern. Erst gestern hatte sie die Stimme der Kundin aus der Konditorei gegenüber gehört, in der die Geschäftsfrau mit ihren Freundinnen Torte in sich hineingeschaufelt hatte. Ganz von alleine kamen die überschüssigen Pfunde dann wohl doch nicht, die Frau Kaufmann zwangen, all ihre Kleider ändern zu lassen. Aber das behielt sie lieber für sich.

„Wem sagst du das! Also gut, ich verlasse mich auf dich. Danke, Rena."

„Sehr gerne, Frau Kaufmann."

Die Türglocke erklang. Rena atmete auf. Nun konnte sie in Ruhe arbeiten. Ihre Finger strichen über den Stoff des Kleides und ertasteten die Säume. Vor ihrem inneren Auge entstand ein Bild. Ohne zu zögern nahm sie die Schere zur Hand und trennte die Nähte auf, bevor sie den bereitgelegten Stoff zuschnitt.

Sie wusste, dass ihre Kundinnen jedes Mal staunten, wenn

sie das Ergebnis ihrer Arbeit sahen. Niemand vermutete, dass ein blindes Mädchen dazu fähig sein konnte. Wie sollten sie auch ahnen, dass man den Stoff nicht sehen musste, sondern fühlen. Es war wie mit der Musik, dachte Rena, während die Maschine zu rattern begann. Sie hatte von einem tauben Komponisten gehört, der die schönsten Stücke schrieb, und sofort gewusst, was dieser Mensch spürte. Sobald sie einen Stoff unter ihren Fingern hatte, fühlte sie ähnlich.

Die Türglocke erklang erneut. Rena hob ihren Kopf.

„Haben Sie etwas vergessen, Frau Kaufmann?", fragte sie Richtung Tür. Es folgte Schweigen. Doch ihrem geschulten Gehör entging nicht, dass der Kunde schneller zu atmen begann. Es handelte sich nicht um Frau Kaufmann, sie roch es an dem männlichen Haarwasser.

„Sie wünschen?"

„Ich würde mir gerne einen Knopf annähen lassen", kam es zögerlich. Gleichzeitig hörte Rena, wie der Kunde etwas abriss. Lächelnd schüttelte sie ihren Kopf.

„Sie sollten besser auf Ihre Knöpfe aufpassen, Herr von Lichtenfels", sagte sie spöttisch, konnte aber die Freude in ihrer Stimme nicht verbergen.

„Sie erinnern sich an mich?"

„Natürlich, vielmehr an Ihre Stimme. Aber ich gebe zu, nicht damit gerechnet zu haben, Sie wiederzusehen."

„Weil ich mich furchtbar dumm benommen habe", platzte es aus Franz heraus, der in ihrem Satz einen gewissen Vorwurf zu hören glaubte. „Es tut mir aufrichtig leid, Rena."

„Sind Sie deshalb gekommen, um sich zu entschuldigen?"

Franz nickte. Im selben Moment fiel ihm ein, dass sie es nicht sehen konnte.

„Ja", antwortete er. „Aber nicht nur."

„Ihr Verhalten muss Ihnen nicht leidtun. Die meisten Menschen reagieren wie Sie, wenn sie erfahren, dass ich blind bin. Verraten Sie mir nun die anderen Gründe?"

„Ich musste Sie einfach wiedersehen. Verstehen Sie das?"

Dieses Mal nickte Rena. Eine sanfte Röte machte sich auf ihrem Gesicht breit, während sie aufstand und zu ihm trat.

„Ja, Franz, ich verstehe Sie. Sie glauben, sich in mich verliebt zu haben. Doch die Realität sieht leider anders aus und damit meine ich nicht nur meine Einschränkung. Ich bin eine einfache Näherin, die einer Arbeiterfamilie entstammt. Unsere Herkunft würde uns immer im Weg stehen, auch wenn Sie jetzt gerade glauben, Gefühle für mich zu haben. Sie würden im Hochmut der feinen Gesellschaft erstickt werden."

„Nein, Sie irren sich, Rena. Ich habe ja versucht, Sie zu vergessen. Es gelingt mir nicht. Ich denke Tag und Nacht an Sie. Wenn es sein muss, stelle ich mich gegen meine Familie."

„Sie würden es bereuen und mich dafür hassen."

Rena schüttelte ihren Kopf und wandte sich ab. Franz beobachtete, wie sie zurück zur Nähmaschine ging. Verzweifelt suchte er nach Worten, sie von seiner Ernsthaftigkeit zu überzeugen. Doch bevor er sie fand, hob Rena ihren Kopf.

„Gehen Sie, Franz! Bitte kommen Sie nicht wieder. Leben Sie wohl."

Franz blieb nichts weiter übrig, als ihrem Wunsch nachzukommen. Jedes weitere Wort wäre reine Zeitverschwendung. Vor allem deshalb, da Rena die Situation sehr gut einschätzte. Er wusste es, doch sein Herz weigerte sich, seinem Verstand zu folgen. Niedergeschlagen wollte er den Laden gerade verlassen, als ein weiterer Kunde hereinkam.

„Sie wünschen?", fragte Rena freundlich, ohne ihre Arbeit zu unterbrechen.

„Ich benötige einen Frack. Sie wurden mir empfohlen."

„Natürlich, ich habe gerade einen da. Sie könnten ihn anprobieren."

„Gerne", erwiderte der Kunde und ließ sich von ihr zu einer Kleiderstange führen. Dort nahm er den schwarzen Frack entgegen und zog ihn über. Ein zufriedenes Lächeln machte sich auf seinem Gesicht breit.

„Er passt perfekt. Ich nehme ihn."

„Dann bekomme ich 40 Mark von Ihnen."

Der Kunde, dem man ansah, dass er aus gutem Hause kam, kramte in seiner Tasche und hielt Rena die Geldscheine hin.

„Vielen Dank", sagte er fröhlich und ging zur Tür, bevor Rena die Scheine befühlen konnte.

„Halt!", rief Franz, der das Ganze beobachtet hatte. „Schämen Sie sich nicht, ein blindes Mädchen zu betrügen? Sie haben nur die Hälfte gezahlt."

Der Mann blieb stehen, noch zögerlich, ob von Franz eine Gefahr ausging oder er einfach verschwinden sollte. In diesem Moment packte Franz ihn am Kragen.

„Kein Grund, einen Skandal zu verursachen", gab der Kunde kleinlaut bei. „Es handelt sich um ein Missverständnis. Ich zahle selbstverständlich den gesamten Betrag."

Schnell zog er das Geld aus der Tasche und legte es vor Rena auf den Tisch. Dann verschwand er mit rotem Kopf aus dem Geschäft. Franz sah ihm wütend nach.

„Danke", sagte Rena leise und nahm seine Hand.

„Ich hätte diesem Kerl gerne eine Lektion erteilt", antwortete Franz aufgebracht. „Sie brauchen jemanden, der auf Sie aufpasst. Wenn ich mir vorstelle, dass Sie allein ..."

„Genug!", forderte sie und lachte. „Sie meinen es tatsächlich ernst, nicht wahr?"

„Ja, Rena. Ich habe noch nie im Leben etwas so ernst gemeint."

„Ich glaube Ihnen. Doch eines sollte Ihnen bewusst sein. Ich bin nicht wie andere junge Frauen. Ich werde Sie niemals sehen, Ihnen nie in die Augen schauen. Glauben Sie, damit umgehen zu können?"

„Ganz sicher", erwiderte Franz lachend, der sein Glück kaum fassen konnte und sich an das Gespräch mit Rosa erinnerte. Sie war keineswegs schockiert gewesen, als er ihr erzählt hatte, dass Rena blind war.

„Sie muss ein besonderer Mensch sein, Franz“, hatte Rosa gesagt, „wenn es ihr gelungen ist, dein Herz im Sturm zu erobern. Deshalb lass dir eines sagen. Für die Liebe braucht es keine Augen. Viel glücklicher ist derjenige, der mit dem Herzen sieht.“

Franz hatte erstaunt zugehört und gespürt, dass Rosas Worte nicht ihm alleine galten. Irgendetwas trug sie auf dem Herzen, möglicherweise eine ebenso aussichtslose Liebe. Doch als er sie danach gefragt hatte, war sie aufgesprungen und hatte gelacht. Dabei hatte er zum ersten Mal gespürt, dass ihre forsche Art vielleicht nur eine Maske sein könnte, um ihre wahren Gefühle zu verbergen.

„Sag mir Bescheid, wenn du sie deinen Eltern vorstellst“, hatte sie ihm zugerufen und war auf ihr Pferd gestiegen. „Ich würde gerne das Gesicht deiner Mutter sehen.“

Das war gestern gewesen, dachte Franz. Heute stand er hier im Laden und versuchte etwas unbeholfen, Rena seine Gefühle zu gestehen. Gefühle, die sie möglicherweise erwiderte.

„Möchtest du einen Spaziergang mit mir machen?“, fragte er und ging wie selbstverständlich zum du über. Zu seiner Enttäuschung schüttelte sie ihren hübschen Kopf.

„Ich muss erst die Arbeit erledigen. Meine Kundin erwartet, dass ich ihr das Kleid bis zum Abend bringe, und ich habe eben erst mit den Änderungen begonnen.“

„Dann schaue ich dir dabei zu.“

„Aber ich nähe nur.“

„Und siehst bezaubernd dabei aus. Ich will in deiner Nähe sein. Natürlich nur, wenn du nichts dagegen hast.“

„Nein, wenn du es möchtest. Aber ich verrate dir besser gleich, dass es Stunden dauern kann.“

„Das macht mir nichts aus, ich habe Zeit.“

Franz zog sich einen Stuhl heran und setzte sich Rena

gegenüber. Als sie sich über die Nähmaschine beugte, fielen ihr ein paar der dunklen Haarsträhnen ins Gesicht, die sie energisch hinter ihr Ohr zurückstreifte. Franz fand, dass sie es anmutiger nicht hätte tun können. Völlig verzaubert schaute er ihr bei der Arbeit zu, bis sie irgendwann die Maschine stoppte.

„Fertig. Gefällt es dir?"

Sie hielt das Kleid hoch, welches Franz bis eben kaum beachtet hatte. Rena hatte an der Taille roten Samt in den schwarzen Stoff eingearbeitet und offenbar auch den Schnitt verändert. Zumindest glaubte er, das erkennen zu können. Er besaß leider nicht die geringste Ahnung von Frauenmode.

„Es ist sehr hübsch geworden."

„Dann hoffe ich mal, dass Frau Kaufmann derselben Meinung ist. Wenn du möchtest, bringe ich ihr das Kleid schnell vorbei. Danach können wir den Spaziergang machen. Was hältst du vom Park?"

„Sehr viel", antwortete Franz und verdrängte den Gedanken an das Bankhaus seines Vaters, das sich direkt hinter dem Park befand. Sollten die Angestellten ihn ruhig sehen, er musste sich mit Rena schließlich nicht verstecken. Im Gegenteil, er war stolz darauf, eine so schöne Frau an seiner Seite zu haben.

Nachdem sie die Ware abgeliefert hatten, durchquerten sie den Park und setzten sich fern der anderen Spaziergänger auf eine Bank. Rena war die ganze Zeit über sehr schweigsam gewesen und Franz wusste nicht, ob es einfach an ihrem Wesen lag oder ob sie etwas bedrückte.

„Erzähl mir von dir!", bat sie Franz und lehnte sich zurück, ihr Gesicht der untergehenden Sonne zugerichtet. „Wie lebst du? Der Beschaffenheit deiner Kleidung nach zu urteilen, stammst du aus einem vornehmen Haus, nicht wahr?"

„Das könnte man so sagen", stimmte Franz zu, der einmal mehr bewunderte, wie sie aus einfachen Details ihre Schlüsse zog. „Ich bin der Sohn einer Kaufmannsfamilie. Wir gehören altem schlesischem Adel an. Aber das klingt viel hochtrabender als es in Wirklichkeit ist. Tatsächlich ist unser Leben ziemlich oberflächlich und von veralteten Werten und Moralvorstellungen geprägt."

„Hast du Geschwister?"

„Nein, ich bin der einzige Sohn und damit zukünftiger Erbe des Familienunternehmens."

„Dann haben deine Eltern sicher konkrete Vorstellungen, was deine zukünftige Frau betrifft. Vielleicht wäre es besser gewesen, du wärest nicht in den Laden zurückgekehrt."

„Was sagst du da, Rena?" Franz, der den traurigen Klang in ihrer Stimme hörte, nahm ihre Hände und drückte sie. „Meine Gefühle für dich sind nicht nur eine Laune. Ich habe noch nie für jemanden so stark empfunden wie für dich. Lass uns Zeit miteinander verbringen. Wenn auch du dir sicher bist, dass ich der Richtige für dich sein könnte, werde ich dich meinen Eltern vorstellen. Wenn sie dich erst kennengelernt haben, werden sie verstehen, warum ich mein Herz an dich verloren habe."

„Ich weiß nicht. Es geht alles so schnell", gab Rena zu bedenken. Natürlich gefiel es ihr, dass Franz sich um sie bemühte. Auch ihr Herz schlug schneller, seit er den Laden betreten hatte. Dennoch scheute sie vor einem näheren Kennenlernen zurück. Erst recht, nachdem sie erfahren hatte, dass er der Erbe eines Familienunternehmens sein würde.

Sie passte nicht in seine Welt. Die ihre war von Armut und harter Arbeit geprägt. Häufig genug wusste sie nicht, wie sie die nächsten Tage überleben sollte. Das Nähen hielt sie gerade so über Wasser. Und dann kam dieser junge Mann und gestand ihr Gefühle, die sie nur zu gerne zulassen würde, die ihr aber auch Angst machten.

„Wenn du Zeit brauchst, werde ich warten", versprach Franz, der sich nicht vorstellen konnte, auch nur einen Tag ohne sie zu sein. Er verstand ihre Zweifel und auch sein

Verstand sagte ihm, dass es besser wäre, sie nicht wiederzusehen. Sein Herz hingegen hatte Feuer gefangen. Im Gegensatz zu Rena konnte es ihm gar nicht schnell genug gehen. Es gelang ihm nur schwer, seine Leidenschaft zu unterdrücken. Er wollte sie an sich ziehen, ihren Mund küssen und sie nie wieder loslassen.

„Darf ich dein Gesicht ertasten?“, fragte Rena in diesem Moment und hob ihre Hände.

„Ja“, antwortete Franz mit heiserer Stimme. Er zuckte zusammen, als ihre zarten Finger seine Wangen berührten, bevor sie zu seinen Augen wanderten und die Konturen seiner Lippen nachzeichneten. Das Gefühl war ungewohnt, übte aber einen erregenden Reiz auf ihn aus. Als er ihr Lächeln sah, konnte er sich nicht länger zurückhalten und zog sie an sich.

„Du bist so wunderschön“, presste er heraus, bevor sich ihre Lippen berührten.

Nachdem sie sich verabschiedet hatten, ging Rena glücklich nach Hause. Zum ersten Mal hatte sie heute einen Kuss bekommen und diesen erwidert. Sie erinnerte sich daran, wie oft sie anderen jungen Mädchen wehmütig zugehört hatte, während sie deren Kleider absteckte.

Sie hatten davon geschwärmt, wie berauschend das Gefühl der Liebe sei. Doch niemals hätte Rena erwartet, dass ihr Kuss diese Beschreibungen blass werden ließ. Ihr Herz quoll förmlich über vor Glück.

Zu Hause angekommen, stieg sie singend die Stufen zu ihrer Wohnung hinauf. Nichts, so glaubte sie, würde ihr jetzt noch den Tag verderben können. Dennoch erschrak sie, als die scharfe Stimme ihrer Mutter an ihr Ohr drang.

„Wo warst du? Ich warte seit Stunden auf dich. Meine

Schmerzen sind heute unerträglich. Ich hatte gehofft, du könntest mir meine Medikamente aus der Apotheke abholen."

Helene Schuhmanns Stimme war ein einziger Vorwurf. Doch daran hatte sich Rena längst gewöhnt. Sie kannte es schließlich nicht anders. Schon als kleines Mädchen hatte sie die Launen und Unpässlichkeiten ihrer Mutter ertragen müssen, die es nie verwunden hatte, dass sie ihr Kind allein großziehen musste. Rena konnte kaum noch zählen, wie häufig sie sich anhören musste, dass mit ihrer Geburt das Leben ihrer Mutter vorbei gewesen war.

„Frau Kaufmann hat mir einen Auftrag erteilt, er war eilig."

„Eiliger als deiner kranken Mutter zu helfen?"

„Von irgendetwas müssen wir die Miete bezahlen, Mama", antwortete Rena, die am liebsten sofort in ihr Zimmer gegangen wäre und die vergangenen Stunden hätte Revue passieren lassen. Leider kannte sie ihre Mutter, die sich in Krankheiten flüchtete, die kein Arzt jemals bestätigte. Es gab gute und schlechte Tage. Heute handelte es sich um einen schlechten.

„Willst du damit sagen, dass ich faul bin?", kam es, wie sie erwartet hatte. „Was kann ich dafür, dass meine Finger von der Arbeit steif geworden sind? Glaubst du nicht, ich würde viel lieber ein normales Leben führen wollen?"

„Doch, natürlich glaube ich das", lenkte Rena ein, die gerade jetzt nicht streiten wollte. Viel zu häufig endete das in gegenseitigen Schuldzuweisungen und Tränen. „Es tut mir leid, ich wollte dir keinen Vorwurf machen. Warum legst du dich nicht ein wenig hin und ich bereite dir einen Tee zu?"

„Von mir aus."

Helene zuckte mit den Schultern und Rena atmete auf. Als sie wenig später in das Schlafzimmer ihrer Mutter ging und ihr den Tee brachte, nahm Helene ihre Hand und drückte sie verlegen. Auch das kannte Rena. Vorwürfe und Schuldgefühle wechselten sich oft schneller ab als die Krankheiten ihrer Mutter.

„Wo warst du heute wirklich?“, fragte Helene. Nun lag der sanfte Ton in ihrer Stimme, der Rena am liebsten war. In solchen Momenten fühlte sie sich wie eine ganz normale Tochter, die mit ihrer Mutter sprach. Leider waren sie selten.

„Spazieren“, antwortete sie ehrlich.

„Aber nicht allein. Ich habe deine geröteten Wangen gesehen. Wer ist der junge Mann?“

So unbeherrscht ihre Mutter oft war, so scharfsinnig war sie auch, dachte Rena. Offensichtlich war es ihr nicht gelungen, die Gefühle vor ihr zu verbergen, die ihr plötzlich so unwirklich vorkamen in der erstickenden Atmosphäre der kleinen Wohnung. Sie mochte nicht mit ihrer Mutter darüber reden, sondern die zarte, zerbrechliche Liebe, die gerade entflammte, vor der rauen Realität schützen. Doch Helene blieb hartnäckig.

„Ich bin deine Mutter. Du kannst mit mir reden, und wenn es jemanden gibt, für den du etwas empfindest, habe ich ein Recht darauf, es zu erfahren.“

„Sein Name ist Franz“, gab Rena widerwillig nach und hoffte, sie würde sich damit begnügen.

„Franz? Nicht mehr? Er hat doch sicher einen Nachnamen.“

„Franz von Lichtenfels. Bist du jetzt zufrieden?“

„Der Sohn der Kaufmannsfamilie?“, rief ihre Mutter erschrocken. „Bist du verrückt geworden? Wenn bekannt wird, dass du mit ihm eine Romanze hast, ist dein guter Ruf ruiniert. Außerdem bist du viel zu jung dafür.“

„Es ist keine flüchtige Romanze“, widersprach Rena heftig, die bereits bereute, ihrer Mutter davon erzählt zu haben. Sie hätte sich deren Reaktion doch denken können. In ihrer Verbitterung, die sie seit Jahren hegte, kam wahre Liebe nicht vor.

„Was dann? Du denkst doch nicht ernsthaft, er hält um deine Hand an?“ Helene Schuhmann lachte spöttisch auf. „Du bist eine Näherin, dazu blind. Die feine Gesellschaft wird höchstens die Nase rümpfen. Wenn du tatsächlich mehr erwartest, bist du dümmer, als ich angenommen habe."

Rena war blass geworden. In ihren Augen standen Tränen. In solchen Augenblicken hasste sie ihre Mutter. Warum konnte sie ihr nicht einfach ihr Glück gönnen und ihre Zweifel für sich behalten? Der Tag, an dem es sie verlassen würde, kam früh genug. Rena wusste es selbst. Trotz allem genoss sie es, nur ein einziges Mal von einem glücklichen Leben träumen zu dürfen. Doch ihrer Mutter war es gelungen, diesen Traum mit nur wenigen Worten zu zerstören.

Als Rena am nächsten Morgen in die Nähstube ging, stand ihr Entschluss fest. Sie würde Franz bitten, nicht mehr zum Laden zu kommen. So glücklich sie sich im Moment auch fühlten, so aussichtslos war ihre Beziehung. Ihre Mutter hatte recht. Im Taumel der Gefühle hatte sie für kurze Zeit vergessen, wer und was sie war und wo sie herkam. Doch dieser Glücksrausch war nach dieser Nacht, in der sie stundenlang wach gelegen und Tränen vergossen hatte, vorbei.

In dem kleinen Geschäft angekommen, welches sie vor Jahren von ihrer Mutter übernommen hatte, stürzte sie sich in die Arbeit und bemerkte so kaum, wie sich am Mittag die Tür öffnete und Frau Kaufmann den Laden betrat. Überschwänglich erzählte sie Rena davon, wie begeistert sie von dem geänderten Kleid war. Sie hatte es ihren Freundinnen gezeigt und auch die waren voll des Lobes gewesen. Nun konnte sie es kaum erwarten, es am Abend zu tragen.

„Das freut mich", sagte Rena zu ihrer Kundin. Ihrer Stimme fehlte jede Begeisterung.

„Du hörst dich aber nicht so an. Geht es dir gut?"

„Natürlich, ich habe nur schlecht geschlafen", wich Rena aus.

„Ist deine Mutter wieder krank? Du solltest endlich ausziehen, Kind, und dein eigenes Leben führen."

„Wenn es nur so einfach wäre."

Rena seufzte. Es gelang ihr ja gerade einmal, die Miete für das Geschäft aufzubringen. Wie sollte sie ein eigenes Zimmer bezahlen können?

„Wenn es um das Geld geht, kann ich dir vielleicht helfen."

Die Kundin strahlte Rena an, was diese natürlich nicht sah. Als sie ihren Fehler bemerkte, legte sie ihre Hand auf Renas Arm.

„Ich möchte, dass du in Zukunft alle meine Kleider nähst und nicht nur Änderungen vornimmst. Du hast einen ganz eigenen Stil, etwas ungewöhnlich, aber auffallend elegant. Ich bin am nächsten Wochenende auf dem Gut einer Freundin eingeladen. Meinst du, du schaffst es, mir bis dahin einen Rock mit entsprechender Bluse zu nähen?"

„Wenn Sie mir einen Vorschuss zahlen, damit ich den Stoff kaufen kann?"

„Selbstverständlich, Rena, sofort."

Sie legte mehrere Geldscheine in Renas Hand, viel zu viele, wie Renas Finger ertasteten. Doch bevor sie das der Kundin mitteilen konnte, war die schon an der Tür.

„Sag Bescheid, wenn ich zur Anprobe kommen soll! Ach, Kindchen, ich kann es kaum erwarten. Ich werde das Gefühl einfach nicht los, dass deine Kleider bald nicht nur von mir heiß begehrt sein werden.

~

Obwohl Rena die Absicht gehabt hatte, Franz nicht wiederzusehen, verbrachte sie die nächsten Wochen und Monate jede freie Minute mit ihm. Anfangs war sie noch zurückhaltend gewesen, ständig die Worte ihrer Mutter im Ohr. Doch je besser sie Franz kennenlernte, umso mehr vertraute sie ihm und ihren Gefühlen. Dennoch erschrak sie, als er ihr eines Tages mitteilte, dass er sie seinen Eltern vorstellen wollte.

„Ist es dafür nicht viel zu früh?", gab sie zu bedenken und

gestand sich ein, dass sie sich vor einer Begegnung mit den Adligen fürchtete. Sie wusste ja nicht einmal, wie man sich in diesen Kreisen benahm und was sie zu diesem Anlass tragen sollte, ohne einen schlechten Eindruck zu hinterlassen. Außerdem hatte sie nicht vergessen, dass Franz' Eltern jemand anderen als Frau für ihn im Sinn hatten. Sie würden sie ablehnen, erst recht, wenn sie bemerkten, dass sie blind war.

„Zu früh?", fragte Franz enttäuscht. „Heißt das, du bist dir nicht sicher?"

„Es heißt, dass wir uns Zeit lassen sollten. Vielleicht änderst du deine Meinung ja noch."

„Niemals!", beteuerte er. „Ich würde dich auf der Stelle heiraten, Rena. Ich liebe dich von Tag zu Tag mehr."

„Ich liebe dich doch auch, Franz. Aber was werden deine Eltern dazu sagen? Du hast mir erzählt, dass sie bereits eine Frau für dich im Auge haben. Sie werden entsetzt sein, wenn du eine blinde Näherin in ihr Haus schleppst."

„Natürlich wird es nicht einfach werden", stimmte Franz ihr zu, der ihre Sorgen verstand. „Aber ich bin erwachsen und treffe eigene Entscheidungen. Ich kann mir ein Leben ohne dich nicht vorstellen. Das werden auch meine Eltern begreifen müssen."

„Es rührt mich, dass du so fest an uns glaubst. Lass uns trotzdem noch etwas warten, bitte, Franz. Wenn du in einem halben Jahr immer noch willst, dass ich deine Eltern kennenlerne, komme ich gerne. Bis dahin genießen wir einfach die Zeit, einverstanden?"

„Ich kann dich ja schlecht zu einem Besuch bei uns zwingen", gab Franz widerstrebend nach und nahm sich fest vor, in den nächsten Tagen mit seiner Mutter zu reden. Wenn Rena erfuhr, dass seine Eltern sie nicht ablehnten, änderte sie ihre Meinung vielleicht.

„Ich möchte dir meine neuen Entwürfe zeigen", wich Rena ihm aus. „Außerdem muss ich dann auch weiterarbeiten. Du glaubst nicht, wie viele Kundinnen ich plötzlich habe, und alles nur, weil Frau Kaufmann dieses Kleid zur Opernaufführung trug. Selbst wenn ich Tag und Nacht durchschuften würde, wäre es kaum zu schaffen, alle Aufträge zu erledigen."

„Vielleicht solltest du jemanden einstellen, der die Botengänge übernimmt, sodass dir genügend Zeit zum Nähen bleibt."

„Das wäre zu schön, um wahr zu sein." Rena seufzte. „Aber wie soll ich eine Hilfe bezahlen? Ich bekomme den Lohn ja erst, wenn meine Arbeiten fertiggestellt sind. Außerdem habe ich andere Pläne."

„Ich könnte dir unter die Arme greifen. Nur so lange, bis du mir das Geld zurückzahlen kannst."

„Nein, Franz", wehrte Rena heftig ab. „Ich möchte dein Geld nicht. Dann käme ich mir vor, als würdest du mich für etwas bezahlen, verstehst du?"

„Unsinn, ich möchte dir doch nur helfen."

„Ich danke dir dafür. Aber es bleibt dabei, ich werde es alleine schaffen, und jetzt sieh dir an, was ich geschneidert habe. Auf den Bügeln hängen die Kleider."

„Sie sind sehr schön, du bist eine Künstlerin, Rena", stellte Franz fest, nachdem er die Ware begutachtet hatte. „Es würde mich nicht wundern, wenn bald auch die feine Gesellschaft auf dich aufmerksam wird."

„Jetzt redest du schon wie Frau Kaufmann."

Rena winkte lächelnd ab. Dennoch freute sie sein Lob. Sie konnte es ja selbst kaum glauben, dass ihre harte Arbeit endlich belohnt wurde. Deshalb hatte sie auch eine Entscheidung getroffen, die sie Franz nun mitteilen wollte.

„Wenn wir uns sputen, würde ich dir gerne noch etwas zeigen. Du wirst überrascht sein."

„Noch etwas? Aber gut, ich bin zu allen Schandtaten bereit."

„Dann komm!"

Rena zog ihn aus dem Laden und schloss die Tür. Als Franz ihr den Arm reichte, um sie zur Straße zu führen, schüttelte sie ihren Kopf und zeigte im Treppenhaus nach oben.

„Wir müssen da rauf", verriet sie ihm.

Er folgte ihr über zwei Etagen bis unters Dach, wo sie vor der Tür einer Wohnung stehen blieb und einen Schlüssel aus ihrer Tasche zog. Überrascht sah Franz zu, wie sie die Tür öffnete und eine winzige Wohnung betrat.

„Und? Wie gefällt sie dir?", fragte Rena.

„Sie ist winzig", antwortete Franz ehrlich, der keine Ahnung hatte, warum sie ihm die Wohnung zeigte, die ihn an die Wäschekammer im elterlichen Haus erinnerte. Es roch muffig, offensichtlich war über längere Zeit nicht gelüftet worden. Das klapprige Bett, der kleine Schrank und eine Lampe machten das Ganze nicht besser. Franz hätte nicht einmal seinen Knecht hier wohnen lassen wollen.

„In ein paar Tagen werde ich hier einziehen. Ich bin so glücklich, Franz."

Rena lächelte, Franz hingegen fragte sich, ob ihre Erblindung schuld daran sein könnte, diese Fehlentscheidung getroffen zu haben. Wahrscheinlich hatte der Vermieter ihr das Blaue vom Himmel versprochen und schamlos ausgenutzt, dass sie nicht sehen konnte. Sonst wüsste sie nämlich, was für ein Loch diese Wohnung war.

„Warum bleibst du nicht bei deiner Mutter wohnen?", fragte er. „Wenn wir erst verheiratet sind, hole ich dich sowieso zu mir."

„Ach, Franz." Rena schüttelte ihren Kopf. „Bis dahin wird noch viel Zeit vergehen. Außerdem kann ich die Launen meiner Mutter nicht länger ertragen und ich spare mir den Weg nach der Arbeit. Du wirst sehen, mit ein bisschen Farbe und etwas gutem Willen sieht es hier bald gemütlich aus."

„Dann helfe ich dir."

Franz brachte es einfach nicht übers Herz, ihre Freude zu

mindern. Es würde ja nicht für ewig sein, dachte er, und vielleicht konnte man die Kammer tatsächlich ansehnlich herrichten. Dann hätten sie auch endlich einen Ort, an dem sie ungestört sein konnten.

„Ich muss los“, verabschiedete er sich von Rena und gab ihr einen Kuss. „Morgen Nachmittag werde ich mit einem Eimer Farbe wiederkehren.“

„Danke, Franz. Was würde ich nur ohne dich machen?“

Sie verließen die Wohnung. Während Rena zurück in die Nähstube ging, machte sich Franz auf den Heimweg. Er wollte keine Sekunde länger warten, sondern sofort das Gespräch mit seinen Eltern suchen. Sie mussten von Rena und seinen Absichten erfahren.

Es würde nicht einfach sein, das war ihm bewusst. Vor allem seine Mutter galt es von Renas reizendem Wesen zu überzeugen. Vor ihm lag also ein hartes Stück Arbeit. Doch trotz ihres strengen Regiments liebte Mathilde von Lichtenfels ihn. Früher oder später würde sie seiner Wahl zustimmen. Da war er sich sicher.

Zu Hause angekommen, steuerte er ohne Umwege den Salon des elterlichen Hauses an. Schon vom Flur aus hörte er die Stimme seines Vaters, der die Bank offenbar früher als gewohnt verlassen hatte und Besuch empfing. Franz klopfte an und trat nach einem lauten Herein seines Vaters ein.

„Da bist du ja, mein Junge“, wurde er begrüßt. „Karl erwähnte gerade, dass er dich kaum noch zu Gesicht bekommt. Dabei dachte ich, du verbringst die Zeit, in der du nun ständig unterwegs bist, mit seiner Tochter.“

„Guten Tag, Karl. Schön, dich zu sehen.“

Franz reichte Rosas Vater die Hand, die der kräftig schüttelte. Er mochte Franz und begegnete ihm ebenso herzlich wie seine Tochter. Franz vermutete längst, dass Rosa ihre liebenswürdige, aber gleichzeitig auch selbstbewusste Art von ihm geerbt hatte. Ihre Mutter hingegen, Luisa von Braunstein, stand seiner Mutter in nichts nach. Sie benahm sich ebenso hochmütig und herablassend wie sie.

„Ist Rosa auch mitgekommen?", fragte Franz, dem die Gelegenheit, mit ihr zu reden, äußerst günstig vorkam. Rosa war schließlich eine Frau. Sie würde ihm dabei helfen können, die richtigen Worte für seine Eltern zu finden.

„Nein, tut mir leid, Franz. Meine Tochter hat es vorgezogen auszureiten, nachdem sie stundenlang in der Stadt war. Weiß der Teufel, was sie dort ständig treibt."

Franz horchte auf. Es geschah zum ersten Mal, dass er mitbekam, wie sich Karl von Braunstein über Rosa zu ärgern schien. Er bemerkte die tiefe Falte auf dessen Stirn, die seine unterdrückte Wut verriet. Es überraschte Franz, wusste er doch, dass Rosas Vater seine Tochter liebte und über alle Maßen verwöhnte.

„Rosa ist jung und möchte etwas erleben", nahm er seine Freundin in Schutz.

„Rosa ist vor allem eine von Braunstein, Franz. Sie kann sich nicht benehmen, als wäre sie eine Magd. Die Angestellten sollen Respekt vor ihr haben. Leider fangen sie schon jetzt an zu tuscheln, was kein Wunder ist. Vor ein paar Tagen kam meine Tochter erneut erst in den Morgenstunden nach Hause. Ich kann das nicht länger dulden."

„Was willst du dagegen tun?", fragte Franz, der sich nicht vorstellen konnte, dass Rosa sich einsperren ließ. Er kannte sie, sie hatte ihren eigenen Kopf und würde bestimmt nicht brav zu Hause sitzen und mit dem Sticken beginnen, wie es bei anderen Töchtern der guten Gesellschaft üblich war.

Bei diesem Gedanken musste Franz grinsen, unterdrückte es jedoch mühsam, als er in das entschlossene Gesicht ihres Vaters sah. Sein Ärger würde nicht lange andauern, dachte Franz. Bisher war es Rosa noch immer gelungen, ihn um den Finger zu wickeln. Oft zum Leidwesen seiner Frau, die ihre

Tochter nur allzu gerne in feine Kleider gesteckt und zum Nichtstun verdammt hätte.

Doch dieses Mal irrte sich Franz. Karl von Braunstein schien wild entschlossen, dem Treiben seiner Tochter ein Ende zu bereiten. Nachdem er seinem Freund und Geschäftspartner einen vielsagenden Blick zugeworfen hatte und der daraufhin nickte, sah er Franz an.

„Ich werde Rosa verheiraten", verkündete er. „Wenn sie erst Ehefrau und Mutter ist, wird auch sie ruhiger."

„Verheiraten?", fragte Franz erschrocken, der ahnte, dass seine Freundin nichts von den Plänen ihres Vaters wusste. „Mit wem?"

„Mit dir, Franz", mischte sich nun sein eigener Vater ein. „Karl und ich haben bereits alles besprochen. Rosa wird deine Frau."

Franz war ohne ein Wort aus dem Arbeitszimmer seines Vaters gestürmt und hatte die Männer verwundert über seine Reaktion zurückgelassen. Im Flur begegnete ihm seine Mutter, die offensichtlich auf dem Weg in die Küche war. Als sie Franz sah, rief sie ihn zu sich. Doch er beachtete sie nicht, sondern rannte an ihr vorbei zum Haus hinaus. Dort blieb er einen Moment unschlüssig stehen, bevor er zu den Ställen ging. Er wollte Rosa finden und mit ihr reden. Vielleicht würde er sie auf der Lichtung treffen, er musste es versuchen.

„Mein Pferd", rief er Friedrich zu, der sich sofort auf den Weg machte.

„Ist etwas geschehen?", fragte der alte Knecht, der Franz ans Herz gewachsen war. Er und seine Frau Greta waren in der Vergangenheit häufig genug der Elternersatz für ihn gewesen. Schon als kleiner Bub war er zu ihnen in die einfachen Räume geflüchtet, wenn er es im Salon nicht länger ausgehalten hatte, der eine ebensolche Kälte ausstrahlte wie seine Eltern. Deshalb wies er den Knecht auch nicht in die Schranken, wie er es bei anderen Angestellten getan hätte, wenn die sich in seine Angelegenheiten mischten.

„Meine Eltern haben meine zukünftige Braut ausgesucht“, vertraute er sich Friedrich an. „Dabei glaubte ich, diese Zeiten wären vorbei. Wie soll ich mich mit einer Frau vermählen, die ich nicht liebe?“

„Nichts wird so heiß gegessen, wie es gekocht wird, Franz. Warum wartest du nicht einfach ab, bis sich die Gemüter beruhigt haben? Möglicherweise ändern sie ihre Meinung noch, wenn sie bemerken, wie du darunter leidest.“

Der alte Knecht kratzte sich an der Stirn. Ihm war deutlich anzusehen, was er von der feinen Gesellschaft hielt. Er teilte Franz’ Meinung, was die veralteten Werte der Adligen betraf. Allerdings hatten die sich seiner Erfahrung nach noch immer durchgesetzt. Aber das behielt er lieber für sich.

„Cäsar ist bereit“, sagte er stattdessen und hielt Franz die Zügel hin. „Lass dir den Wind um die Ohren blasen. Danach sieht die Welt schon anders aus.“

„Da bin ich mir nicht so sicher“, erwiderte Franz betrübt und schwang sich in den Sattel. Dennoch taten die Worte des Knechtes gut. „Danke, Friedrich“, sagte er, bevor er den Wallach antrieb. „Manchmal wünschte ich, ich könnte einer von euch sein.“

„Unser Leben ist auch nicht gerade einfach“, rief ihm Friedrich nach und schüttelte seinen Kopf. Doch Franz hörte es nicht mehr. In schnellem Galopp preschte er vom Gut der Lichtung entgegen, wo er erstaunt feststellte, dass dort nicht nur Rosas Stute graste, wie er erwartet hatte. Neugierig, wer wohl Rosas Begleitung sein könnte, stieg er von Cäsar ab und schaute sich suchend um.

In diesem Moment drang das helle Lachen seiner Freundin an sein Ohr. Was nur bedeuten konnte, dass sie sich bester

Laune erfreute und tatsächlich nichts von den Plänen ihres Vaters wusste. Franz seufzte tief auf. Er ahnte, dass ihr das Lachen schnell vergehen würde, wenn sie erfuhr, warum er sie suchte.

„Franz? Was machst du hier?“, fragte sie ihn, als er näher kam. „Müsstest du nicht auf dem Gut sein? Mein Vater erwähnte, dass er mit dir reden wolle.“

„Deshalb bin ich hier“, antwortete Franz und warf einen Blick auf das hübsche Mädchen an ihrer Seite. Er kannte es nicht und konnte sich nicht erinnern, es jemals zusammen mit Rosa gesehen zu haben. „Möchtest du mich nicht vorstellen?“

„So förmlich?“, fragte Rosa sichtlich amüsiert. „Hat das steife Verhalten unserer Väter etwa auf dich abgefärbt?“ Sie kicherte und wandte sich der jungen Frau zu.

„Das ist Franz, mein bester Freund. Wir kennen uns, seit wir laufen können. Und das hier ist Nelly, eine gute Freundin aus der Stadt.“

Franz reichte der jungen Frau die Hand. Erstaunt nahm er wahr, wie fest sie den Händedruck erwiderte, trotz ihres zierlichen und irgendwie zerbrechlichen Aussehens.

„Franz von Lichtenfels, es freut mich, Sie kennenzulernen.“

„Nelly Weiss“, antwortete sie. „Ich kann leider nicht mit einem Adelstitel dienen.“

Sie sagte es spöttisch, woraufhin Rosa laut auflachte und Franz verlegen errötete. Doch bevor er sich völlig dumm vorkam, befreite ihn Rosa aus seiner misslichen Lage.

„Nun setz dich schon zu uns!“, forderte sie Franz auf. „Was hast du auf dem Herzen? Warum suchst du mich? Soll ich dir wieder einen Ratschlag geben, wie du deine Eltern von Rena überzeugen kannst?“

Franz schüttelte seinen Kopf, zögerte jedoch mit einer Antwort und sah stattdessen zu Nelly hin, die unbekümmert auf einem Grashalm kaute. Rosa, die diesen Blick bemerkte, wurde ernst. Ihre Miene verfinsterte sich.

„Du kannst ruhig reden", verlangte sie ungewöhnlich scharf. „Ich habe keine Geheimnisse vor Nelly."

„Also gut", erwiderte Franz, der einsah, dass sein Verhalten unhöflich war. Außerdem konnte es ihm doch gleichgültig sein, wer von den Plänen ihrer Familien erfuhr. Weder die von Lichtenfels noch Rosas Eltern würden etwas unversucht lassen, die geplante Vermählung in der Gesellschaft bekannt zu machen. Er konnte sich gut vorstellen, dass seine Mutter schon jetzt sämtliche ihrer Freundinnen einweihte und bereits Vorbereitungen für die Verlobung traf.

„Dein Vater hat genug von deinen Eskapaden", klärte er seine Freundin auf. „Du bist wieder erst im Morgengrauen aufs Gut gekommen. Damit hast du es zu weit getrieben, Rosa."

„Was willst du damit sagen? Hat er dich etwa geschickt, um mir ins Gewissen zu reden?"

„Nein. Das hat er nicht."

„Na, da bin ich aber erleichtert", kehrte sie zu ihrem fröhlichen Ton zurück. „Es würde nämlich auch nichts bringen. Ich mache das, was ich möchte. Die steife Etikette unserer Gesellschaft widert mich an und ist längst überholt. Irgendwann wird es auch mein Vater begreifen."

„Ich glaube, du irrst dich. Dein Vater hat bereits Pläne hinsichtlich deiner Zukunft getroffen."

„Was für Pläne?"

Rosa wurde blass. Offensichtlich begriff sie in diesem Moment, dass es dieses Mal ernst war und ihre Eltern nicht länger hinnahmen, dass ihre einzige Tochter für den Tratsch im Tennisklub sorgte. Franz bemerkte, wie sie nach Nellys Hand griff und sie drückte. Auch die junge Frau schien erschrocken über seine Worte. Allerdings konnte er darauf keine Rücksicht nehmen. Rosa und er mussten sich überlegen, was sie tun konnten, um eine Vermählung zu verhindern. Dazu musste er ihr die ganze Wahrheit erzählen.

„Dein Vater hat beschlossen, dich zu verheiraten. Er meint es ernst, Rosa."

„Ich soll heiraten?", schrie sie erschrocken auf. „Wen denn?"

„Mich", stöhnte Franz und ließ sich neben sie ins Gras fallen.

Am nächsten Tag kam Franz wie versprochen zu Rena in den Laden und hatte einen Eimer Farbe dabei. Er sah müde aus, was kein Wunder war, nachdem er die halbe Nacht wach gelegen und darüber nachgedacht hatte, wie es nun weitergehen sollte.

Leider war auch Rosa ihm keine große Hilfe gewesen. Seine sonst so selbstbewusste Freundin hatte verzweifelt geweint, nachdem sie begriff, dass sich Franz keinen Scherz mit ihr erlaubte. Franz hatte sie trösten wollen, obwohl er die gleiche Verzweiflung in sich trug. Doch Rosa war in Nellys Arme geflüchtet, die beruhigend auf sie eingeredet hatte.

Erst da war ihm aufgefallen, wie vertraut die jungen Frauen miteinander umgingen. Es erleichterte ihn, dass Rosa eine so gute Freundin besaß, die sie vermutlich in Zukunft mehr denn je brauchen konnte. Denn so sehr er auch nachgedacht hatte, er fand keinen Ausweg. Deshalb musste er heute unbedingt mit Rena reden. Sie hatte ein Recht darauf, die Wahrheit zu erfahren. Schließlich hatte er ihr seine Liebe gestanden und sogar von einer Vermählung gesprochen. Nun fragte er sich niedergeschlagen, wie er ihr erklären sollte, dass diese Vermählung ohne sie stattfinden sollte.

„Franz? Bist du das?", fragte Rena, als er das Geschäft betrat.

„Ja, ich bin es. Gibst du mir den Schlüssel zur Wohnung? Ich möchte die Wände streichen."

„Du hast also wirklich daran gedacht?“

Sie kam zu ihm und legte ihre Arme um seinen Hals. Dann gab sie ihm einen Kuss, der ihm schmerzhaft süß erschien. Wenn er nur daran dachte, nie wieder ihre Lippen spüren zu dürfen, verlor er den Verstand.

„Ist etwas?“, fragte Rena, als sie sich von ihm löste. „Du bist so seltsam heute.“

„Lass uns später darüber reden“, wich er aus. „Ich verrichte oben die Arbeit, danach lade ich dich ins Café ein. Das Wetter ist heute sehr schön.“

„Gut.“

Rena gab ihm den Schlüssel. Ihr Lächeln war verschwunden. Franz bedauerte es zutiefst und verfluchte zum ersten Mal ihre Feinfühligkeit. Rena spürte, was andere Menschen nicht einmal sahen. Offenbar ahnte sie, dass es einen Grund für die Einladung gab. Dabei wollte er gerade ihr nicht wehtun.

Ohne ein weiteres Wort verließ er den Laden und stieg die Treppe nach oben. In der winzigen Wohnung angekommen, hockte er sich auf den einzigen Stuhl. Wieder stellte er fest, dass der Raum einer Absteige glich. Damit passte er gut zu seinen düsteren Gedanken.

Verzweifelt fuhr sich Franz mit der Hand durchs Haar. Ihm graute davor, Rena von den Plänen seiner Eltern zu berichten. Aber ihm blieb keine Wahl. Wenn es auch vorher schon schwer gewesen wäre, seine Familie davon zu überzeugen, dass eine blinde Näherin die Frau war, mit der er seine Zukunft verbringen wollte, war es nach dem Gespräch mit seinem Vater so gut wie unmöglich.

Konrad von Lichtenfels hatte ziemlich verstört reagiert, als Franz ihn am Abend in dessen Arbeitszimmer aufgesucht und ihm mitgeteilt hatte, dass er Rosa nicht heiraten wolle. Allerdings war die Verwunderung recht schnell Härte gewichen. Aufgebracht hatte sein Vater ihm klargemacht, was er von seinem Sohn und zukünftigen Erben erwartete. Über

Franz' Einwände, er liebe Rosa überhaupt nicht, hatte er nur gelacht.

„Liebe spielt in unseren Kreisen die geringste Rolle", hatte er spöttisch gesagt. „Die von Braunsteins besitzen nach uns das größte Gut weit und breit. Rosas Vater gehören mehrere Banken und verschiedene Unternehmen. Eine Fusion unserer Familien würde nicht nur unser Ansehen steigern, sondern auch für beide Seiten einen enormen Gewinn bedeuten."

„Dann geht es nur ums Geschäft?", hatte Franz gefragt.

„Natürlich, was glaubst du denn?" Plötzlich war sein Vater versöhnlicher geworden und hatte den Arm um seine Schultern gelegt. „Du wirst sie schon lieben lernen, Franz. Rosa ist ein prächtiges Mädel. Du mochtest sie doch immer."

„Ich mag sie auch jetzt noch, aber ich liebe sie nicht und umgekehrt verhält es sich nicht anders. Wir können nicht heiraten."

„Schluss jetzt mit den Gefühlsduseleien!"

Sein Vater war nicht länger gewillt gewesen, ihm zuzuhören und hatte Franz noch einmal klargemacht, dass er nicht vorhatte, seine Pläne zu ändern. Als er ihm dann noch damit gedroht hatte, ihn zu enterben, war Franz wie ein geprügelter Hund aus dem Zimmer geschlichen. Er hatte sich wie ein Feigling gefühlt und das tat er auch jetzt noch.

Er stand auf und nahm den Pinsel zur Hand. Seine Gedanken wanderten zu Rosa, während er begann, die Wände zu tünchen. Er hatte sie seit ihrem Treffen auf der Lichtung nicht mehr gesehen. Aber er konnte sich gut vorstellen, dass sie nicht weniger verzweifelt war als er.

Im Gegensatz zu ihm, der mit der richtigen Frau an seiner Seite durchaus eine Familie gründen wollte, liebte sie ihre Freiheit über alle Maßen. Schon früher hatte sie ihm mehr als einmal versichert, dass sie sich auf gar keinen Fall an einen Mann binden und ihm Kinder gebären würde. Er konnte sich kaum vorstellen, dass sie ihre Meinung geändert hatte.

„Das ist nicht mein Leben, Franz“, hatte sie beteuert. „Lieber würde ich mir den Strick nehmen, als mich in Haus und Hof einsperren zu lassen.“

Er machte sich Sorgen um die Freundin. Was, wenn sie ihrer Drohung Taten folgen ließ? Er kannte Rosa, die viel zu ungestüm reagierte, und traute ihr alles zu. Außerdem hatte er die sanfte Zuneigung gespürt, die sie dieser Nelly entgegenbrachte. Die jungen Frauen hatten sich Blicke zugeworfen, die Franz bisher nur zwischen Mann und Frau gesehen hatte.

Er stöhnte auf und schob diese verwirrenden Gedanken beiseite, bevor er den Pinsel erneut in die Farbe tauchte und arbeitete, bis ihm der Schweiß von der Stirn lief. Als Rena irgendwann später nach oben kam, war er fertig.

„Der Raum ist jetzt strahlend hell“, sagte er zu ihr und bedauerte, dass sie die Veränderung nicht sehen konnte. Dennoch lächelte sie.

„Ich danke dir, Franz, von ganzem Herzen und weiß gar nicht, wie ich das wiedergutmachen kann.“

„Indem du mich ins Café begleitest und deine Arbeit für einen Moment ruhen lässt“, antwortete Franz und schämte sich gleichzeitig. Schließlich lud er sie nicht ohne Grund ein. Rena hingegen stimmte ohne Argwohn zu und folgte ihm zur Straße. Gemeinsam gingen sie zu dem Café nicht weit von ihrem Laden, in dem Franz noch vor weniger als einem Jahr mit seiner Mutter verabredet gewesen war, nicht ahnend, dass er an diesem Tag die Liebe seines Lebens treffen würde. Es kam ihm wie eine Ewigkeit vor.

Schweigsam nahmen sie in kleinen, mit roten Kissen ausgestatteten Korbstühlen unter der weißen Pergola Platz. Während Franz bei einem beflissenen Kellner Bohnenkaffee bestellte, genoss Rena die warmen Sonnenstrahlen. Erst als Franz auch weiterhin kein Wort sprach, legte sich ein Schatten auf ihr Gesicht.

„Du hast etwas, nicht wahr? Was bedrückt dich?“

„Lass uns erst den Kaffee trinken“, wich er aus. Er wollte diesen Moment nicht zerstören. Erst recht nicht, nachdem er die bewundernden Blicke der männlichen Gäste bemerkte, die auf Rena gerichtet waren. Diese Männer, die aufgrund der dunklen Brille, die Rena trug, nichts von ihrer Erblindung wussten, beneideten ihn aufgrund ihrer Schönheit, und er hätte gerade nichts lieber getan, als sie an sich zu ziehen und zu küssen. Stattdessen musste er ihr von dem Gespräch mit seinem Vater erzählen und ihr vermutlich das Herz brechen. Er fühlte sich alles andere als bereit dazu.

„Es hat mit uns zu tun“, stellte Rena in diesem Moment fest. „Du kannst mir die Wahrheit sagen, Franz. Deine Gefühle sind doch nicht so stark, wie du glaubtest?“

„Nein, Rena. Das stimmt nicht, ich liebe dich.“

„Was ist es dann? Sprich es aus, Franz!“

„Meine Eltern sind dagegen. Sie haben gedroht, mich zu enterben, wenn ich Rosa nicht heirate. Es tut mir leid, Rena.“

Rena nickte und nahm seine Hand. Über ihre Wangen liefen Tränen. Dennoch versuchte sie, ihn zu trösten. Dabei wäre es Franz lieber gewesen, sie hätte ihn angeschrien. Ihn in aller Öffentlichkeit als feigen Schuft bezeichnet. Damit hätte er leichter umgehen können als mit ihren Tränen.

„Leb wohl, Franz.“

Rena stand auf. Wieder richteten sich die Blicke der männlichen Gäste auf sie und wanderten bewundernd über ihre Figur. Erst als Rena sich vorsichtig durch die Stühle tastete, bemerkten sie, dass sie blind war, und schauten betreten fort.

„Warte!“, rief Franz ihr zu und eilte ihr nach. Aber Rena schüttelte ihren Kopf.

„Nein, Franz, ich werde nicht warten“, antwortete sie doppeldeutig. „Ich wünsche dir, dass du glücklich wirst mit Rosa. Vergiss unsere Gefühle und vergiss mich!“

In den darauffolgenden Wochen versuchte sich Rena abzulenken, indem sie sich in ihre Arbeit stürzte. Oft ging sie schon am Morgen in ihre Nähstube und kehrte erst wenn es draußen dunkel war in ihre kleine Wohnung zurück. Sie wollte Franz vergessen und redete sich ein, dass seine Gefühle nicht so stark gewesen sein konnten, wie er angenommen hatte. Doch es gelang ihr nur schwer.

Umso erleichterter war sie, als Frau Kaufmann zu ihr in den Laden kam, um ihr aufgeregt mitzuteilen, dass sie eine neue Kundin für Rena hatte. Es handelte sich um eine Dame der höheren Gesellschaft, die neugierig geworden war, nachdem sie den ungewöhnlichen Schnitt von Frau Kaufmanns Kleidern gesehen hatte.

„Wir werden auf dem Weg in die Oper kurz bei dir hereinschauen, Rena", sagte sie aufgeregt, als wären es ihre Stoffe, die sie veräußern wollte. „Wenn du dich gut verkaufst, hast du für die nächste Zeit ausgesorgt, Kind. Amalias Mann ist stinkreich. Es würde ihn nur ein müdes Lächeln kosten, deinen gesamten Laden leerzukaufen."

„Danke, Frau Kaufmann."

Rena war gerührt von der Begeisterung ihrer Kundin. Außerdem konnte sie gerade wirklich ein geregeltes Einkommen gut gebrauchen. Vor ein paar Tagen hatte sie sich dazu entschieden, ein junges Mädchen aus der Nachbarschaft für sich arbeiten zu lassen. Die Kleine war zwölf und spindeldürr, wie Rena an ihrer Kleidung gespürt hatte. Sie tat es mehr aus Mitleid als aus geschäftlichem Interesse. Eigentlich konnte sie es sich kaum leisten, ihr auch nur einen mickrigen Lohn zu zahlen. Mit Frau Kaufmanns unerwarteter Hilfe würde es jedoch klappen.

„Ich muss los, wir sehen uns dann heute Abend."

Die Kundin ging zur Tür. Von dort warf sie einen Blick zurück.

„Zieh dein schwarzes Kleid an, Rena! Du weißt schon, das

mit den vielen kleinen Knöpfen am Rücken. Es wird den Männern gefallen."

Sie kicherte und schloss die Tür. Rena setzte sich zurück an die Nähmaschine. Vielleicht würde es ihr gelingen, das Kleid bis zum Abend fertigzustellen. Es war aus dunklem schwerem Samt mit einem gewagten Rückenausschnitt, viel tiefer als üblich. Dazu hatte sie ein ebensolches dunkles Band als Halsschmuck genäht. Charlotte, ihre kleine Angestellte, hatte vor Begeisterung gejubelt, als sie ihr das halb fertige Kleid zeigte. Nun wollte es Rena gleich vorn beim Fenster platzieren, sodass es den Kunden sofort ins Auge sprang.

Stunden später hatte sie es tatsächlich geschafft. Zufrieden hängte sie das Kleid an den Bügel, bevor sie in ihre Wohnung ging und sich schnell umzog, wie Frau Kaufmann ihr geraten hatte. Dabei stellte sie fest, dass sie während der Arbeit nur selten an Franz gedacht hatte. Ein wehmütiges Lächeln machte sich auf ihrem Gesicht breit, während ihre Finger fast liebevoll über die frisch gestrichene Wand glitten.

Sie seufzte. Doch dann straffte sie ihren schlanken Körper und ging nach unten, wo sie bereits von einer Kundin erwartet wurde.

„Guten Abend, wie kann ich Ihnen behilflich sein?", fragte sie freundlich.

„Guten Abend", erwiderte die Kundin ebenso höflich. „Ich habe dieses Kleid im Fenster gesehen und muss es unbedingt haben. Was soll es kosten?"

„Oh, ich weiß nicht. Es ist gerade erst fertig geworden. Ich wollte ..."

„Schon gut, wenn Sie vorhatten, den Preis in die Höhe zu treiben, ist Ihnen das gelungen."

Die Kundin lachte laut auf. Ihr Tonfall klang spöttisch, war Rena aber trotzdem überaus sympathisch. Sie mochte es, wenn jemand direkt aussprach, was er dachte.

„Ich zahle Ihnen jeden Preis und ..."

Wieder läutete die Klingel über der Tür und unterbrach dieses Mal die Kundin. Rena hörte, wie mehrere Leute in ihr Geschäft kamen, es mussten mindestens drei sein.

„Grüß Gott, Rena, da sind wir. Ich hoffe, du hast alles vorbereitet."

Es handelte sich um Frau Kaufmann in Begleitung ihrer Freunde, die offenbar darauf verzichteten, Rena zu begrüßen. Stattdessen hörte sie, wie eine Frau laut nach Luft schnappte.

„Meine Güte, was ist das für ein Kleid?", rief sie begeistert aus. „Ich habe so etwas noch nie zuvor gesehen. Es ist bezaubernd."

„Ich habe dir also nicht zu viel versprochen, Amalia", mischte sich Frau Kaufmann ein und tätschelte Renas Arm. „Rena ist eine Künstlerin, ich sag es ja immer wieder. Es wird nicht lange dauern, bis sich die Leute um ihre Stücke reißen."

„Gut möglich", antwortete die Frau, deren Name Amalia war. „Also, was kostet das Kleid? Ich nehme es sofort mit."

„Tut mir leid, es ist bereits verkauft."

Die spöttische Stimme der ersten Kundin riss Rena, die kaum glauben konnte, dass sie dieses Kleid verkaufen würde, nachdem es nicht einmal eine halbe Stunde im Fenster hing, aus ihrer Erstarrung. Sie hatte die Dame völlig vergessen, nachdem Frau Kaufmann und ihre Begleitung sie förmlich überrannten.

„Ist das wahr?", fragte die nun enttäuscht.

„Wir haben gerade über den Preis verhandelt", gab Rena zu.

„Also ist es noch nicht verkauft. Ich biete Ihnen das Doppelte dafür."

„Vergessen Sie's, es ist mein Kleid."

„Wie können Sie es wagen?", rief daraufhin die Ältere von beiden empört. „Ich bin die Gräfin von Dönhoff. Ich werde dieses Kleid tragen."

„Bitte nicht streiten", bat Rena, der die Situation mehr als unangenehm war. Nun bereute sie, das Kleid überhaupt zur Schau gestellt zu haben. Leider ließ sich ihre erste Kundin aber nicht davon abhalten.

„Die Gräfin von Dönhoff, soso“, erwiderte sie von oben herab. „Nun weiß ich auch, warum es gut war, dass wir das Vergnügen noch nicht hatten. Steckt Ihr Mann nicht gerade in finanziellen Schwierigkeiten? Ich glaube, von Engpässen gehört zu haben, nachdem er sich verspekuliert hat.“

„Das ist nicht wahr, Sie lügen.“ Die Gräfin schnaubte wütend. „Wer sind Sie überhaupt?“

„Die Tochter des Mannes, der gerade überlegt, ob er Ihrem Gatten einen weiteren Kredit gewährt. Allerdings weiß mein Vater noch nicht, dass Sie trotz dieser Engpässe auf großem Fuß leben“, sagte sie kalt, bevor sie sich an Rena wandte und ihr einen Fünfzigmarkschein reichte.

„Ich denke, dass das Kleid damit seinen verdienten Preis bekommt“, sagte sie nun freundlich und ließ sich das Kleid reichen. „Vielen Dank dafür, ich glaube, ich werde in Zukunft häufiger hier einkaufen.“

Sie ging. Rena hörte die Tür zuschlagen. Dann herrschte Stille im Laden, bis die gekränkte Gräfin sich wieder zu Wort meldete.

„So ein unverschämtes Frauenzimmer habe ich selten erlebt“, schimpfte sie. „Weißt du, wer das war?“, fragte sie ihre Freundin. „Ich kann nicht glauben, dass sie zur Gesellschaft gehören soll. Wahrscheinlich hat sie gelogen, jedenfalls was die Finanzen meines Mannes betrifft. Wir stecken in keinen Schwierigkeiten.“

„Du irrst dich, Amalia“, antwortete Frau Kaufmann und seufzte. „Sie gehört einer der reichsten Familien weit und breit an und ist bekannt für ihre scharfe Zunge. Es wundert mich, dass du sie nicht erkannt hast. Die junge Frau war Rosa von Braunstein.“

„Rosa von Braunstein“, wiederholte Rena leise und sank auf den nächstbesten Stuhl. Sie konnte kaum einen klaren Gedanken fassen. Sie wusste nur, dass sie gerade ihr Kleid an Franz’ zukünftige Ehefrau verkauft hatte, die sie sich völlig anders vorgestellt hatte.

Ja, Rosa war sehr bestimmt aufgetreten, vielleicht sogar ein wenig hochnäsig der Gräfin gegenüber. Aber zum einen hatte die dieses Verhalten geradezu herausgefordert, zum anderen war Rosa mehr als großzügig zu ihr gewesen und hatte zu keinem Zeitpunkt herausgekehrt, dass sie nur eine einfache Näherin war.

Rena spürte, wie ihre Augen zu brennen begannen, während sie an Franz dachte. Möglicherweise liebte er Rosa nicht, wie er sie geliebt hatte. Aber ohne Zweifel war seine Braut nicht nur ein ehrlicher, sondern auch beeindruckender Mensch, der sich nicht scheute, offen seine Meinung zu sagen. Das machte sie für Rena mehr als sympathisch, die sich bis jetzt vorgestellt hatte, dass Franz eine dieser blasierten jungen Damen heiraten musste, welche nur ihr Aussehen im Kopf hatten. Nun war sie sich sicher, dass er unter dieser Verbindung nicht leiden musste. Rosa von Braunstein war seiner würdig.

„Würdest du uns die anderen Kleider zeigen, Rena?“, riss Frau Kaufmann sie aus ihren Gedanken. Rena erschrak und versuchte, sich zusammenzureißen. Doch die Kundin schien zu bemerken, dass etwas nicht stimmte.

„Was ist denn los, Mädchen? Du bist plötzlich so blass. Hast du dich über den Streit erschrocken?“

Rena nickte, wenn sie es auch hasste, zu lügen. Aber es war leichter, als noch mehr Fragen beantworten zu müssen.

„Das musst du nicht, nicht wahr, Amalia? Du findest ein anderes Kleid. Schauen wir uns in Ruhe um.“

Die Gräfin ließ sich das nicht zweimal sagen und bestaunte die gesamte Garderobe, die an Bügeln hing. Währenddessen trafen die Ehemänner der Damen ein und warteten darauf, dass sie endlich zahlen und weiterziehen konnten. Doch Amalia ließ sich Zeit. Währenddessen hörte Rena, wie die Männer sich leise unterhielten.

„Bei einer Versammlung von mehreren Tausend Menschen hat Adolf Hitler die Neugründung der NSDAP verkündet. Bereits im Januar konnte er die Legalisierung der NSDAP in Bayern erreichen, die anderen Staaten des Deutschen Reiches zogen wenig später nach. Was sagst du dazu?"

„Ich bin nicht sicher, es ist ein heikles Thema. Die Meinungen in der Bevölkerung gehen weit auseinander. Manche sprechen sogar davon, dass er darauf hinarbeitet, irgendwann Reichskanzler zu werden. Wenn du mich fragst, überschätzt sich dieser Mann maßlos. Wer ist er überhaupt, zu glauben, er könne Hindenburg das Wasser reichen?"

„Vermutlich tut er sich nur wichtig. Allerdings gefällt mir das, was sich gerade abspielt, auch nicht besonders. Beim ersten Wahlgang zur Reichspräsidentenwahl konnte keiner der Kandidaten die absolute Mehrheit erringen. Um die Wahl zu entscheiden, muss ein zweiter Wahlgang anberaumt werden."

„Hindenburg wird sich gegen Wilhelm Marx und erst recht gegen diesen Thälmann durchsetzen, glaub mir."

„Ich hoffe es. Durch eine Annäherung an Frankreich, wie er sie anstrebt, würde die europäische Sicherheit gewahrt und Deutschland gleichzeitig erstarken. Hauptsache, der Frieden bleibt erhalten. Deutschland ist schon einmal in den Krieg gezogen, ich möchte nicht noch einen erleben."

„So ein Unsinn", mischte sich in diesem Moment die Gräfin ein und zog theatralisch die Augenbrauen hoch. „Kein Mensch will noch einen Krieg. Warum könnt ihr die Politik nicht einmal für einen Abend vergessen?"

„Du hast recht“, stimmte ihr Mann ihr zu. „Wenn du dafür auch vergisst, meine Geldbörse zu strapazieren.“

„Ich habe lediglich drei Kleider gekauft“, erwiderte die Gräfin empört. Sie hatte offenbar vergessen, dass alle Anwesenden von Rosa erfahren hatten, wie schlecht es um ihre finanziellen Angelegenheiten stand. „Würdest du das Mädchen bitte entlohnen?“

„Natürlich, liebste Amalia“, antwortete der Graf. „Nichts lieber als das.“

Sie verließen das Geschäft. Rena atmete auf, als die Tür sich schloss. Zu viel war in der letzten Stunde auf sie eingestürmt. Nicht nur, dass sie Franz’ Braut kennengelernt hatte, sie hatte auch an einem einzigen Abend die Miete für die nächsten drei Monate verdient. Gleich morgen würde sie sich erneut an die Arbeit machen und weitere Kleider schneidern. Vielleicht kamen ja noch mehr Freunde und Bekannte von Frau Kaufmann. Dann musste sie vorbereitet sein.

Für diesen Abend war es allerdings genug und sie schrecklich müde. Außerdem hatte sie seit dem Morgen nichts mehr gegessen. Nun knurrte ihr Magen unüberhörbar.

Rena zögerte. Ihre Hand fühlte die Geldscheine in ihrer Tasche, bevor sie entschlossen durchatmete und zur Tür ging. Doch anstatt ihre Wohnung aufzusuchen, betrat sie die Straße und machte sich auf den Weg zum Bahnhof. Sie wusste, dass Gottlieb, ein charmanter Straßenverkäufer, dort heiße Würste anbot. Warum sollte sie sich nicht auch einmal diesen Luxus gönnen? Außerdem tat ihr die frische Luft gut. In ihre stickige Wohnung kam sie noch früh genug.

Zufrieden biss sie wenig später in die heiße Wurst, die ihr Gottlieb reichte, und lauschte den Gesprächen um sich herum. Sie mochte es, wenn sich die Leute über ihre Kinder oder den letzten Ausflug unterhielten. Dann stellte sie sich die passenden Gesichter dazu vor. Manchmal fragte sie sogar Gottlieb, ob ihr Bild mit der Realität übereinstimmte. Doch heute diskutierte man auch hier nur über die neuesten politischen Ereignisse. Rena, die sich nicht dafür interessierte, was in Deutschland oder Amerika passierte, wandte sich zum Gehen.

„Mach's gut, Gottlieb", rief sie dem alten Mann zu.

„Komm bald wieder, Rena", rief er zurück. „Pass auf dich auf!"

Kaum hatte er es ausgesprochen, stolperte Rena über ein Fahrrad, welches mitten im Weg stand, und stürzte auf ihre Knie. Sofort war Gottlieb bei ihr und half ihr auf die Beine.

„Hast du dir wehgetan?", fragte er besorgt. Als Rena den Kopf schüttelte, drehte er sich verärgert zu seinen Kunden um.

„Wer von euch Deppen hat sein Fahrrad hier stehen lassen? Das Mädchen hätte sich die Beine brechen können."

„Es gehört mir", meldete sich eine angenehm warme Stimme, die näher kam und spöttisch hinzufügte: „Ich wusste nicht, dass es so leicht zu übersehen ist."

„Wenn man blind ist schon", konterte Gottlieb, woraufhin Rena seine Hand drückte.

„Lass es gut sein, es ist ja nichts passiert", beschwichtigte sie ihn.

„Ihr Knie blutet", stellte der Fremde daraufhin fest. „Es tut mir furchtbar leid."

„Passen Sie beim nächsten Mal einfach besser auf", sagte Rena. „Auf Wiedersehen."

Sie machte sich auf den Heimweg. Vielmehr hatte sie vor zu gehen. Doch ihr Knie schmerzte mehr, als sie befürchtet hatte. So konnte sie nur humpeln.

„Warten Sie!" Der Fremde lief ihr nach und nahm wie selbstverständlich ihren Arm. „Ich begleite Sie nach Hause."

„Das ist wirklich nicht nötig", wehrte Rena ab und versuchte, sich von seinem Arm zu befreien.

„Ich möchte es aber gerne. Schließlich trage ich die Schuld daran, dass Sie verletzt sind. Bitte!", bat er. „Lassen Sie mich meine Dummheit wiedergutmachen."

„Einverstanden“, gab Rena nach, die seine Hartnäckigkeit beeindruckte, andererseits aber viel zu sehr an Franz erinnerte. Auch er hatte damals nicht aufgegeben, bis sie sich in ihr Schicksal ergab.

„Danke“, sagte der Fremde. „Mein Name ist übrigens Friedel, Friedel Schulz. Und wie heißen Sie?“

„Wir müssen reden.“ Ohne anzuklopfen kam Rosa wenige Wochen später in Franz' Räumlichkeiten gestürmt. „Wusstest du, dass deine Mutter beim nächsten Dinner unsere Verlobung bekanntgeben will?“

„Nein, das wusste ich nicht. Bist du dir sicher, dich nicht verhört zu haben? Sie müsste uns ja zumindest darüber informieren, meinst du nicht?“

„Ich glaube, deiner Mutter ist es ziemlich gleichgültig, was wir davon halten. Hier!“ Rosa warf ihm einen Umschlag zu, auf dem zwei Ringe graviert waren. „Glaubst du jetzt immer noch an ein Missverständnis?“

Franz öffnete den Umschlag und holte die Karte heraus. Mit versteinerter Miene las er den kurzen Text. Es handelte sich um eine Einladung zur Verlobung, genauer gesagt zu seiner Verlobung.

„Und nun?“, fragte er Rosa, die aufgebracht durchs Zimmer lief.

„Und nun?“, äffte sie ihn nach. „Mehr hast du dazu nicht zu sagen? Meine Güte, Franz, wann willst du Mathilde endlich in ihre Schranken weisen? Schlimm genug, dass wir zur Hochzeit gezwungen werden. Aber wenn es schon so ist, möchte ich immer noch entscheiden, wann die Verlobung stattfindet.“

„Beruhige dich, Rosa!“

Franz legte den Umschlag auf den Tisch. Natürlich fühlte auch er sich von seiner Mutter übergangen. Sie wusste genau, dass Rosa ihrer Vermählung nicht zugestimmt hatte und es wilder trieb als je zuvor. Sie blieb nächtelang fort und sorgte für den einen oder anderen Skandal. Vor ein paar Tagen war ihr Foto sogar im Gesellschaftsteil der Zeitung aufgetaucht, auf dem sie in einem verrufenen Etablissement abgelichtet worden war. Wahrscheinlich hoffte sie, Franz' Eltern würden freiwillig auf eine Schwiegertochter wie sie verzichten, wenn sie es auf die Spitze trieb.

„Was haben deine Eltern eigentlich zu dem Artikel neulich gesagt? Ich nehme an, sie waren begeistert?", fragte Franz.

„Du nimmst richtig an." Zumindest war es Franz gelungen, sie zum Lachen zu bringen. „Mein Vater hat sämtliche Zeitungen der Stadt aufgekauft. Dabei sah ich in meinem neuen Kleid doch wirklich bezaubernd aus, oder nicht?"

„Dein neues Kleid war der Stein des Anstoßes, Rosa. Wenn ich nur an diesen unerhört verführerischen Rückenausschnitt denke. Ich habe das nie zuvor an einer Dame gesehen."

„Eben, was glaubst du, warum ich der Gräfin von Dönhoff das Kleid vor der Nase weggeschnappt habe? Du hättest das Gesicht der alten Schnepfe sehen sollen. Dafür musste ich deiner Rena aber auch einen ganzen Batzen Geld hinlegen."

„Das Kleid ist von Rena?", fragte Franz überrascht.

„Ja, sie ist wirklich eine einzigartige Schneiderin." Rosa brach ab und sah ihrem Freund in die Augen. „Und besonders hübsch ist sie auch. Ich kann verstehen, dass du dich in sie verliebt hast."

„Das ist vorbei", wehrte Franz schroff ab. Er wollte nicht an Rena denken, die er vor ein paar Tagen mit einem jungen Mann gesehen hatte, der sie offensichtlich nach Hause begleitete. Rena hatte gelacht, ihre Wangen waren gerötet gewesen. Franz hingegen hatte den Stachel der Eifersucht gespürt, der sich in seine Brust bohrte. Doch dann hatte sich dieses Gefühl in Wut gewandelt. Rena schien sich ziemlich schnell getröstet zu haben. Ihre Liebe zu ihm konnte wohl nicht so stark gewesen sein, wie er angenommen hatte.

„Solange du so ein Gesicht machst, ist gar nichts vorbei."

Rosa stand auf, ging zu dem kleinen Beistelltisch, auf dem mehrere Flaschen feinster Liköre und Branntweine standen und schenkte sich einen Wodka ein.

„Es ist noch nicht einmal Mittag, Rosa", stellte Franz entsetzt fest. „Kein Wunder, dass du so dummes Zeug redest."

„Keine Sorge, mein Lieber." Sie lachte. „Bis jetzt funktioniert mein Verstand noch recht gut, und der sagt mir, dass du Rena noch immer liebst."

„Und wenn es so wäre", gab er widerstrebend zu. „Was würde es ausmachen? Wir heiraten, falls du es vergessen hast."

„Darüber wollte ich mit dir sprechen. Ich bin nicht gekommen, um über mein Kleid zu reden. Fest steht, dass wir diese Hochzeit wohl nicht verhindern können, Franz. Warum machen wir dann nicht aus der Not eine Tugend?"

„Ich habe keine Ahnung, was du mir damit sagen willst."

„Ganz einfach, wir geben das glückliche Paar ab, das sich unsere Eltern wünschen. Wir besuchen die Bälle und kommen den sonstigen gesellschaftlichen Verpflichtungen nach. Aber wen wir tatsächlich lieben, entscheiden wir."

„Du willst während unserer Ehe eine Affäre führen?", fragte Franz und wunderte sich einmal mehr über Rosas Mut, die sich gerade den zweiten Schnaps einschenkte.

„Warum denn nicht? Ich liebe dich nicht und dein Herz gehört Rena. Solange wir uns einig sind, spricht doch nichts dagegen."

„Sie wird niemals darauf eingehen", erwiderte Franz. Allerdings gestand er sich ein, dass Rosas Angebot verlockend klang. Er könnte Rena eine Wohnung finanzieren, die nicht diesem Loch glich, in dem sie jetzt lebte. Wenn sie es vorsichtig anstellten, würde kein Mensch dahinterkommen, dass er eine

Geliebte hatte. Außerdem wäre er nicht der erste Mann, der sich damit sein Leben versüßte.

„Was ist mit dir?“, fragte er. „Wer ist der Kerl, den du liebst?“

„Du kennst ihn nicht.“ Rosa errötete. Plötzlich lag ein Ausdruck von Verletzlichkeit in ihrem Gesicht, den Franz bei ihr so nicht kannte. Seiner Meinung nach konnte das nur eines bedeuten: Rosa hatte den gleichen Fehler begangen wie er und sich in einen Mann verguckt, der den Ansprüchen der feinen Gesellschaft nicht genügte.

„Also? Was sagst du zu meinem Vorschlag?“

„Ich denke darüber nach“, antwortete Franz, der sich längst entschieden hatte. Er lächelte, als er zu seiner zukünftigen Braut ging und sie freundschaftlich in den Arm nahm.

„Du bist nicht nur wunderschön, Rosa, sondern auch blitzgescheit. Wenn ich mein Herz nicht schon an Rena verloren hätte, würde ich es dir schenken.“

„Vergiss es!“ Rosa stieß ihn lachend von sich. „Sag mir Bescheid, wenn du dich entschieden hast!“

„Ich glaube, es ist bereits geschehen. Dein Vorschlag ist gut.“

„Dann lass uns darauf trinken.“ Rosa schenkte sich und Franz ein und hielt ihm das Glas entgegen. „Auf unsere außergewöhnliche Verbindung, Franz.“

„Auf unsere außergewöhnliche Verbindung“, wiederholte er.

Am nächsten Morgen saß Rena wie gewohnt hinter ihrer Nähmaschine und arbeitete. Eigentlich hatte sie vorgehabt, sich diesen Tag frei zu nehmen und ihre Mutter zu besuchen, den Gedanken dann jedoch verworfen und den Besuch auf später verschoben. Helene würde sich wohl kaum mit ihr freuen können, wenn sie ihr von dem unerwarteten Geldsegen und den zahlreichen neuen Aufträgen erzählte, sondern ihr stattdessen wieder Vorwürfe machen, dass sie ausgezogen war.

Sie hingegen wollte das Gefühl, dass ihre Arbeit endlich anerkannt wurde, genießen. Außerdem spukten ihr seit dem vergangenen Abend neue Ideen im Kopf herum, die sie unbedingt umsetzen wollte.

Rena nahm den Stoff zur Hand, den sie vor einer Stunde beim Händler erstanden hatte. Er war sündhaft teuer gewesen und so sollte auch das Abendkleid werden, etwas verrucht, aber edel. Ihre Kundinnen würden sich vermutlich schockiert die Hand vor den Mund legen, wenn sie es sahen, oder sich mit hochgezogenen Augenbrauen vielsagende Blicke zuwerfen, letztendlich dem Reiz aber nicht widerstehen können.

Die Türklingel läutete. Rena legte den Stoff zur Seite und lächelte. Noch vor wenigen Wochen war kaum jemand zu ihr in den Laden gekommen und nun standen die ersten Kunden schon früh am Morgen in der Tür.

„Guten Morgen, Rena."

Sie erkannte die Stimme sofort. Ein ungutes Gefühl machte sich in ihr breit. Sie konnte sich nicht vorstellen, dass die Kundin auch heute etwas kaufen wollte, nachdem sie beim letzten Mal so viel Geld ausgegeben hatte. Was wiederum bedeutete, dass sie mit dem Kleid unzufrieden war und jetzt vermutlich ihr Geld zurückverlangen wollte.

„Guten Morgen, Fräulein von Braunstein. Wie kann ich Ihnen behilflich sein?"

„Fräulein von Braunstein?" Rosa lachte laut auf. „Wie sich das anhört. Als wäre ich eine der vertrockneten alten Jungfern des Hochadels. Ich komme mir gerade schrecklich alt vor. Sagen Sie Rosa zu mir!"

„Sehr gerne, Rosa. Was ist mit dem Kleid? Gefällt es Ihnen nicht mehr?"

„Sie glauben, dass ich wegen des Kleides komme?"

„Ja, es war sehr teuer. Wenn Sie nicht zufrieden sind …"

„Aber ich bin zufrieden", fiel ihr Rosa ins Wort. „Dieses Kleid hat alle Blicke auf sich gezogen. Es wurde sogar in der Zeitung abgelichtet. Lange wird es wohl nicht mehr dauern, bis die Leute hier Schlange stehen. Vor allem wenn sie mein Verlobungskleid sehen."

„Ihr Verlobungskleid?"

Rena wurde blass. Für einen kurzen Moment hatte sie vergessen, dass Franz' zukünftige Frau vor ihr stand. Wie gut, dass Rosa sie daran erinnert hatte. Es würde ihr leichter fallen, damit umzugehen, wenn die junge Frau ihr nicht so gut gefiel.

„Ich möchte, dass Sie es schneidern", sagte Rosa fast beiläufig.

„Das kann ich nicht", platzte es aus Rena heraus. Doch sogleich bereute sie ihre Worte. „Ich habe in der nächsten Zeit viel zu tun", versuchte sie, ihren Fehler gutzumachen und sich nicht anmerken zu lassen, wie sehr sie die Nachricht von der bevorstehenden Verlobung traf.

„Ich bestehe aber darauf." Rosas Ton war wie immer bestimmt. „Ich kenne niemanden, der so schneidert wie Sie, Rena. Mein Kleid soll alle vorher da gewesenen in den Schatten stellen. Ich bin bereit, Ihnen einen ganzen Monatslohn dafür zu zahlen."

Rena schluckte. Sie hatte die Begeisterung in Rosas Stimme gehört.

„Sie müssen Ihren zukünftigen Ehemann sehr lieben", sagte sie leise und erschrak, als ihre Kundin daraufhin laut loslachte.

„Sie irren sich, Rena", erwiderte sie, als sie sich gefangen hatte. „Ich liebe Franz nicht, zumindest nicht so, wie eine Braut ihren Bräutigam lieben sollte. Dafür tun Sie es, nicht wahr?"

„Das ist vorbei", benutzte Rena die gleichen Worte wie Franz vor wenigen Tagen.

„Das ist es nicht, Franz liebt Sie und wenn er nicht dieser

versnobten Familie entstammen würde, hätte er Sie vermutlich längst vor den Altar gezerrt. Es ist auch für ihn nicht einfach, sich dem gesellschaftlichen Druck zu beugen. Unsere Ehe wird eine reine Zweckgemeinschaft sein, Rena."

„Und was ist mit Ihnen? Können Sie einfach so einen Mann heiraten, für den Sie keine Gefühle empfinden?"

„Mir bleibt keine Wahl, wenn ich nicht aus der Gesellschaft ausgestoßen werden möchte."

Rosa brach ab und seufzte. „Was ist nun mit dem Kleid? Werden Sie es nähen?"

Rena nickte. „Wenn Sie es immer noch möchten."

„Natürlich will ich das. Dieses Kleid muss alle anderen in den Schatten stellen. Sämtliche Männer sollen nur auf mich sehen, während die feinen Damen die Nase rümpfen. Ich möchte, dass Sie es so extravagant wie nur möglich anfertigen. Es darf ruhig verrucht sein, jedoch nicht billig wirken. Verstehen Sie, was ich meine?"

„Ja." Nun musste auch Rena lächeln. Rosa gefiel ihr immer besser und unter anderen Umständen hätte sie deren Gesellschaft vielleicht sogar genossen. „Sie haben vor, einen Skandal zu verursachen."

„Wenn Sie es so nennen möchten."

„Also gut, Rosa. Ich werde Ihnen dabei helfen, wenn ich auch befürchte, meine neue Kundschaft zu verlieren, sollte es sich herumsprechen, von wem das Kleid gefertigt wurde. Ich habe gerade diesen Stoff hier gekauft und eine ganz ähnliche Idee gehabt. Wie finden Sie ihn?"

„Ich bin begeistert", antwortete Rosa, nachdem sie den weinroten Stoff und die schwarze Spitze gesehen hatte. „Die Leute werden von nichts anderem mehr sprechen", kicherte sie. „Glauben Sie, Sie schaffen es bis zum Dinner in drei Wochen?"

„Ich werde sofort beginnen. Kommen Sie in drei Wochen

am Mittag zur Anprobe. Dann wird sich zeigen, ob Sie tatsächlich den Mut haben, dieses Kleid zu tragen."

„Abgemacht, danke, Rena. Ich will Sie auch nicht länger aufhalten."

Sie ging zur Tür. Dort blieb sie zögernd stehen und schaute sich noch einmal zu dem blinden Mädchen um.

„Ich werde es tragen, Rena."

Franz war gerade auf dem Weg zum Bankhaus seines Vaters, als er Rosa aus dem Geschäft kommen sah. Ausgerechnet heute hatte er dem Drang, Rena wenigstens kurz aus der Ferne anzuschauen, nicht widerstehen können. Was vor allem an dem Gespräch mit seiner zukünftigen Frau lag, welches ihm einfach nicht aus dem Kopf ging. Noch wusste er zwar nicht, wie er Rena davon überzeugen konnte, seine Geliebte zu werden, doch die Aussicht, sie weiterhin lieben zu dürfen, raubte ihm jeden klaren Gedanken.

Einem ersten Impuls folgend wollte er Rosa zurufen, die ihn auf der gegenüberliegenden Straßenseite nicht bemerkte. Doch dann zögerte er, als ihm auffiel, dass sie sich mehrere Male umdrehte, als befürchte sie, jemand könnte ihr folgen. Erst als sie sicher schien, ging sie schnellen Schrittes die Straße hinunter, die in den Teil der Stadt führte, in dem nicht nur unzählige Bars ihre Türen geöffnet hatten, sondern auch zwielichtige Gestalten zu Hause waren.

Ohne lange zu überlegen folgte Franz ihr unauffällig. Seine Neugier war geweckt. Die Gegend, die Rosa ansteuerte, wurde von Leuten ihrer Herkunft gemieden. Außerdem gab es dort weder Geschäfte noch Cafés. Also was in Gottes Namen wollte sie dort?

Durch eine enge verwinkelte Gasse gelangten sie zur Südseite der jüdischen Synagoge. Rasch überquerte Rosa den

Platz davor und ging auf ein Haus zu, vor dem ein bärtiger Mann saß und rauchte. Er trug lediglich eine Unterhose, als wäre er gerade aus dem Bett gestiegen. Er grüßte Rosa, die ihm zulächelte, bevor sie an die Tür des Hauses klopfte.

Franz blieb unterdessen hinter einer Baumgruppe stehen und beobachtete seine zukünftige Frau überrascht. Im nächsten Moment öffnete sich die Tür. Eine junge Frau trat heraus. Sie trug ein dunkles Mieder, ihre schlanken Beine steckten in verführerischen Netzstrümpfen. Franz keuchte bei ihrem Anblick und hielt sich erschrocken die Hand vor den Mund.

Erst nachdem er sich vergewissert hatte, dass er von niemandem entdeckt worden war, schaute er erneut zum Haus. Die junge Frau und Rosa umarmten sich. Dabei gelang es Franz, einen Blick in das Gesicht der Fremden zu erhaschen. Er konnte sich des Eindrucks nicht erwehren, sie schon einmal gesehen zu haben. Doch bevor er genauer hinschauen konnte, verschwanden die Frauen im Haus und die Tür schloss sich.

Nachdenklich trat er auf die Straße und fragte sich, ob das Rosas Geheimnis war. Hatte sie sich deshalb so gegen die Vermählung gesträubt? Führte sie abseits ihres gesellschaftlichen Standes ein ausschweifendes, anrüchiges Leben? War der Mann vor dem Haus gar einer ihrer Liebhaber?

Langsam überquerte Franz die Straße und näherte sich dem Haus. Inzwischen war auch der bärtige Kerl davor verschwunden. Überhaupt war kein Mensch zu sehen, sodass Franz unbeobachtet die Türklinke herunterdrücken konnte. Aber die Tür war verschlossen, was sein Gefühl, dass dahinter unmoralische Dinge passierten, noch verstärkte.

Unschlüssig blieb er stehen. Leider würde er wohl nie erfahren, was genau Rosa in diesem Haus trieb. Es sei denn, er fragte sie danach. Doch er bezweifelte, eine Antwort zu bekommen. Also konnte er nur warten, wenn er mehr erfahren wollte.

Geduldig harrte er über eine halbe Stunde aus. Dann sah

er nervös auf seine Taschenuhr. Er hätte schon längst im Bankhaus sein müssen. Sein Vater würde nicht gerade erfreut sein, wenn er nicht bald erschiene. Aber da war auch die Neugier. Er musste sich entscheiden.

Nach einem letzten Blick zu einem der Fenster des Hauses, hinter dem er Rosa vermutete, wandte er sich ab. Aber kaum war er ein paar Meter gegangen, hörte er, wie sich die Tür öffnete. Franz drehte sich ruckartig um. Der bärtige Mann, der nun Hose und Hemd trug, verließ das Haus. Als er mit Franz auf gleicher Höhe war, sprach der ihn an.

„Entschuldigen Sie, können Sie mir vielleicht weiterhelfen?"

Der Mann blieb stehen und musterte Franz von Kopf bis Fuß.

„Ich denke nicht", sagte er dann und wollte weiterlaufen.

„Ich suche eine bestimmte Frau", hakte Franz nach. „Sie wohnt in diesem Haus. Sie hat dunkles langes Haar und ist bezaubernd schön."

„Dann kann es nur eine sein."

Der Kerl lachte und schaute Franz etwas überrascht an. Wahrscheinlich fragte er sich, was einen Mann seinesgleichen am helllichten Tag in dieses Viertel trieb.

„Verraten Sie mir den Namen!"

Franz holte eine Münze aus der Tasche und hielt sie ihm hin. Der Mann nahm sie ohne zu zögern, bevor er mit den Schultern zuckte.

„Ihre Beschreibung passt auf die Tänzerin. Ihr Name ist Nelly."

Damit drehte er sich um und ging. Franz hingegen fiel es wie Schuppen von den Augen. Sofort erinnerte er sich an den Tag, an dem er die Frauen auf der Lichtung vorgefunden hatte. Damals trug Nelly Reitkleidung wie Rosa. Deshalb hatte er sie nicht sofort erkannt. Er hatte vermutet, dass Rosas Bekannte aus gutbürgerlichem Haus stammte. Ihr Benehmen war tadellos gewesen. Eben jedoch hatte er einen völlig anderen Eindruck gewonnen und je länger er darüber nachdachte, umso sicherer glaubte er zu sein.

„Franz? Was machst du hier?“

Franz erschrak. Plötzlich stand Rosa hinter ihm und funkelte ihn wütend an. „Spionierst du mir etwa nach?“

„Nein, natürlich nicht“, stammelte er und riss die Augen auf, als er ihre knallig roten Lippen sah, die sinnlicher kaum sein konnten. „Aber erlaube mir eine Gegenfrage. Was machst du hier?“

„Das geht dich nichts an“, antwortete sie spröde und schloss den obersten Knopf ihrer Bluse, was auf Franz einen ungewöhnlich starken Reiz ausübte. Er hatte keine Ahnung, was gerade mit ihm los war, aber er hätte Rosa am liebsten an sich gezogen und geküsst.

„Du warst bei dieser Nelly“, stellte er fest, um ihre Reaktion zu sehen. Tatsächlich errötete Rosa. Gleichzeitig sah er die Wut in ihren Augen. Damit bestätigte sie seine Vermutungen.

„Sie ist eine Dirne, nicht wahr? Und wie ich das sehe deine Lehrmeisterin.“

Bevor Franz begriff, was geschah, klatschte Rosas Hand auf seine Wange. Er hatte sie nie zuvor so zornig gesehen. Nicht einmal als er ihr mitgeteilt hatte, dass ihre Eltern sie ohne ihr Einverständnis vermählen wollten.

„Wag es nicht noch einmal, mich so zu bezeichnen“, zischte sie ihn an. „Ich bin keine Dirne und Nelly auch nicht. Verschwinde, Franz, und misch dich nie wieder in mein Leben ein!“

~

Währenddessen begann Rena mit dem Zuschneiden des Stoffes. Sie hatte sich Charlotte zur Hilfe geholt, die bereitwillig machte, was Rena ihr sagte. Das Mädchen teilte ihre Leidenschaft für Mode und das Nähen und stellte sich ziemlich geschickt an. Nachdem sie ihr genau erklärt hatte, wie der Zuschnitt aussehen sollte, zeichnete sie feine Linien auf den Stoff. Rena die jedes Teil mit ihren Händen prüfte, nickte zufrieden.

„Du hast Talent", lobte sie Charlotte. „Aber bis du so weit bist, eine eigene Näherei zu betreiben, wirst du für mich sehen."

„Nichts lieber als das", antwortete das Mädchen erfreut. „Ich kann so viel von dir lernen. Ich bewundere dich, Rena."

„Es genügt, wenn du tust, was ich sage." Rena lächelte. „Bewunderung ist etwas für Leute, die sich ihres Könnens nicht sicher sind. Und jetzt arbeiten wir weiter. Das Kleid muss rechtzeitig zur Anprobe fertig sein."

Leider wurde dieser Plan erneut durch das Klingeln der Türglocke unterbrochen. Rena, die vorgehabt hatte, den Laden vorübergehend zu schließen, seufzte. Sie hatte vergessen, das Schild umzudrehen.

„Sie wünschen?", fragte sie dennoch freundlich wie immer und hoffte, dass der Kunde nur ein paar Knöpfe kaufen oder sich umschauen wollte.

„Ich wünsche, dass du mich heute Abend begleitest. Im Künstlerviertel findet das jährliche Fest statt. Es wird getanzt, gesungen und jongliert. Was hältst du davon?"

„Tut mir leid, Friedel. Ich kann nicht."

„Das sagst du nun schon zum dritten Mal, Rena. Immer wenn ich dich einlade, lehnst du ab. Trägst du es mir etwa bis heute noch nach, dass mein Fahrrad im Weg stand?"

„Unsinn, mein Knie ist längst verheilt. Es liegt nicht an dir, Friedel. Mir wächst die Arbeit hier über den Kopf. Ich kann mich gar nicht mehr erinnern, wann ich zum letzten Mal aus war."

„Eben, dann wird es höchste Zeit. Du kannst nicht nur schuften, Rena."

„Ich muss aber", antwortete Rena ungeduldig, die viel lieber begonnen hätte zu nähen. Seit ihrem kleinen Unfall am Bahnhof tauchte Friedel regelmäßig in ihrem Geschäft auf. Einmal lud er sie zum Kaffee ein, ein anderes Mal brachte er ihr Blumen, die er heimlich in einem Vorgarten gepflückt hatte. Immer war er guter Laune und stets hilfsbereit. Rena wusste, dass er es nur gut meinte. Dennoch wäre es ihr heute lieber gewesen, er würde den Korb, den sie ihm gerade gegeben hatte, einfach hinnehmen und sie arbeiten lassen.

„Bitte, Rena", blieb er jedoch hartnäckig. „Nur ein einziges Mal. Es wird dir gefallen."

„Also gut", stöhnte sie. „Du gibst ja doch keine Ruhe. Ich werde dich ins Künstlerviertel begleiten. Aber erst wenn ich hier fertig bin und auch nicht für lange."

„Versprochen." Friedel strahlte. „Ich werde dich pünktlich nach Hause bringen. Bis heute Abend, Rena. Ich freue mich."

Rena atmete auf, als er endlich ging. Sie hatte nur zugestimmt, um ihn loszuwerden. Allerdings konnte sie den Abend auch gleich dazu nutzen, mit ihm zu reden. Ihr war klar, dass er ein Auge auf sie geworfen hatte und sich deshalb so um sie bemühte. Und unter normalen Umständen wäre sie sicher auch darauf eingegangen. Friedel war ein guter Kerl. Aber in ihrem Herzen war immer noch Franz, der sich trotz seiner anstehenden Verlobung nicht daraus vertreiben ließ. Es wäre nicht richtig, wenn sie Friedel unnötig Hoffnung machte.

„Fangen wir an", sagte sie zu Charlotte und nahm den Stoff zur Hand. Dann schloss sie für einen Moment die Augen und stellte sich ihr Kleid vor.

Die Mode der Damen fokussierte sich momentan vor allem auf die Beweglichkeit. Die Kleider sollten bequem und dennoch stilvoll aussehen, wobei der Rocksaum in jüngster Zeit immer kürzer wurde und fast bis zum Knie ging, was durch Fransen und Bänder kaschiert wurde.

Sie hingegen hatte nicht vor, Fransen zu verwenden, die das

verdeckten, was am schönsten war, die Beine einer Frau. Gut, nicht bei jeder Frau, dachte Rena und musste lächeln. Rosa hingegen konnte tragen, was sie vorhatte zu nähen. Ihre makellose Figur war Rena sofort aufgefallen, als sie ihren Körper ausgemessen hatte.

„Hast du die Schere?“, fragte sie Charlotte.

„Ja, Rena.“

„Dann beginne damit, an der Linie zu schneiden!“

Das Mädchen tat, was sie verlangte, und schnitt vorsichtig den Stoff, bevor sie ihn Rena erneut hinhielt, die ihn ausgiebig befühlte.

„Mehr!“, sagte sie dann. „Schneide ihn etwas höher ab!“

Wieder schnitt Charlotte, und wieder reichte sie Rena das Ergebnis, die sich den Zuschnitt dieses Mal vor ihren Körper hielt. Ihre Finger suchten den Saum, der bis knapp unter das Knie ging. Damit hatte sie bereits einen gewagten Schritt getan. Sie zögerte einen Moment, bevor sie den Stoff noch einmal an das Mädchen übergab.

„Eine Handbreit noch, Charlotte, dann ist es perfekt.“

„So kurz, bist du sicher?“

„Tu, was ich dir sage!“, antwortete Rena nur.

Sie arbeiteten bis zum Abend. Dann schickte sie Charlotte nach Hause, nachdem sie ihr einen großzügigen Lohn gezahlt hatte. Die Kleine hatte es kaum glauben können und Rena herzlich umarmt, bevor sie versprach, am nächsten Tag wiederzukommen.

Müde lehnte sich Rena zurück, die nur noch in ihre Wohnung und die Füße hochlegen wollte. Ihre Beine schmerzten vom stundenlangen Bedienen der Maschine. Erschöpft ging sie zur Tür, um abzuschließen.

„Wie ich sehe, komme ich genau richtig.“

Friedel. Rena stöhnte innerlich. Sie hatte ihn und ihre Verabredung völlig vergessen.

„Sei mir nicht böse, Friedel“, bat sie ihn. „Aber ich bin

ziemlich geschafft. Ich würde dir keine gute Begleitung sein. Geh allein!"

„Nichts da, Rena. Du hast es versprochen. Wenn es sein muss, trage ich dich zum Fest."

Rena zögerte. Friedel hatte ja recht und sie brach ungern ein Versprechen. Vielleicht würde ihr ein wenig Ablenkung sogar guttun. Außerdem hatte er versprochen, sie rechtzeitig nach Hause zu bringen, sodass sie ihren benötigten Schlaf bekäme.

„Also gut", stimmte sie zu, woraufhin der junge Mann sie hochhob und durch die Luft wirbelte. „Wenn du mich herunterlässt, ziehe ich mich rasch um."

Rena lachte. Sie musste zugeben, dass Friedels Gesellschaft sie tatsächlich auf andere Gedanken brachte. Warum sollte sie die wenige Freizeit, die ihr blieb, nicht auch einmal genießen?

„Es kann losgehen", sagte sie wenig später zu ihrem Verehrer, der auf der Straße auf sie gewartete hatte. Als er nicht antwortete, hob sie ihren Kopf in seine Richtung.

„Was ist? Hast du es dir anders überlegt?"

„Nein, Rena, ich möchte dich nur noch einen kurzen Moment anschauen", antwortete er mit kratziger Stimme. „Du bist wunderschön."

Im gleichen Moment spürte Rena seine Lippen auf ihren. Sie wollte ihn fortstoßen und ihn zurechtweisen, dass er ihre Blindheit ausgenutzt hatte. Doch dann ließ sie es einfach geschehen. Der Kuss fühlte sich sanft an und zärtlich. Ganz anders als Franz' stürmische Küsse, die voller Leidenschaft gewesen waren.

Und das war es auch, was dem Kuss von Friedel fehlte. Er berührte ihr Herz nicht, dachte Rena traurig und löste sich von dem jungen Mann, der nicht ahnte, was in ihr vorging.

Als drei Wochen später das Dinner auf dem Gut der von Lichtenfels stattfand, waren die Unstimmigkeiten zwischen Rosa und Franz beigelegt. Er hatte sich aufrichtig bei ihr entschuldigt und im Nachhinein eingesehen, wie unsinnig seine Äußerungen gewesen waren. Es tat ihm leid, Rosa als Dirne bezeichnet zu haben, und sie glaubte ihm.

„Ich wünschte, dieses Theater wäre schon vorbei", seufzte Rosa, die sich am Morgen mit Franz zum Ausritt verabredet hatte. „Unsere Mütter hingegen können es kaum erwarten. Sie benehmen sich, als würden wir heute schon heiraten. Dabei könnte ich immer noch Nein sagen."

„Das könntest du, wirst du aber nicht", antwortete Franz. „Du magst ja den Dünkel unserer Familien verachten, aber ich nehme an, dass du nur ungern auf den Luxus verzichten möchtest."

„Du irrst dich, Franz." Rosa wurde unerwartet ernst. „Ich würde ohne zu zögern alles aufgeben, wenn ich damit ..."

Sie brach ab und streichelte ihrer Stute über die Stirn. Franz bemerkte den wehmütigen Ausdruck in ihren Augen.

„Wenn du damit was?", hakte er nach.

„Vergiss es! Es gibt tatsächlich einen Grund, dass ich dich nicht vor dem Altar stehen lasse. Glaubst du, ich verzichte auf meinen Auftritt heute? Meiner geliebten zukünftigen Schwiegermutter werden die Augen herausfallen, wenn sie mich in meinem neuen Kleid sieht."

„Übertreib es nicht!", riet ihr Franz, der befürchtete, dass Rosa zu übermütig handeln könnte. „Meine Mutter versteht keinen Spaß, was die Etikette angeht."

„Danke, dass du mich darauf hinweist. Aber das ist selbst mir schon aufgefallen. Ich hoffe, du erwartest nicht, dass ich darauf Rücksicht nehme. Sie war es, die diese Vermählung wollte. Und nun lass uns reiten! Wer zuerst bei der Lichtung ist."

Sie gab ihrer Stute die Sporen und preschte davon. Franz,

der nicht damit gerechnet hatte, ritt ihr nach und trieb seinen Wallach an. Kurz vor der Lichtung waren sie auf gleicher Höhe, bis Rosa alles wagte und im vollen Galopp den Hang nahm.

„Du hättest dir sämtliche Knochen brechen können", stellte Franz verärgert fest und stieg vom Pferd. „Warum kannst du dich nicht einmal wie eine Dame benehmen?"

„Weil ich keine bin", erwiderte sie unbeeindruckt. „Warum kannst du eigentlich nicht verlieren?"

„Lass uns nicht streiten", lenkte Franz ein, der zum ersten Mal eine Ahnung davon bekam, wie anstrengend eine Ehe mit Rosa sein könnte. Er war sich nicht sicher, ob er ihr selbstbewusstes und oft auch verletzendes Benehmen jeden Tag ertragen konnte.

„Du hast recht. Ich wollte mit dir auch über ein anderes Thema sprechen. Was sagst du zu der Instabilität des internationalen Kreditmarktes? Es fließen enorme ausländische Kredite nach Deutschland, denen ein Minimum an deutschen Anlagen im Ausland gegenübersteht. Papa befürchtet, es könne zu einer Krise kommen, sollten die amerikanischen Banken irgendwann mit dem Abzug und der Rückforderung von Geld reagieren, das zuvor in Europa angelegt wurde. Dann wäre besonders Deutschland davon betroffen."

„Gut möglich." Franz nickte. „Allerdings glaube ich kaum, dass uns das in den Ruin treiben würde, wie dein Vater befürchtet. Schließlich gehören unseren Familien nicht nur Aktien und Banken, sondern auch genug Grundbesitz. Was den Rest der Bevölkerung angeht, würde ich in einem solchen Fall allerdings schwarzsehen."

„Du denkst, es könnte noch mehr Arbeitslose geben? Damit bekämen die Nazis weiter Zulauf."

„Noch ist es ja nicht so weit. Die Börse ist stabil. Warten wir einfach ab. Seit wann interessierst du dich für Politik?"

„Seit ich sehe, wie besorgt mein Vater ist. Ihm gehört das größte Stettiner Bankhaus, wie du weißt. Aber du hast recht, der Tag ist viel zu schön für solch schwierige Themen. Ich werde nachher zu Rena in den Laden gehen und mein Kleid anprobieren. Ich bin schon ganz aufgeregt."

„Wie geht es ihr? Hat sie nach mir gefragt?"

„Um Gottes willen, nein, Franz. Sie kennt mich ja kaum. Würdest du einen zukünftigen Bräutigam etwa nach deiner verflossenen Liebe fragen?"

„Wahrscheinlich eher nicht."

Franz nickte enttäuscht und kaute nachdenklich auf einem Grashalm.

„Warum gehst du nicht einfach zu ihr und unterbreitest ihr meinen Vorschlag? Ganz ehrlich, Franz, Rena ist eine Näherin. Sie kann sich glücklich schätzen, deine Geliebte zu sein."

„Ich weiß nicht, mein Gefühl sagt mir, dass sie dafür zu anständig ist. Du kennst sie nicht, Rosa."

„Aber sie liebt dich. Natürlich gehört Mut dazu. Die Frage ist, ob ihre Liebe stark genug ist."

„Kann die Rolle einer Geliebten einer Frau überhaupt genügen?", fragte Franz, der sich nicht vorstellen konnte, einem anderen Menschen jemals die Gefühle entgegenzubringen, die er für Rena empfand. Seine bevorstehende Verlobung sah er als Verrat an ihr an, was es vermutlich auch war. Wenn es sich bei Rosa auch nur um freundschaftliche Zuneigung handelte, musste er doch sein Herz teilen und ihr ein guter Ehemann sein.

Schon bei dem Gedanken war ihm elend. Rosa hatte von Mut gesprochen und er wollte ganz sicher kein Feigling sein. Aber das war er bereits gewesen, als er der ungewollten Vermählung zugestimmt hatte.

Sie schwiegen und hingen ihren Gedanken nach, während die Pferde friedlich auf der Wiese grasten. Es kam nicht oft vor, dass sie sich nichts zu sagen hatten, und lange hielt es Rosa auch dieses Mal nicht aus.

„Soll ich mit ihr reden, von Frau zu Frau? Dann erfahre ich

bestimmt, wie es um ihre Gefühle bestellt ist. Möglicherweise liebt sie dich gar nicht mehr und hat längst einen neuen Verehrer. Dann wären unsere Überlegungen völlig umsonst."

„Tu, was du nicht lassen kannst", antwortete Franz und sprang auf. Wieder einmal störte ihn ihre direkte Art. Warum musste sie von einem Verehrer reden und ihn an den jungen Mann erinnern, den er in Renas Gesellschaft gesehen hatte?

„Ich reite zurück aufs Gut. Kommst du mit?"

„Nein." Rosa machte keine Anstalten, ihm zu folgen. „Mir genügt es, wenn ich deine Mutter heute Abend ertragen muss. Gönn mir noch diese Galgenfrist."

Sie lachte, doch Franz ging nicht wie gewohnt darauf ein.

„Sie ist meine Mutter, Rosa", entgegnete er scharf. Er ärgerte sich gar nicht so sehr über die respektlose Art, in der Rosa über Mathilde von Lichtenfels sprach, sondern er hatte immer noch ihre vorherige Bemerkung im Kopf.

„Der du gerade sehr ähnlich bist", konterte Rosa und schwang sich ebenfalls in den Sattel. „Ich sollte Rena vielleicht doch lieber raten, dich zu vergessen", sagte sie voller Spott in der Stimme, bevor sie in entgegengesetzter Richtung davonritt.

Natürlich hatte Rosa bemerkt, wie verärgert Franz reagiert hatte, als sie einen Verehrer erwähnte. Dabei wollte sie sich doch nur einen Scherz erlauben. So verkrampft ihr Freund aus Kindertagen in letzter Zeit war, konnte es ihm nicht schaden, hatte sie geglaubt.

Der Schuss war nach hinten losgegangen. Franz war einfach nicht mehr der Alte, seit diese Rena in seinem Kopf herumspukte. Er nahm alles viel zu ernst.

Rosa stockte mitten im Gehen und warf einen erstaunten Blick zur gegenüberliegenden Straßenseite, auf der sich die Näherei befand. Vor der Tür stand ein Paar, welches ziemlich vertraut miteinander umging. Der junge Mann zog Rena gerade an sich und drückte ihr einen Kuss auf die Stirn, bevor er sich verabschiedete und die Straße hinunterlief.

Nachdenklich sah Rosa ihm hinterher. Hatte sie mit ihrer spaßigen Bemerkung möglicherweise gar nicht so falsch gelegen? Hatte Franz sich gar in dem Mädchen getäuscht? Wer sagte denn, dass er der Einzige gewesen war, zu dem sie sich hingezogen fühlte?

Langsam überquerte sie die Straße. Irgendwie passten wechselnde Männerbekanntschaften nicht zu der jungen zurückhaltenden Frau, die sie kennengelernt hatte. Oder vielleicht doch?

Rosa zuckte mit den Schultern und öffnete die Tür. Sie würde es herausfinden, nahm sie sich vor. Aber zuerst wollte sie ihr Kleid sehen. Sie konnte es kaum erwarten.

„Ich kann es nicht glauben!“, schrie sie wenig später auf, als Rena ihr das Kleid zeigte. Rosa, die bei Gott nichts so schnell umhaute, riss die Augen auf.

„Gefällt es Ihnen nicht?“, fragte Rena unsicher und befürchtete sofort, dass ihr gewagter Schnitt möglicherweise doch etwas zu kühn gewesen war.

„Es ist einzigartig“, beruhigte sie Rosa, die sich an dem Kleid nicht sattsehen konnte. „Ich möchte es anziehen, jetzt gleich.“

Ohne zu zögern schlüpfte sie aus ihren Sachen und zog das Kleid an. Dann stellte sie sich vor den großen Spiegel und schnappte nach Luft, als sie erkannte, dass es an ihr noch schöner aussah als an dem Bügel. Sie wirkte ganz anders als sonst, elegant, verführerisch und gleichzeitig unnahbar.

„Wenn Sie möchten, kann ich den Saum auch tiefer machen“, schlug Rena zaghaft vor, die das Entzücken in Rosas Gesicht nicht sah und nur hörte, wie ihre Kundin heftig atmete.

„Auf gar keinen Fall. Dieses Kleid ist umwerfend.“

„Wirklich?“

„Wirklich", bestätigte Rosa. „Obwohl ich noch nie so einen kurzen Rock gesehen habe."

„Ich dachte, Sie wollten etwas Besonderes."

„Das wollte ich und mit diesem Kleid ist es Ihnen gelungen."

Rosa drehte sich vor dem Spiegel. Der Saum des Rockes schwang nicht wie üblich um ihre Beine, dafür war er viel zu eng anliegend, sondern betonte jede weibliche Rundung. Die Damen des Dinners würden schockiert sein, das wusste sie schon jetzt. Aber ihr war das gleichgültig.

„Der Mensch, der Sie liebt, wird nur noch Augen für Sie haben", sagte Rena leise.

„Ich hoffe es. Deshalb möchte ich es auch anbehalten. Ich habe noch etwas vor."

„Sagten Sie nicht, das Dinner wäre heute Abend?"

„Sie haben richtig gehört." Rosa lachte über Renas naive Art. „Der Mensch, den ich liebe, wird aber leider nicht dort sein."

„Aber Franz ..." Rena brach ab und errötete. „Verzeihen Sie, es geht mich nichts an. Natürlich können Sie das Kleid anbehalten. Ich fürchte nur, es könnte schmutzig werden."

„Sie haben recht", gab Rosa bedauernd zu und schaute auf ihre Uhr. „Außerdem wäre es wohl vernünftiger, nach Hause zu gehen und mich für den Abend vorzubereiten. Aber vorher möchte ich Ihnen noch eine Frage stellen. Darf ich?"

„Natürlich."

„War der junge Mann vorhin Ihr Freund?"

„Sie meinen Friedel?" Rena zuckte mit den Schultern. „Ehrlich gesagt, ich weiß es nicht. Friedel bemüht sich sehr um mich und wäre gerne mit mir zusammen. Aber ich ..."

„Sie lieben Franz, nicht wahr?"

„Ja." Rena nickte. „Es tut mir leid."

„Das muss es nicht. Haben Sie neulich nicht zugehört? Ich

werde ihn heiraten, weil unsere Eltern es so wollen. Lieben werde ich ihn nie."

„Ich stelle mir so ein Leben schrecklich vor", sagte Rena, die sich über sich selbst wunderte, dass sie mit Franz' Braut sprach, als wären sie Freundinnen. „Was bringt Ihnen all der Reichtum und Besitz, wenn Ihr Herz sich nach jemand anderem sehnt?"

„Ich stimme Ihnen zu, Rena." Rosa wurde unerwartet ernst. „Deshalb möchte ich Ihnen einen Vorschlag machen. Sie werden schockiert sein und im ersten Augenblick bestimmt ablehnen. Aber ich bitte Sie, darüber nachzudenken. Sie sagten selbst, dass man der Liebe nicht im Weg stehen darf. Möchten Sie hören, was ich zu sagen habe?"

Rena nickte, woraufhin Rosa zu lächeln begann. Das Mädchen gefiel ihr. Ohne zu zögern erzählte sie ihr von dem Gespräch mit Franz. Als sie endete, wartete sie angespannt. Doch Rena schwieg.

„Sie halten mein Angebot für unmoralisch?", fragte Rosa, die nichts anderes erwartet hatte. „Vergessen Sie, was ich gesagt habe! Ich sollte jetzt besser gehen."

Rosa zog das Kleid aus und schlüpfte in ihre Sachen. Dann reichte sie Rena den Lohn und ging zur Tür. Sie war etwas enttäuscht, nur allzu gerne hätte sie Franz damit überrascht, dass Rena zugestimmt hatte. Allerdings war ihr Vorschlag wohl doch etwas zu abenteuerlich gewesen für ein prüdes Mädchen der Arbeiterschicht.

„Warten Sie!", rief Rena gerade in dem Moment, als Rosa die Tür schließen wollte. „Ihr Angebot ist tatsächlich absurd und fern jeglicher Moral."

„Entschuldigen Sie, Rena."

„Ich stimme dennoch zu. Ich liebe Franz und wenn ich es nur auf diesem Weg kann, bin ich bereit dazu."

„Wollen Sie nicht lieber eine Nacht darüber schlafen?", fragte Rosa skeptisch.

„Nein, ich habe mich entschieden."

„Sie gefallen mir immer besser, Rena. Ich kann Franz verstehen, dass er nicht auf Sie verzichten möchte."

Nachdem Rosa ihre Schneiderin daraufhin herzlich umarmt hatte, machte sie sich auf den Heimweg. Sie konnte es kaum erwarten, Franz davon zu berichten. Leider würde ihr das erst am Abend beim Dinner möglich sein, überlegte sie, bevor sie lächelte.

Sie war wahrscheinlich die erste Braut, die ihrem zukünftigen Mann eine Geliebte zum Geschenk machte. Sie hätte zu gerne erfahren, was seine Mutter, Mathilde von Lichtenfels, davon halten würde. Bedauerlicherweise musste es aber ihr kleines Geheimnis bleiben. Sie hatte Rena ja nicht ganz uneigennützig gefragt. Nur so konnte auch sie ihrem Herzen folgen, ohne dass ein Mensch aufmerksam wurde.

Zufrieden zog sie am Abend das Kleid an. Sie wählte zierliche Schnürstiefel dazu und eine schlichte, einreihige Perlenkette mit passenden Ohrringen. Zuvor hatte ihr Hausmädchen ihr dickes lockiges Haar mit kräftigen Bürstenstrichen gekämmt, sodass es nun glänzte wie Seide. Johanna, die ihr seit Jahren zur Hand ging, fiel beinahe in Ohnmacht, als Rosa sich vor den großen Spiegel stellte und sich kritisch betrachtete.

„Mach den Mund zu, Hanna!" Rosa kicherte, als sie sah, wie ihr Hausmädchen verlegen zu Boden sah. „Du findest also nicht, dass ich hübsch aussehe?"

„Doch, natürlich, Sie sehen wunderschön aus, nur …"

„Nur wäre es dir lieber, wenn das Kleid nicht so unverschämt kurz und eng anliegend wäre."

Johanna nickte, was Rosas Freude keinen Abbruch tat. Selbstbewusst drehte sie sich im Kreis und ließ den fast durchsichtigen Überwurf schwingen, der den etwas frivolen

Eindruck des Kleides anmutig und edel machte. Hauchzart schmiegte er sich um ihre Beine.

Dennoch zog sie vorsichtshalber einen Mantel über, bevor sie nach unten ging, wo ihre Eltern bereits warteten. Nicht ahnend, dass ihre Tochter an diesem Abend für einen weiteren Skandal sorgen würde, fuhren sie zu Gut Lichtenfels.

Während Luisa und Karl von Braunstein sich nach der Ankunft sofort unter die Leute mischten, machte sich Rosa auf die Suche nach Franz. Leider konnte sie ihn nirgendwo finden, sodass ihr nichts weiter übrig blieb, als ebenfalls zum Dinner zu gehen.

Als sie die große Eingangshalle im Westflügel des Hauses betrat, spürte sie ein leichtes Zittern in ihren Beinen. Gleich würde sie den Mantel ausziehen und sich den Augen der Anwesenden stellen. Sie fand den Gedanken aufregend und wünschte sich in diesem Moment nichts mehr, als dass Nelly sie so sehen könnte. Doch das musste sie wohl auf später verschieben. Jetzt war es wichtig, Haltung zu bewahren und dieses Kleid mit Würde zu präsentieren.

Sie atmete tief durch. Dann öffnete sie die große Flügeltür zum Salon. Eine lange Tafel mit annähernd fünfzig Sitzplätzen beherrschte den Raum. Sie erstrahlte im Licht unzähliger Kerzenhalter, die auf weißen Tischtüchern aus Damast platziert waren. Alles wirkte pompös und prunkvoll, wie auch die vornehmen Gäste, die sich eingefunden hatten.

Sofort richteten sich alle Blicke auf sie. Ihre Mutter stieß einen spitzen Schrei aus und hielt sich gleich darauf erschrocken die Hand vor den Mund, während Rosa erhobenen Hauptes auf die Gesellschaft zuschritt. Aus den Augenwinkeln heraus bemerkte sie die bohrenden Blicke ihrer zukünftigen Schwiegermutter, deren Gesicht wie versteinert war. Krampfhaft bemühte sie sich um ein Lächeln, als sie auf Rosa zuging. Doch es gelang ihr nicht. Heraus kam eine verzerrte Grimasse aus Entsetzen und Wut.

„Rosa, mein liebes Kind“, presste sie unter Aufwendung aller Kräfte heraus. Doch die Beherrschung zu behalten, das wusste Rosa, gehörte in diesen Kreisen ebenso dazu wie das wöchentliche Tennisspiel.

„Franz erwartet dich schon. Möchtest du dich nicht zu deinem zukünftigen Ehemann setzen?“

„Sehr gerne“, antwortete Rosa gespielt demütig, was in keinem Verhältnis zu ihrem Auftritt stand. Sie ahnte, dass Mathilde die Absicht hegte, Rosas fast nackte Beine unter dem Tischtuch zu verstecken. Dass es dafür bereits zu spät war, verdrängte sie offenbar. Das Getuschel hatte längst eingesetzt und steigerte sich noch, als Rosa nun den Salon durchquerte und zur Tafel ging, wo Franz mit verbissener Miene auf sie wartete. Mit bebenden Fingern griff er nach dem Wein und gönnte sich einen kräftigen Schluck.

„Was soll das, Rosa? Ich habe dich gewarnt“, flüsterte er ihr zu, nachdem sie sich an seine Seite gesetzt hatte.

„Gefällt dir mein Kleid nicht?“, fragte sie unschuldig und trank ebenfalls von dem edlen französischen Wein. „Ich finde es atemberaubend“, fügte sie hinzu und tupfte sich mit der Serviette den Mund ab.

„Du sorgst für einen Skandal“, erwiderte er mit erhobenen Brauen. „Meine Mutter ist außer sich. Ich kenne diesen Blick von ihr. Dein Benehmen wird nicht ohne Konsequenzen bleiben.“

„Doch, Franz, das wird es.“

Rosa lächelte. Franz hingegen fragte sich, was sich hinter diesem Lächeln verbarg. Wollte Rosa etwa ihn und seine Familie in aller Öffentlichkeit lächerlich machen und so die Verlobung verhindern?

„Was hast du vor?“, zischte er ihr zu.

„Mich mit dir zu verloben, was sonst?“

Rosa nickte der Gräfin von Dönhoff zu, die sich schnell abwandte und ihrem Ehemann kopfschüttelnd etwas zuraunte.

„Du sagtest, dass dein Jugendfreund anwesend sein wird, der für die Zeitung schreibt. Ich möchte, dass du ihn mir vorstellst."

„Warum sollte ich das tun? Damit du noch mehr Schaden anrichten kannst?"

„Nein, Franz, damit deine Geliebte die Aufmerksamkeit bekommt, die ihr zusteht. Dieses Kleid muss abgelichtet werden, unbedingt. Es wird die Modewelt auf den Kopf stellen, glaub mir."

Franz wurde blass. Mit großen Augen sah er Rosa an. Sie bemerkte das Misstrauen in seinen Augen und legte ihre Hand auf seine.

„Du hast richtig gehört, mein Lieber. Ich habe mit Rena gesprochen, sie ist einverstanden. Sie liebt dich, Franz."

„Ist das wirklich wahr?"

„Habe ich dich in der Vergangenheit auch nur ein einziges Mal belogen?"

Er schüttelte den Kopf. Seine Augen begannen zu leuchten. Dann tat er das, was Rosa wohl am wenigsten erwartet hatte. Er stand auf und zog sie mit sich. Unter den überraschten Blicken der Gäste kniete er vor ihr nieder und hielt um ihre Hand an. Als er ihr den Ring angesteckt hatte, herrschte Stille. Rosa sah, wie seine Mutter, die eine Rede geplant hatte, mit aufgerissenem Mund nach dem Arm ihres Mannes griff. Nur mühsam konnte sich Rosa ihr Lachen verkneifen.

„Langweilig wird die Ehe mit dir jedenfalls nicht", flüsterte sie Franz zu, der sie daraufhin an sich zog und in die Arme schloss.

Sechs Monate später befand sich Rena in höchster Aufregung. An ihrem Hals zeichneten sich rote Flecken ab, als sie die Treppe des Fachwerkhauses hinaufstieg und an Renates Tür klopfte. Trotz des kalten Frühlingstages schwitzte sie. Die einzelnen Haarsträhnen, die sich aus ihrem Knoten im Nacken gelöst hatten, waren feucht.

„Rena", begrüßte die alte Hebamme sie, nachdem sie zur Tür geschlurft war und geöffnet hatte. „Dich habe ich ja eine Ewigkeit nicht gesehen. Ich dachte schon, du hättest mich vergessen. Komm rein!"

„Das würde ich niemals tun, Renate, und entschuldige. Ich wollte dich schon längst besuchen. Aber seitdem Rosa von Braunstein mein Kleid zur Verlobung trug und es in der Zeitung abgelichtet war, kann ich mich vor Arbeit kaum noch retten."

„Ich habe davon gehört und ich gönne es dir von ganzem Herzen, Kind. Ich weiß noch genau, wie ich deiner Mutter damals half, dich zur Welt zu bringen. Wer hätte gedacht, dass du irgendwann berühmt wirst?"

„So schlimm ist es jetzt auch wieder nicht", wehrte Rena ab. Sie mochte es nicht, wenn sie Komplimente oder übermäßiges Lob bekam. Schließlich schneiderte sie nur, und ihren Erfolg hatte sie letztendlich Rosa zu verdanken, mit der sie inzwischen eine herzliche Freundschaft verband.

„Aber deswegen bist du nicht gekommen, nicht wahr?", fragte Renate und schenkte Rena wie einst ihrer Mutter Tee ein. Dabei richtete sich ihr Blick auf den Leib der jungen Frau. Ein Laie hätte die sanfte Rundung wohl kaum bemerkt, doch ihrem geschulten Auge entging sie nicht.

„Du bist in anderen Umständen", stellte sie ohne Umschweife trocken fest.

„Woher weißt du das?", fragte Rena erschrocken, die geglaubt hatte, man könne es ihr noch nicht ansehen.

„Ich bin über dreißig Jahre lang Hebamme gewesen und wenn ich mich jetzt auch zur Ruhe gesetzt habe, bedeutet das nicht, dass ich eine Schwangerschaft nicht erkenne."

Renate brach ab. Sie konnte sich schon denken, warum Rena nicht erfreut darüber zu sein schien.

„Gibt es einen Vater für das Kind?"

„Nein, zumindest keinen, der es mit mir zusammen aufzieht."

„Ach, Rena." Die alte Hebamme seufzte. „Dann hast du den gleichen Fehler begangen wie deine Mutter. Ich nahm wirklich an, du wärest vernünftiger."

„Ich liebe ihn, Renate."

Rena senkte den Kopf. Sie saß da wie ein Häuflein Unglück, was die Hebamme rührte. Es war immer dasselbe, dachte sie. Die jungen Dinger ließen sich den Kopf verdrehen und schwängern. Dass sie später mit dem Kind allein zurechtkommen mussten, schien nebensächlich zu sein.

„Wird er wenigstens für euch sorgen?", fragte sie und hoffte, dass sich Rena nicht ausgerechnet in einen armen Schlucker verguckt hatte. Sie atmete erleichtert auf, als diese nickte.

„Also ist er wohlhabend", stellte sie fest. „Warum nimmt er dich dann nicht zur Frau?"

„Weil er bereits eine hat", antwortete Rena leise. „Außerdem weiß er noch nicht, dass ich ein Kind erwarte."

„Um Himmels willen." Die Hebamme schlug die Hände über dem Kopf zusammen. „Dann solltest du es ihm so schnell wie möglich sagen. Du wirst jede Unterstützung brauchen können, wenn das Kind erst da ist."

„Darum bin ich zu dir gekommen, Renate. Ich brauche deine Hilfe."

„Was heißt das?" Die Miene der Hebamme verfinsterte sich. „Willst du damit sagen, du willst dieses Kind nicht? Dann bist du bei mir an der falschen Adresse. Ich helfe den Kleinen auf die Welt und töte sie nicht."

„Nein." Rena schüttelte heftig ihren Kopf. „Du verstehst mich völlig falsch. Ich liebe das Kind doch schon jetzt. Ich wollte mir nur sicher sein, dass du für mich da bist, wenn ich dich brauche."

„Was für eine dumme Frage." Renate atmete auf. „Natürlich werde ich da sein. Und nun leg dich hin! Ich will deinen Bauch befühlen."

Rena tat, was die Hebamme verlangte. Ihr Gewissen plagte sie. Sie hatte Renate nicht die ganze Wahrheit gesagt. Franz wusste, dass sie ein Kind erwartete. Am Abend zuvor hatte sie ihm davon erzählt, aber sicher nicht mit seiner Reaktion gerechnet. Nachdem er den ersten Schock überwunden hatte, wollte er sie zu einem dieser Quacksalber schicken, die ihr das Kind nehmen konnten. Rena hatte gehört, dass sie dazu Stricknadeln benutzten und die jungen Mädchen oft so verletzt wurden, dass sie nie wieder Kinder bekommen konnten.

„Das kannst du unmöglich verlangen, Franz", hatte sie unter Tränen gesagt.

„Es muss sein, Rena", war seine Antwort gewesen. „Wenn herauskommt, dass ich eine Liaison mit dir habe, wird mich Mutter enterben."

„Ist dir dein Besitz wirklich wichtiger als unser Kind?"

Rena war entsetzt gewesen. Natürlich hatte sie nicht erwartet, dass ihr Geliebter sich öffentlich zu ihr bekennen würde. Sie hatte nicht vergessen, worauf sie sich damals eingelassen hatte. Aber das bedeutete doch nicht, dass sie das Kind nicht großziehen konnte. Niemals würde sie zustimmen, es umzubringen.

Sie waren im Streit auseinandergegangen, zum ersten Mal. Rena hatte die ganze Nacht geweint und sich schreckliche Sorgen um ihre Zukunft gemacht. Sie wusste ja nicht einmal, ob Franz zu ihr zurückkehren würde. Dennoch fasste sie im Morgengrauen einen Entschluss. Sie liebte Franz nach wie vor, ihr Kind aber würde sie sich nicht nehmen lassen.

„Es scheint alles in Ordnung zu sein", riss Renate sie aus ihren Gedanken. „Sieh zu, dass Charlotte dir mehr zur Hand geht. Das Mädchen ist tüchtig. Du wirst von jetzt an keine Stoffballen mehr tragen, hast du verstanden?"

„Ja, Renate, danke."

Rena stand auf und verabschiedete sich.

„Gut, dann komm in ein paar Wochen wieder. Und vergiss nicht, mit dem Vater des Ungeborenen zu reden."

„Keine Sorge, ich werde alles tun, damit es dem Kind gut geht", wich Rena aus und machte sich danach auf den Heimweg. Doch so zuversichtlich, wie sie getan hatte, war sie nicht. Nicht nur, dass sie sich fragte, wer den Laden führen sollte, wenn sie es nicht mehr konnte. Vor allem ihre Beziehung zu Franz machte ihr Sorgen. Sie hätte sich nie darauf einlassen sollen, seine heimliche Geliebte zu sein. Nun sah sie, was sie davon hatte.

Nachdenklich lief sie ziellos durch die Straßen und versuchte, eine Lösung für ihr Problem zu finden. Vielleicht überlegte es sich Franz ja auch noch und bereute seinen Ausbruch vom Vorabend längst. Er liebte Rosa nicht und wenn er seinen Eltern von dem Kind erzählte, wer weiß, möglicherweise hätten sie nichts dagegen, dass er sich darum kümmerte.

Leider sagte eine Stimme tief in ihr, dass sie sich nur etwas vormachte. Sie träumte, wie sie es seit ihrem Kennenlernen tat. Dabei wusste sie doch, wie es sich anfühlte, ohne Vater aufzuwachsen. Sie hätte sich gewünscht, ihrem Kind dieses Schicksal ersparen zu können.

Rena lauschte dem Zwitschern der Vögel. Sie war im Park angekommen, in dem sie damals mit Franz spaziert war, und setzte sich auf die kalten Bretter einer Bank. Jetzt spazierten andere verliebte Paare an ihr vorbei, wie sie an den zärtlichen Worten erkannte, die an ihre Ohren drangen. Einige Meter von ihr entfernt liefen zwei Frauen, in ein Gespräch vertieft, an ihr vorüber. Sie lachten laut auf, bevor sie stehen blieben. Rena, die in einer der Stimmen Rosa zu erkennen glaubte, wollte sie gerade beim Namen rufen, als eine alte Dame, die ihren Hund an der Leine führte, sich zu ihr auf die Bank setzte.

„Das sollte verboten werden. Der Herrgott im Himmel wird sie hoffentlich für ihre Sünden strafen", sagte sie und bekreuzigte sich.

„Für was bestrafen?", fragte Rena.

„Ja, haben Sie denn nicht gesehen, dass sich die beiden Frauen geküsst haben, Kindchen? Mitten auf den Mund, und das in der Öffentlichkeit. So etwas hätte es zu unserer Zeit nicht gegeben. Wo soll das noch hinführen?"

Sie seufzte, dann stand sie auf und rief ihren Hund.

„Warten Sie!", bat Rena. „Können Sie mir sagen, wie die Frauen aussehen?"

„Warum nicht, aber ..." Sie brach ab. „Oh, Sie sind blind, entschuldigen Sie. Eine der Frauen hat dunkles langes Haar und ist dürr wie ein Besenstiel. Die andere etwas üppiger, blonde Locken und ..."

„Danke, das genügt."

„Wie Sie wollen", erwiderte die Frau hörbar eingeschnappt. Offenbar hätte sie das Gespräch gerne weitergeführt und ihrem Unmut über so viel Freizügigkeit Luft gemacht.

„Komm, Charlie, wir gehen."

Ihre Schritte entfernten sich, ebenso die der Frauen.

Rena hingegen blieb nachdenklich sitzen. In ihrem Kopf herrschte ein heilloses Durcheinander. Franz, der mit Rosa verheiratet war, gab vor, sie nicht zu lieben, und Rosa wiederum küsste eine Frau und konnte Franz möglicherweise deshalb keine Gefühle entgegenbringen. Sie hatte von diesen Frauen gehört, die sich häufig in Ballhäusern trafen, um sich zu amüsieren und zu flirten. Es gab inzwischen eine regelrechte Bewegung dieser gleichgeschlechtlichen Paare, die versuchten, gesellschaftliche Strukturen ins Wanken zu bringen. Vom Großteil der Bevölkerung wurden sie jedoch als abtrünnig bezeichnet.

Zu Recht, dachte Rena, die solch ein Verhalten für unzüchtig hielt. Dabei hatte sie Rosa wirklich gemocht. Warum war sie nicht ehrlich zu ihr gewesen? Aber war das überhaupt jemand aus ihren Kreisen?

Rena stand auf. Ihre Brust bebte. Unwillkürlich hielt sie die Hände vor ihren gewölbten Bauch. In was für einen Sumpf aus heimlicher Begierde und frivoler Lust war sie da nur geraten, dachte sie ängstlich und machte sich auf den Heimweg. In der Schneiderei angekommen, setzte sie sich sofort an die Nähmaschine. Arbeit hatte noch immer geholfen, um ihre Gedanken zu ordnen.

Es war noch früh am Morgen, als Franz sein Bett verließ und sich auf den Weg zum kleinen Salon machte, in dem er seine Mutter vorzufinden hoffte. Er hatte die halbe Nacht wach gelegen und nach einem Ausweg gesucht, wie er Rena und dem Kind helfen konnte, ohne offiziell die Vaterrolle übernehmen zu müssen. Nun glaubte er, die Lösung gefunden zu haben. Doch dafür musste er mit seiner Mutter reden.

Vor dem Salon traf er auf das Dienstmädchen, welches mit einem Frühstückstablett zur Seite wich, um ihm Platz zu machen.

„Geh nur, Mascha!“, forderte er sie auf, woraufhin sie anklopfte und den Raum betrat. Mathilde von Lichtenfels schien sie schon zu erwarten. Sie saß in ihren Morgenmantel gehüllt in einem Sessel und zog erstaunt die Augenbrauen hoch, als sie Franz erkannte.

„Franz, was machst du so früh am Morgen hier?“

„Guten Morgen, Mutter“, begrüßte er sie und konnte nicht verhindern, dass sein Herz schneller schlug. Er wusste, dass es nicht leicht sein würde, sie von seinen Plänen zu überzeugen.

Wenigstens schien sie guter Laune zu sein, dachte er erleichtert.

„Ich möchte mit dir reden", begann er vorsichtig, bevor er sich an Mascha wandte. „Bringst du mir auch eine Tasse? Ich würde gerne mit meiner Mutter einen Kaffee trinken."

Das Hausmädchen verschwand. Mathilde hingegen runzelte die Stirn.

„Dann muss es etwas Wichtiges sein. Ich kann mich nicht erinnern, wann du dir zum letzten Mal Zeit genommen hast, um mit mir zu frühstücken."

Franz holte tief Luft. Er hatte sich genau überlegt, was er sagen wollte. Im Moment jedoch wusste er nicht, wie er beginnen sollte.

„Geht es um Rosa?", kam ihm seine Mutter zur Hilfe. „Hat sie wieder etwas angestellt? Ach, Franz, ich wünschte, sie wäre nur ein bisschen weniger störrisch und würde sich endlich in ihre Rolle als zukünftige Ehefrau einfügen. Wenn ich nur daran denke, wie die Presse auf ihr extravagantes Verlobungskleid reagiert hat. Es gab kaum ein Titelblatt, auf dem sie nicht abgelichtet war. Du hast keine Vorstellung davon, wie peinlich es war, meinen Freundinnen gegenüberzutreten. Es wird Zeit, dass sie Mutter wird. Dann werden ihre Eskapaden hoffentlich aufhören."

Franz wurde rot. Ohne es zu beabsichtigen, hatte Mathilde das Thema angeschnitten, über das er mit ihr reden wollte. Es ging um ein Kind, um sein Kind. Aber wie sollte er ihr beibringen, dass Rosa nicht die Mutter sein würde?

„Nun rede schon, Franz! Ich sehe doch, dass du etwas auf dem Herzen hast."

„Du weißt, dass ich mich mit Rosa nie verlobt hätte, wenn ihr mich nicht dazu gezwungen hättet", begann er. „Ich war längst in ein anderes Mädchen verliebt."

„Das dachte ich mir." Mathilde schien seine Offenbarung

nicht zu überraschen. „Ich nehme jedoch an, dass sie für eine Vermählung nicht infrage gekommen wäre, nicht wahr?"

„Sie ist Schneiderin, Rosas Verlobungskleid ist eine ihrer Arbeiten."

„Dann hatte ich recht. Deine kleine Freundin ist keine Konkurrenz für Rosa."

„Rena ist nicht meine kleine Freundin", begehrte Franz auf, den der abfällige Ton seiner Mutter störte. „Sie erwartet ein Kind von mir."

Es war raus. Franz wagte nicht, seiner Mutter in die Augen zu schauen. Doch Mathilde blieb erstaunlicherweise ziemlich gelassen.

„So etwas geschieht leider nicht zum ersten Mal, mein Junge. Sicher ist es eine unschöne Angelegenheit, aber nichts, was wir nicht aus der Welt schaffen könnten. Mach dir keine Sorgen, Franz! Wir werden dem Mädchen eine großzügige Summe zur Verfügung stellen. Im Gegenzug wird sie euer kleines Geheimnis für sich behalten."

„Kleines Geheimnis? Sie erwartet ein Kind, Mutter."

„Na und? Willst du es lieber deiner zukünftigen Frau erklären, von deinem Vater und unseren Freunden ganz zu schweigen."

„Ich dachte, wir könnten Rena auf unser Gut holen. Dann wäre es ihr möglich, ihre Schneiderei weiterzuführen und das Kind wäre in guten Händen. Wir haben genügend Personal, welches sich kümmern kann."

„Damit sie in deiner Nähe bleibt?" Mathilde lachte laut auf. „Nein, mein Junge, schlag dir das aus dem Kopf. Solange ich etwas zu sagen habe, kommen keine Geliebten auf das Gut, weder von deinem Vater noch von dir. Ich stelle dir den Geldbetrag zur Verfügung, das ist alles, und wenn du vernünftig bist, nimmst du mein Angebot an und niemand wird auch nur ein Wort erfahren."

Mathilde trank einen Schluck Kaffee, als wäre nichts gewesen. Das Gespräch schien für sie beendet zu sein. Franz hingegen fragte sich, was er erwartet hatte. Er hätte doch wissen müssen, dass seine Mutter niemals einwilligen würde, Rena auf dem Gut unterzubringen. Er musste schon froh sein, dass sie bereit war, ihr eine Abfindung zu zahlen. Und vielleicht hatte seine Mutter gar nicht so unrecht. Irgendwann würden nicht nur die Bediensteten zu tuscheln beginnen. Wenn er das Unternehmen seines Vaters in Zukunft führen wollte, konnte er sich keinen Skandal leisten.

„Danke, Mutter", sagte er deshalb und stand auf. Mathilde lächelte ihm zu.

„Weißt du, Franz", sagte sie zum Abschied. „Wir alle machen Fehler. Dein Vater hat sie gemacht und nun du. Wir werden auch das überstehen."

Franz nickte und verließ den Salon. Er fragte sich, was seine Mutter ihm damit hatte sagen wollen. Besaß sein Vater eine Geliebte? Gab es vielleicht sogar Kinder, von denen er nichts wusste? Wenn er ehrlich war, würde ihn das nicht einmal überraschen. In seinen Kreisen kam das wohl häufiger vor und wurde verschwiegen.

Franz seufzte. Er musste mit Rena reden, am besten sofort. Er hatte das Gespräch mit seiner Mutter überstanden, also würde er es auch bei Rena überstehen. Bevor er es sich anders überlegen konnte, holte er seinen Mantel und ging nach draußen auf den Hof, wo das Automobil der Familie bereitstand.

„In die Brunnengasse, Lothar", forderte er den Chauffeur auf, der augenblicklich den Motor startete. Keine Viertelstunde später stand Franz vor Renas Geschäft.

Vor der Tür zögerte er und spürte, wie nervös er wurde. Während der Fahrt hatte er versucht, sich die richtigen Worte zurechtzulegen. Doch gleichgültig, wie er es ausdrückte, es fühlte sich immer falsch an. Er hatte Angst, Rena zu verlieren. Wenn das Kind auch zum völlig falschen Zeitpunkt kam und von ihm nicht gerade erwünscht war, änderte das nichts an seinen Gefühlen. Er liebte sie mit derselben Inbrunst wie am ersten Tag und er wollte auf sie als Geliebte nicht verzichten. Allerdings war er sich nicht sicher, ob Rena das genauso sah.

Es half nichts, dachte er. Er würde es nur erfahren, wenn er endlich durch diese Tür ging und mit ihr sprach. Möglicherweise hatte sie ja nach ihrem Streit auch nachgedacht und stand seiner Forderung nicht mehr ablehnend entgegen.

„Guten Morgen, Rena“, begrüßte er sie, nachdem er eingetreten war.

„Guten Morgen, Franz“, antwortete sie kühl, ohne ihre Arbeit zu unterbrechen. „Was willst du?“

„Mit dir reden. Es tut mir leid, dass ich gestern so grob zu dir war.“

„Das heißt, du willst mich nicht mehr zu einem Quacksalber schicken?“

Ein zaghaftes Lächeln machte sich auf ihrem Gesicht breit. Sie stoppte die Nähmaschine und legte ihre Hände auf die Oberschenkel.

„Nein, Rena.“

Franz kam zu ihr und hockte sich vor sie auf die Knie. Dann nahm er ihre Hände in seine.

„Ich habe mit meiner Mutter gesprochen. Sie weiß alles und sie wird uns helfen.“

„Ist das wirklich wahr?“, fragte Rena ungläubig, die sich nicht vorstellen konnte, dass Mathilde von Lichtenfels bereitwillig die Geliebte ihres Sohnes unterstützen wollte.

„Meine Mutter möchte dir einen großzügigen Betrag zur Verfügung stellen, der es dir erlaubt, zu einem guten Arzt zu gehen. Einem Spezialisten, der sich mit so etwas auskennt.“

„Mit was auskennt?“, presste Rena hervor und wurde blass.

„Mit einer Abtreibung natürlich. Du brauchst keine Angst haben. In ein paar Tagen wird alles vorbei sein. Dann kannst du dich wieder in deine Arbeit stürzen, ohne dir Sorgen um die Zukunft machen zu müssen."

„Das müsste ich auch nicht, wenn du zu dem Kind stehen würdest, Franz."

Rena entzog ihm ihre Hände. Ihre Freude war verfrüht gewesen.

„Du weißt, dass das nicht geht. Ich werde Rosa heiraten."

„Ich wünsche dir alles Gute, Franz." Rena stand auf und ging zur Tür, die sie weit öffnete. „Geh jetzt!"

„Aber ich liebe dich, Rena. Warum siehst du denn nicht ein, dass es die beste Lösung ist?"

„Vielleicht für dich, ich glaube kaum, dass unser Kind das genauso sehen würde."

„Heißt das, du willst unsere Beziehung beenden?", fragte Franz verstört.

„Das heißt, dass sie nie stark genug war", antwortete Rena. „Und nun kehre auf dein Gut zurück. Du verschwendest meine Zeit."

Franz konnte es nicht fassen. Er hatte sich den Ausgang des Gesprächs ganz anders vorgestellt. Wortlos verließ er den Laden. Aus den Augenwinkeln heraus bemerkte er, wie Rena Tränen übers Gesicht liefen, als sie die Tür schloss. Es tat ihm in der Seele weh, sie so zu sehen. Gleichzeitig ärgerte er sich über ihre Dummheit. Offenbar wusste sie nicht, wie schwer es war, in diesen Zeiten ein Kind allein großzuziehen. Er konnte nur hoffen, dass sie noch zur Vernunft kam, auch um seinetwillen. Nach einem letzten Blick ging er auf den Chauffeur zu, der auf ihn gewartet hatte.

Rena brach unterdessen hinter der geschlossenen Tür weinend zusammen und bekam mehr und mehr das Gefühl, dass ihr ganzes Leben aus den Fugen geraten war. Wie hatte sie nur so dumm sein können? Renates Vorwürfe waren durchaus berechtigt gewesen. Gerade sie hätte doch aus der Vergangenheit gelernt haben müssen.

Ihre Mutter war eine verbitterte, sich in Krankheit flüchtende Frau geworden und gab ihr die Schuld daran. Sie konnte kaum noch zählen, wie oft ihr Helene vorgeworfen hatte, dass sie ein viel besseres Leben hätte führen können, wenn sie damals nicht mit ihr schwanger gewesen wäre. Rena hatte sich längst daran gewöhnt.

Doch nun fragte sie sich, ob sie nicht dasselbe tun würde, wenn ihr Kind alt genug war, um zu begreifen. Würde sie so enden wie ihre Mutter?

Rena schlug verzweifelt die Hände vors Gesicht und wusste nicht, wie es nun weitergehen sollte. In diesem Zustand fand sie Friedel, der sich von der Straße aus gewundert hatte, dass sie nicht wie gewohnt hinter der Nähmaschine saß und die Tür nur angelehnt war.

„Rena?", fragte er bestürzt, als er sie schluchzend am Boden sah. „Was ist passiert?"

„Ach, Friedel, frag nicht", antwortete sie und schluchzte erneut los.

„Hat es mit dem Kerl zu tun, mit dem du dich ständig in deiner Wohnung triffst?"

„Woher weißt du das?", fragte Rena, die bis jetzt angenommen hatte, dass Franz und sie vorsichtig genug gewesen waren und deshalb keiner von ihrer Romanze wusste.

„Also stimmt es. Dieser Schuft!", stieß Friedel aus. „Komm her! Ich helfe dir hoch. Du kannst nicht auf dem kalten Boden sitzen bleiben."

Er half ihr zu ihrem Stuhl, bevor er zur Tür ging, wo er den Schlüssel und das Schild umdrehte, sodass der Laden für die Kundschaft geschlossen blieb. Rena protestierte schwach und erklärte Friedel, dass sie arbeiten müsse. Mehr als je zuvor, dachte sie, sprach es aber nicht laut aus. In ein paar Monaten würde sie nicht mehr hinter die Nähmaschine passen, und wenn das Kind erst auf der Welt war, würde es bestimmt nicht einfacher werden.

„Du erzählst mir jetzt, was geschehen ist, Rena! Wie soll ich dir sonst helfen können?"

„Mir kann keiner helfen, Friedel."

„Unsinn, es gibt für jedes Problem eine Lösung. Nun rede schon! Ich nehme an, der Kerl war dein heimlicher Verehrer und hat dich jetzt sitzen lassen."

Rena nickte und wischte sich die Tränen von den Wangen.

„Dabei glaubte ich, er liebt mich."

„Diese reichen Schnösel lieben nur sich selbst. Er hat dich nicht verdient. Warum vergisst du ihn nicht einfach? Er ist keine Träne wert."

„Ich weiß, Friedel, mein Verstand sagt dasselbe, aber ..."

„Aber dein Herz sagt etwas anderes."

Wieder nickte Rena. Es tat gut, mit Friedel darüber zu reden. Er machte ihr weder Vorwürfe, noch lachte er sie aus. Er hörte zu und tat damit genau das Richtige.

„Danke, Friedel", sagte sie. „Du bist ein guter Freund."

„Ich wäre gerne mehr als das, Rena. Du weißt, dass ich mich in dich verliebt habe. Zumindest ist mir jetzt klar, warum du mir jedes Mal einen Korb gegeben hast, wenn ich mit dir ausgehen wollte."

„Es tut mir leid."

„Mir auch. Hör zu, Rena! Mir ist bewusst, dass man Gefühle nicht erzwingen kann, aber manchmal müssen sie erst wachsen. Warum versuchen wir es nicht? Ich liebe dich und würde dir niemals wehtun. Wir könnten ..."

„Es ist zu spät, Friedel", fiel ihm Rena ins Wort und zuckte resigniert mit den Schultern. „Ich erwarte ein Kind von ihm."

Ihre Stimme war kaum mehr als ein Hauch. Unterdessen riss Friedel entsetzt die Augen auf. Sein Blick richtete sich auf ihren Bauch, dessen Wölbung ihm erst jetzt auffiel. Er wollte etwas sagen, doch ihm fehlten die passenden Worte.

„Es ist besser, wenn du jetzt gehst“, sagte Rena. „Ich danke dir dennoch von Herzen für dein Angebot, mir helfen zu wollen.“

Friedel stand auf und ging zur Tür, während Rena sich ihrer Arbeit zuwandte. Sie war Friedel wirklich dankbar, er hatte ihr alleine mit seinen Worten neue Zuversicht geschenkt. Sie würde es schaffen, nahm sie sich vor. Ihr Kind sollte trotz der widrigen Umstände eine unbeschwerte Kindheit haben. Sie jedenfalls wollte alles dafür tun.

„Warte, Rena!“ Friedel kam zu ihr zurück, bevor sie die Nähmaschine in Gang setzte. „Ich weiß, dass es bestimmt nicht einfach wird, und ich gebe zu, dass ich ein wenig Angst davor habe. Aber ich weiß auch, dass ich dich liebe, und wenn du einverstanden bist, werde ich auch dieses Kind lieben.“

Er brach ab und atmete schwer. Auch Renas Herz schlug bis zum Hals. Sie konnte kaum glauben, was sie hörte. Als Friedel ihre Hände in seine nahm, schnürte es ihr die Kehle zu.

„Heirate mich, Rena!“, bat er. „Ich werde dir und dem Kind ein Zuhause geben und für euch sorgen. Wir werden eine Familie sein.“

Rena schluckte. Friedels Antrag kam unerwartet, berührte sie jedoch tief. Dennoch konnte sie ihn nicht annehmen. Sie wäre sich schäbig vorgekommen, seine Gefühle auszunutzen. Friedel hatte eine Frau verdient, die ihn aufrichtig liebte und kein Kind von einem anderen Mann erwartete.

„Ich könnte mir keinen besseren Ehemann vorstellen“, sagte sie deshalb leise. „Aber ich ...“

„Nein, Rena“, unterbrach er sie. „Bitte denk darüber nach. Ich weiß, dass mein Antrag überraschend kommt und möglicherweise völlig unpassend ist, nachdem der Schuft dich gerade hat sitzen lassen. Aber wie sagt man so schön? Die Zeit heilt alle Wunden. Ich kann warten.“

3

Stettin 1926

„Renate, mach schnell! Rena braucht dich. Das Kind kommt."

Aufgeregt hämmerte Charlotte fünf Monate später an die Tür der alten Hebamme, die augenblicklich öffnete, als hätte sie nur darauf gewartet. In ihrer Hand hielt sie die Tasche, die sie nur noch selten benutzte. Inzwischen wurde sie von Irmgard, einer jungen, tüchtigen Hebamme ersetzt. Doch Rena hatte darauf bestanden, dass nur Renate ihr Kind auf die Welt holen durfte.

Wie früher schwang sich die fast Siebzigjährige auf ihr klappriges Fahrrad. Allerdings fuhr sie viel langsamer als vor Jahren, sodass Charlotte mit ihr Schritt halten konnte.

„Wie geht es Rena?", fragte die Hebamme, die keuchend in die Pedale trat. „Ist alles in Ordnung?"

„Ich denke schon", antwortete das Mädchen, woraufhin Renate lächelte. Woher sollte die Kleine auch wissen, wie eine normale Geburt ablief? Sie hingegen machte sich Sorgen um die werdende Mutter, die bis zum Schluss in der Schneiderei gesessen und geschuftet hatte. Dabei hatte sie das gar nicht nötig. Inzwischen war sie mit Friedel verheiratet, der im Eisenwerk sein Geld verdiente und bisher nicht von den Entlassungen betroffen war.

Sein Gehalt war natürlich nicht mit Renas Verdienst zu vergleichen. Nachdem sie auch Rosa von Braunsteins Brautkleid geschneidert hatte, welches nicht minder für Aufsehen sorgen würde, musste sie sich kaum noch finanzielle Sorgen machen. Ihre Kundschaft kam überwiegend aus der gehobenen Gesellschaft, die trotz der Wirtschaftskrise offenbar genügend Geld besaß. Aber Rena war zu Friedels und Renates Leidwesen nicht zu überzeugen gewesen, sich wenigstens die letzten Wochen etwas auszuruhen.

„Ich werde wirklich zu alt für so etwas", stöhnte Renate, als sie die Stufen zur neuen Wohnung hinaufstieg, die Friedel und Rena seit Kurzem bewohnten. „Ich schwöre bei Gott, das ist das letzte Kind, dem ich auf die Welt helfe."

„Wir sind dir sehr dankbar dafür", begrüßte sie Friedel, der aufgeregt vor der Tür stand. „Komm rein, Renate! Rena wartet schon auf dich."

Überraschenderweise lächelte ihr die werdende Mutter entgegen, als sie deren Schlafzimmer betrat. Außer den Schweißperlen auf der Stirn und dem gelegentlichen Verziehen des Gesichtes wies nichts auf eine nahende Geburt hin. Die stand dennoch kurz bevor, stellte die Hebamme fest, nachdem sie die Schwangere untersucht hatte.

„Du bist sehr tapfer", lobte sie Rena. „Aber in diesem Fall darfst du ruhig Schwäche zeigen. Lass es raus, Mädchen! Schrei, wenn dir danach zumute ist!"

Die nächsten Wehen kamen und wieder biss Rena nur die Zähne zusammen, bis sich endlich der befreiende Schrei von ihren Lippen löste. Gleich darauf war das Kind da, welches Renate abnabelte und in ein bereitliegendes Tuch wickelte.

„Deine Tochter ist genauso flink wie du“, stellte die Hebamme zufrieden fest. „Dir konnte es damals auch nicht schnell genug gehen.“

„Aber sonst hat sie nichts von mir, oder?“, fragte Rena ängstlich. Renate wusste sofort, worauf sie hinauswollte. Noch einmal besah sie sich das Neugeborene genau.

„Wäre es dir lieber, sie käme nach ihrem Vater, diesem Nichtsnutz?“, schimpfte die Hebamme, die heilfroh war, dass Rena sich besonnen und Friedel geheiratet hatte.

„Friedel ist der Vater!“, antwortete Rena in diesem Moment, woraufhin ihr Mann strahlte und Renate zustimmend nickte.

„Recht so, die Kleine könnte sich keinen besseren wünschen. Und nun raus mit der Sprache. Wie soll sie heißen?“

„Anna.“ Friedel standen Tränen in den Augen, während er das Kind in den Arm nahm und es dann an Rena weiterreichte. „Sie soll Anna heißen.“

„Ein wirklich schöner …“

„Renate, bitte“, unterbrach Rena sie. „Was ist mit ihren Augen?“

„Was soll damit sein? Annas Augen sind blau und ansonsten wunderschön.“

„Das ist alles? Sie ist nicht blind?“

„Genau kann ich dir das natürlich erst später sagen, aber es deutet nichts darauf hin, und ich kenne mich aus, das weißt du. Du musst dir also keine Sorgen machen.“

„Danke, Renate.“

Die Hebamme sah die Tränen der Erleichterung. Sie verstand Rena nur zu gut, die nicht wollte, dass ihre Tochter das gleiche Schicksal ereilte und sie nie die Sonne sehen würde. Allerdings gab es tatsächlich keinen Grund zur Sorge. Helene hatte damals während der Schwangerschaft Röteln gehabt, Rena hingegen war kerngesund gewesen.

„Ich komme in ein paar Tagen wieder. Wehe, ich sehe dich

dann in der Schneiderei. Ruh dich aus, Rena! Deine Kleider laufen dir nicht davon."

Friedel begleitete die Hebamme nach draußen und wollte ihr den Lohn geben, den Renate verärgert ausschlug.

„So weit kommt es noch", schimpfte sie. „Dass ich mich für einen Freundschaftsdienst bezahlen lasse. Wenn du nicht möchtest, dass ich beim nächsten Mal Irmgard schicke, steckst du dein Geld schnell wieder ein."

„Wenn du darauf bestehst."

„Natürlich bestehe ich darauf, Rena ist für mich Familie."

Sie stockte kurz und sah Friedel in die Augen.

„Ich hoffe, dass Anna das Gleiche für dich wird, Friedel. Es ist bestimmt nicht einfach für dich, aber du hast jetzt die Möglichkeit, die Kleine in dein Herz aufzunehmen, und wenn du es richtig anstellst, wirst du ihr Vater sein. Kein verantwortungsloser Lump wie dieser von Lichtenfels. Ich bin froh, dass Rena sich für dich entschieden hat."

„Ich auch, Renate. Allerdings habe ich diesen Lumpen vor ein paar Tagen erneut auf der Straße gegenüber dem Laden gesehen. Offensichtlich hat er meine Frau nicht so schnell vergessen, wie er wohl gehofft hat."

„Dann mach ihm klar, dass er aus eurem Leben verschwinden soll. Du bist Renas Ehemann, du hast das Recht dazu. Ich will mir gar nicht vorstellen, was passiert, wenn er sich ihr wieder nähert."

„Du glaubst, Rena liebt ihn noch immer?", fragte Friedel sichtlich erschrocken.

„Nein." Die Hebamme schüttelte ihren Kopf, wich seinem Blick jedoch aus. „Aber um das zu erkennen, müssen wir ihn ja nicht gleich in ihre Nähe kommen lassen. Es ist besser, dieser Mann hält sich von Rena und dem Kind fern. Außerdem heiratet er in ein paar Tagen. Ich las das Aufgebot in der Zeitung."

„Ich weiß, Rena hat das Brautkleid geschneidert."

„Sie hat was?“

„Rosa ist inzwischen zu einer Freundin geworden“, klärte Friedel die Hebamme auf. „Ich habe sie kennengelernt, sie ist wirklich ganz anders als die Damen der feinen Gesellschaft und eigentlich viel zu schade für diesen Kerl.“

„Mir gefällt diese Art von Freundschaft dennoch nicht. Sobald sich Rena von der Geburt erholt hat, werde ich mit ihr reden. Sie kann nicht länger die Freundin dieser Frau sein, deren zukünftiger Gatte einst ihr Geliebter war. Du darfst nicht zulassen, dass es wie in Sodom und Gomorrha zugeht. Euer Kind braucht eine Familie, in der es behütet aufwachsen kann.“

„Ich werde alles dafür tun“, versprach Friedel. „Und Franz von Lichtenfels klarmachen, dass er sich um seinesgleichen kümmern soll. Wenn er das nicht versteht, lasse ich notfalls meine Fäuste sprechen. Eine Tracht Prügel würde ihm guttun und ist längst überfällig bei dem, was er Rena angetan hat.“

„Das halte ich für keine gute Idee“, winkte die besonnene Hebamme ab. „Diese Leute besitzen Geld und Mittel, deine Existenz zu zerstören, Friedel. Lass es nicht darauf ankommen. Wer weiß, wozu er fähig ist.“

„Aber wie soll ich ihn sonst von meiner Frau fernhalten?“

„Rede mit ihm und sag ihm, dass du seine Familie nur ungern darüber unterrichten würdest, dass er noch immer um Rena herumschleicht. Er hat sich schon einmal von seinen Eltern einschüchtern lassen, er wird es wieder tun. Und nun muss ich los, Friedel. Ich verquatsche hier meine Zeit, während ich noch nicht einmal etwas zum Abendessen eingekauft habe. Du wirst schon das Richtige tun, da bin ich mir sicher.“

Die Gelegenheit kam schneller als erwartet. Drei Tage später erschien Franz in Renas Geschäft, um Rosas Hochzeitskleid persönlich abzuholen. Natürlich hätte das jeder seiner Angestellten übernehmen können. Doch Franz hatte darauf bestanden und gehofft, ein paar Worte mit Rena wechseln zu können. Umso enttäuschter war er, als er nur Friedel vorfand.

„Ist Rena nicht da?", fragte er und sah sich um. Friedel, der Franz sofort erkannte, jedoch nicht damit gerechnet hatte, dass der so dreist sein würde, persönlich im Geschäft zu erscheinen, stellte sich ihm entgegen.

„Meine Frau lässt sich entschuldigen", sagte er und legte besonderen Wert auf die Betonung. „Sie hat vor wenigen Tagen unser Kind zur Welt gebracht und erholt sich von der Geburt."

„Das Kind ist da?"

Franz war blass geworden. Natürlich hatte er bemerkt, wie feindselig ihm Friedel gegenübertrat. Was beinahe schon lächerlich wirkte, dachte er. Bewies es doch, dass er noch immer Grund zur Eifersucht hatte. Wäre er sich Renas Liebe sicher, würde er wohl kaum so abweisend reagieren.

„Was ist es?", fragte er. „Hat Rena einen Sohn geboren?"

„Nein, das hat sie nicht, wenn Sie das auch nicht das Geringste angeht. Wir sind Eltern einer wunderschönen Tochter geworden."

„Ein Mädchen also." Franz lächelte und stellte sich vor, dass die Kleine vermutlich Renas Schönheit geerbt haben würde. „Darf ich den Namen erfahren?"

„Es wäre besser, Sie würden sich mehr um die Angelegenheiten Ihrer Braut scheren. Wenn ich richtig verstanden habe, findet morgen die Hochzeit statt. Ich werde Ihnen das Kleid holen."

„Nicht nötig", winkte Franz ab. „Ein Angestellter kann sich später darum kümmern. Bitte richten Sie Rena beste Wünsche zur Genesung aus. Ich werde mir ihre Tochter bei Gelegenheit anschauen."

Franz wandte sich zum Gehen um. Unterdessen kochte Friedel vor Wut.

„Das werden Sie nicht!", rief er Franz nach, der sich lächelnd zu ihm umdrehte.

„Wer sollte mich daran hindern?"

„Ich! Rena ist meine Frau. Wenn Sie sich ihr auch nur noch ein einziges Mal nähern, werde ich Ihnen alle Knochen brechen."

Entgegen dem Rat der Hebamme baute sich Friedel drohend vor Franz auf, der für einen Moment erschrocken zusammenzuckte. Schließlich befanden sie sich alleine im Laden und ein Blick auf die von der harten Arbeit gestählten Oberarme genügte, um zu erkennen, dass er als Verlierer vom Platz gehen würde. Allerdings wusste Franz auch, wie man diese einfachen Leute einschüchtern konnte.

„Nur zu!", forderte er Friedel unbeeindruckt auf. „Tun Sie sich keinen Zwang an, wenn Sie möchten, dass Rena und die Kleine Sie im Gefängnis besuchen sollen."

Befriedigt sah er, wie Friedel erschrak und seine bereits erhobenen Fäuste sinken ließ. Wenigstens besaß Renas Mann genügend Verstand, um zu begreifen, dass es besser war, sich nicht mit ihm anzulegen. Wie ein begossener Pudel stand er nun da.

Franz ging zur Tür. Doch bevor er hinausgehen konnte, hörte er, wie Friedel ihm nachrief.

„Sie sind ein Feigling, Franz von Lichtenfels. Sie waren es damals und Sie sind es heute. Früher oder später hätte Rena Sie durchschaut. Zum Glück hat sie nun einen richtigen Mann an ihrer Seite. Verschwinden Sie auf Ihr Gut und heiraten Sie die Frau, die Sie nicht lieben. Zu mehr sind Sie nicht imstande."

Friedels Worte zeigten Wirkung. Zornig stieß Franz die Tür zu und rannte die Straße hinunter. Für einen kurzen Augenblick hatte er gezögert und ernsthaft in Erwägung gezogen, sich auf eine Prügelei einzulassen. Doch dann siegte sein Verstand. Die Vermählung fand morgen statt, zu der jeder, der Rang und

Namen besaß, eingeladen war. Er konnte nicht mit Blessuren und blauen Flecken in der Kapelle erscheinen.

Doch gerade das war es, was ihn noch wütender machte. Damit bestätigte er nämlich Friedels unverschämte Aussage, er sei ein Feigling. Aber war er das nicht auch? Obwohl er Rena immer noch liebte, hatte er sie im Stich gelassen und sich für sein zukünftiges Erbe entschieden. In dieser Sekunde fragte er sich, ob es das wert war. Wehmütig erinnerte er sich an Rosas Worte auf der Lichtung, als sie geschworen hatte, bereit zu sein, alles für die Liebe aufzugeben. Letztendlich hatte weder sie noch er es getan.

Ohne es zu bemerken, war Franz im Künstlerviertel angekommen. Was ihn ausgerechnet dort hingetrieben hatte, konnte er nicht sagen. Vielleicht suchte er Rosas Nähe, die ihm vor nicht einmal einer Stunde verraten hatte, ihre Freundin Nelly besuchen zu wollen. Wenn er Glück hatte, traf er sie ja in diesem Haus an, aus dem sie damals gekommen war, und vielleicht konnte sie ihn etwas aufmuntern. In diesem Etablissement gab es sicher ein paar hochprozentige Getränke. Also genau das, was er gerade gebrauchen konnte.

Entschlossen klopfte er an die Tür, die sich gleich darauf öffnete. Eine junge Frau, nicht minder freizügig bekleidet wie vor ein paar Monaten diese Nelly, lächelte ihm entgegen. Etwas überrumpelt ließ Franz es geschehen, dass sie ihm lasziv die Arme um den Hals legte.

„Na, mein Schöner, was möchtest du?“, fragte sie anzüglich.

„Ich suche Nelly“, wehrte Franz sie unter Aufbietung all seiner Kräfte ab, während ihre festen Brüste unter seinem Kinn aufreizend wippten. Seit er mit Rena zusammen gewesen war, hatte er keine Frau mehr geliebt. Rosa war ja nur dem Anschein nach seine Verlobte. Nun machten sich seine körperlichen Bedürfnisse bemerkbar.

„Nelly ist beschäftigt. Aber ich verspreche dir, dass ich dir jeden Wunsch von den Lippen ablesen werde. Es kostet auch nicht viel."

Noch während sie sprach, griff ihre Hand in seinen Schritt. Auf ihrem Gesicht machte sich ein Grinsen breit.

„Ich glaube, da ist jemand zu jeder Schandtat bereit."

Franz keuchte bei dieser unerwarteten Berührung auf. Es kostete ihn enorme Überwindung, der Frau nicht einfach hier auf der Stelle die Kleider vom Leib zu reißen und über sie herzufallen. Vermutlich würde er dann nicht nur seinen Druck auf der Brust loswerden, der seit dem Gespräch mit Friedel auf ihm lastete. Nur der Gedanke, dass Rosa ihn so sehen könnte, hielt ihn zurück. Wenn sie ihn auch nicht liebte, sollte sie zumindest nicht den Respekt vor ihrem zukünftigen Ehemann verlieren.

„Ich will zu Nelly", wiederholte er mit erregter Stimme und stieß die junge Frau von sich.

„Hörst du schlecht?", fragte das Mädchen enttäuscht. „Sie ist beschäftigt."

Franz achtete nicht länger auf sie, sondern ging ohne zu zögern die Treppe hinauf, wo er einen düsteren Flur betrat. Wahllos öffnete er die erste Tür. Der Raum dahinter war leer. Daraufhin ging er zur nächsten und öffnete sie ebenfalls. Das Erste, was er sah, war ein riesiges Bett mit zahlreichen Kissen darin. Darauf rekelten sich zwei nackte Körper. Eine Frau stöhnte.

Franz, dem es peinlich war, sie beim Liebesspiel zu stören, wollte sich umwenden und gehen. Noch hatte das Paar ihn nicht bemerkt. Aber irgendetwas fesselte ihn, sodass er sich nicht von der Stelle rührte und stattdessen erneut spürte, wie erregt er wurde. Voller Begierde sah er auf die nackten verschlungenen Körper, bis er Rosa erkannte.

Im ersten Moment glaubte er, sich zu irren. Seine zukünftige Frau würde sich doch niemals einen Tag vor ihrer Hochzeit mit einem anderen Mann vergnügen. Aber warum sollte sie sonst in dieses Haus gegangen sein? Außerdem hatte sie ihn nie belogen und offen von ihrer Liebe zu jemand anderem gesprochen.

Franz schluckte. Er musste Gewissheit haben. In einem seltsamen Anflug aus Eifersucht packte er die Frau vor sich an der Schulter und zog sie von dem Körper unter ihr hoch.

„Rosa!", schrie er auf. „Du treibst es mit Nelly?"

„Was tust du hier?", schrie seine Verlobte erschrocken zurück und griff gleichzeitig nach dem Laken, um sich zu bedecken. „Wer hat dich reingelassen?"

„Spielt das eine Rolle? Wäre es nicht viel interessanter zu erfahren, warum meine Braut sich keinen anständigen Kerl sucht und stattdessen die Dienste eines Weibs beansprucht? Ist das etwa deine große Liebe, Rosa?"

„Ja, Franz, ich liebe Nelly", antwortete Rosa bestimmt. „Jetzt weißt du es."

„Das werde ich nicht zulassen", stieß er hervor. „Es ist widerwärtig. Die Leute würden mich verspotten, wenn sie davon wüssten. Zieh dich an, sofort! Dann verabschiedest du dich von ihr. Ich erwarte, dass du morgen zur Vermählung als stolze zukünftige Gutsherrin erscheinst und danach nie wieder unseren Namen in den Schmutz ziehst."

Franz drehte sich um und ging. In ihm stritten die unterschiedlichsten Gefühle, während er sich auf den Heimweg machte. Auf der einen Seite beglückwünschte er sich zu seinem Einfall, Rosa in diesem Haus gesucht zu haben. Sonst hätte er ihr Treiben wohl nie bemerkt. Auf der anderen Seite aber fühlte er sich von ihr betrogen, wie von Rena auch und vom Rest der Welt. Aber das war längst nicht alles.

Wenn er ehrlich war, hatten die Frauen ihn auf eine Weise erregt, wie er es bisher nicht kannte. Im Gegensatz zu Rena, die er auf zärtliche, hingebungsvolle Weise geliebt hatte, war es ihm bei Rosa und Nelly wie ein aufregendes Spiel erschienen, voller Leidenschaft und ausgelebter Begierde. Niemals hätte er es für möglich gehalten, dass Rosa dazu fähig sein könnte.

In dieser Nacht kam Franz kaum zur Ruhe. Immer wieder sah er Rena vor sich, deren Gesicht sich in Rosas verwandelte, die ihn aufreizend anlächelte. Als der Morgen endlich graute, erhob er sich aus den schweißdurchtränkten Laken und fragte sich, wie er in diesem Zustand eine Vermählung durchstehen sollte. Müde rief er nach Mascha und forderte sie auf, ihm ein heißes Bad einzulassen.

Als er Stunden später vor dem Altar der mit Blumen und Bändern geschmückten Kirche stand, hatte er die Kontrolle über sich zurückgewonnen. Inzwischen sah er selbst Rosas Ausrutscher, wie er es nannte, viel gelassener. Er hatte schließlich gewusst, worauf er sich einließ. Seine Braut war nun einmal nicht zu vergleichen mit anderen Frauen ihres Alters, und gerade deshalb hatte er sie doch immer gemocht. Wenn er schon zu einer Hochzeit gezwungen wurde, dann mit ihr. Die Sache mit Nelly musste sie allerdings beenden. Aber vermutlich wusste sie das längst selbst.

Franz ließ seinen Blick über die Gäste gleiten, die in den Bänken Platz genommen hatten. Ganz vorn saßen auf der rechten Seite seine Eltern und links in der Bank die von Braunsteins. Vielmehr nur Luisa von Braunstein und ein paar Tanten und Onkel. Rosas Vater stand vor der Kirche und würde seine Tochter zum Altar führen.

Hinter den Familien erkannte Franz andere Adlige und Geschäftspartner seines Vaters. Erst ganz hinten saßen das Personal der Güter und einige Schaulustige, die sich die Trauung nicht entgehen lassen wollten. Eine davon war Nelly, wie Franz entsetzt feststellte. Sie trug ein dunkles Kleid und einen ebenso dunklen Hut und ähnelte nicht im Entferntesten der Person, die sich noch am Tag zuvor nackt auf den Laken gewälzt hatte. Dennoch gab es keine Zweifel daran, dass diese Tänzerin es wagte, sich unter die Hochzeitsgäste zu mischen.

Franz spürte Wut über diese Unverfrorenheit in sich aufsteigen. Doch im nächsten Moment setzte Orgelmusik ein, worauf die leisen Gespräche verstummten und sich alle Blicke auf das Kirchenportal richteten, durch das gerade Rosa am Arm ihres Vaters ins Kirchenschiff schritt.

Ohne es zu wollen, musste er zugeben, dass seine Verlobte wunderschön aussah. Sie trug ein weißes, weit ausladendes Kleid und einen zarten Schleier vor dem Gesicht. Als sie langsam nach vorn ging, warf sie einen Blick in die Bänke. Ihre und Nellys Blicke trafen sich, während es in Franz kochte. Dennoch versuchte er, sich auf die Zeremonie zu konzentrieren. Alles Weitere würde er später klären.

Unterdessen war Rosa mit ihrem Vater bei ihm angekommen. Karl von Braunstein reichte die Hand seiner Tochter an ihn weiter. Franz nahm sie und nickte Karl zu. Erst dann schaute er zu Rosa, die seinen Blick mit versteinertem Gesicht erwiderte. Währenddessen nahmen die Gäste, die sich erhoben hatten, erneut in den Bänken Platz und warteten auf den Priester, der mit feierlicher Miene und gesetzten Schrittes vor sie trat.

„Ihr alle seid gekommen, um diesem Brautpaar vor Gott den Segen zu geben. Der Bund fürs Leben …“

Franz hörte nicht länger zu. Seine Gedanken wanderten zu Rena. Was hätte er dafür gegeben, in diesem Moment mit ihr hier zu stehen. Stattdessen hatte sie diesen armen Schlucker zum Mann genommen und ihn sogar zum Vater seiner Tochter gemacht. Dabei hatte er geglaubt, die Gefühle für ihn wären etwas Besonderes gewesen. Wie konnte sie sich dann an diesen einfachen Fabrikarbeiter binden? Liebte sie ihn oder war es nur die Sicherheit einer Familie, die sie in seine Arme getrieben hatte?

„Möchtet Ihr, Franz von Lichtenfels, die hier anwesende Rosa von Braunstein zur Frau nehmen? Sie lieben und ehren in guten wie in schlechten Tagen, bis dass der Tod euch scheidet? So antwortet mit: Ja, ich will."

Als Franz nicht reagierte, setzte leises Geraune ein. Daraufhin hüstelte der Priester verlegen und wiederholte seine Worte noch lauter.

„Ja, ich will", antwortete Franz benommen.

„Und Ihr, Rosa von Braunstein, möchtet Ihr den hier anwesenden Franz von Lichtenfels zum Mann nehmen und ihn lieben und ehren, bis dass der Tod euch scheidet?"

Auch Rosa zögerte. Langsam drehte sich ihr Kopf nach hinten. Ihr Blick suchte Nellys Augen. Franz, der ihm folgte, sah die Tränen, die über die Wangen der Tänzerin liefen.

„Antworte!", zischte er Rosa leise zu, die ihn daraufhin unerschrocken ansah, bevor sie sich dem Priester zuwandte und mit gelangweilter Stimme seine Worte wiederholte.

„Ja, ich will."

„Dann erkläre ich euch zu Mann und Frau", sagte der Priester erleichtert, der von Rosas Eskapaden erfahren und bis zum Schluss befürchtet hatte, dass sie die Vermählung platzen ließ.

Franz beugte sich zu Rosa hinunter, die einen halben Kopf kleiner war als er. Seine Arme umschlossen sie und zogen ihren Körper an sich. Er spürte, wie sie zu zittern begann.

„Wage es nicht", raunte sie ihm zu und presste ihre Lippen aufeinander. Doch Franz, der die Schmähung, dass Rosa die Tänzerin auf ihre Vermählung einlud, nicht einfach so hinnahm, überging ihren Einwand. Seine Lippen berührten ihre und seine Zunge zwangen sie auseinander, bevor sie in ihren Mund eindrang. Die Gäste begannen zu jubeln und zu klatschen. Als Franz sich von Rosa löste, grinste er zufrieden.

Rosa hingegen sprach den Rest des Tages kein einziges Wort mehr mit ihm als unbedingt nötig. Mit starrem Blick ließ sie die Glückwünsche der Gäste und die anschließende Feierlichkeit über sich ergehen und zog sich kurz vor Mitternacht in ihr neues Schlafzimmer zurück. Dort warf sie sich weinend aufs Bett und dankte Gott dafür, dass Franz und sie sich einig gewesen waren, getrennte Schlafzimmer zu bewohnen.

Doch ihre Erleichterung hielt nicht lange an. Kaum war sie aus dem Kleid gestiegen und hatte sich die Haare gelöst, öffnete sich die Tür und ihr frisch angetrauter Ehemann trat ein.

„Was willst du?“, fragte sie kalt und erschrak, als sie bemerkte, wie er taumelte. „Verschwinde, Franz!“

„Du willst mich davonjagen? Mich, deinen Ehemann?“, fragte er spöttisch.

„Du weißt, dass wir kein Ehepaar sind.“

„So, weiß ich das? Hast du etwa nicht vor Gott geschworen, mich zu lieben und zu ehren, bis dass der Tod uns scheidet?“

Er kam zu ihr. Rosa, der angst wurde, wich zurück.

„Fass mich nicht an!“, schrie sie, als er ihr folgte.

„Und ob ich das werde.“ In Franz’ Augen stand Wut. „Du hast doch nicht ernsthaft geglaubt, dass ich dabei zusehe, wie du dich mit dieser Frau vergnügst, während du mir die kalte Schulter zeigst. Was hat sie, was ich nicht habe. Ist es das?“

Er riss ihr das Hemd entzwei und packte grob ihre Brüste.

„Oder das?“

Mit einem Ruck zog er ihre Unterhose herunter. Seine gierigen Hände spannten sich um ihren Hintern. In diesem Moment erwachte Rosa aus ihrer Erstarrung. Mit beiden Fäusten schlug sie auf ihn ein und ahnte nicht, wie sehr sie ihn damit erregte.

Bevor sie erneut zuschlagen konnte, warf er sie aufs Bett und hielt ihre Arme mit seiner rechten Hand über ihren Kopf. Mit der linken befreite er sich von seiner Hose. Dann legte er sich ohne auch nur eine winzige Liebkosung auf sie und drang in sie ein.

Rosa, die zuvor nie mit einem Mann geschlafen hatte, schrie auf vor Schmerz. Aber für Franz, der sie in diesem Augenblick begehrte und zugleich strafen wollte, gab es kein Halten mehr. In einem Zustand, der an Besessenheit grenzte, stieß er immer wieder zu, bis er schließlich laut aufstöhnend in ihrem Leib explodierte. Dann sank er ermattet zur Seite. Rosa aber lag reglos in einer Mischung aus Blut und Schweiß auf dem Bett und starrte an die Decke.

So lag sie auch noch, als Franz irgendwann aufstand, seine Kleider zusammenraffte und zur Tür ging.

„Ich hoffe, du hast es genossen“, sagte er ohne Mitgefühl. „Sehe ich diese Hure noch einmal in deiner Nähe, wirst du es bereuen.“

In den nächsten Tagen und Wochen versuchte Franz alles, um das, was in der Hochzeitsnacht geschehen war, wiedergutzumachen. Bereits am Morgen danach hatte er sein Verhalten zutiefst bereut und sich heftige Vorwürfe gemacht. Er konnte sich selbst kaum erklären, was in ihn gefahren war. Rosa war seit jeher eine Freundin für ihn gewesen, seine Vertraute. Nun sah sie ihn an, als wäre er ein Monster.

Still und in sich gekehrt schlich sie durchs Haus und verriegelte am Abend die Tür ihres Schlafzimmers. Sogar die gemeinsamen Ausritte, die beide immer genossen hatten, lehnte sie ab. Während seinen Eltern, allen voran Mathilde von Lichtenfels, die plötzliche Wandlung ihrer Schwiegertochter gefiel, tat es Franz in der Seele weh, Rosa so verändert zu sehen.

Deshalb versuchte er, sie mit Geschenken und Blumen aufzumuntern. Nichts war ihm zu teuer. Doch seine Frau ließ sämtliche Schachteln und Kleidersäcke unbeachtet liegen und warf die Blumen in den Müll. Bis Franz ihre traurigen Augen nicht länger ertragen konnte und sie um ein klärendes Gespräch bat.

„Lass uns reden, Rosa“, bat er sie eines Morgens, als sie wie immer schweigsam beim gemeinsamen Frühstück saßen. „So kann es nicht weitergehen.“

„Es gibt nichts zu reden“, antwortete sie ohne aufzuschauen.

„Warum können wir diese Nacht nicht einfach vergessen?“ Franz sah sie flehend an. „Es tut mir furchtbar leid. Ich hatte getrunken und war wütend. Warum musstest du Nelly auch ausgerechnet zu unserer Hochzeit einladen?“

„Lass Nelly aus dem Spiel!“

Das Messer, welches Rosa in der Hand gehalten hatte, fiel klirrend zu Boden. Ihre Finger zitterten, während sie Franz wütend ansah.

„Es ist nicht ihre Schuld, dass du dich wie ein Tier benommen hast, Franz. Gib es doch zu! Es ging dir die ganze Zeit um Rena. Du kannst es einfach nicht verkraften, dass sie einen anderen geheiratet hat, der sich nun um dein Kind kümmert. Mich hast du nur für deinen unbändigen Zorn auf sie benutzt.“

Rosa stand auf. Franz sah die Abscheu in ihren Augen, als sie zu ihm herabblickte.

„Zwischen uns wird es nie wieder so sein wie früher. Du tust mir leid, Franz. Die einzige Frau, die dich geliebt hat, hast du von dir gestoßen und jetzt auch noch deine einzige Vertraute. Ich möchte bei Gott nicht mit dir tauschen wollen.“

Mit eiligen Schritten ging sie aus dem Raum und ließ Franz verzweifelt zurück. Er wusste, dass Rosa der Wahrheit ziemlich nahegekommen war. Seit der Begegnung mit Renas Ehemann war er nicht mehr derselbe. Obwohl er es gewesen war, der ihrer Liebe keine Möglichkeit gegeben hatte, konnte er es nicht ertragen, sie mit einem anderen glücklich zu sehen. Nellys Erscheinen in der Kirche war nur der berüchtigte Tropfen gewesen, der das Fass zum Überlaufen gebracht hatte. Ein Vorwand, um den Aufruhr in seinem Inneren zum Schweigen zu bringen. Dabei hatte er gerade Rosa nie wehtun wollen.

Franz stand auf. Er musste noch einmal mit seiner Frau reden. Wenn er ihr nur immer wieder beteuerte, wie sehr er bereute, musste sie ihm doch irgendwann verzeihen.

Voller Zuversicht suchte er ihre Räumlichkeiten auf. Als er das Zimmer betrat, stand Rosa nackt vor dem Spiegel. Im ersten Moment wollte Franz sich rasch zurückziehen und später wiederkehren. Vor allem nachdem er bemerkte, wie sehr sie über sein Erscheinen erschrak. Doch dann sah er die Wölbung ihres Bauches und riss überrascht die Augen auf.

„Du erwartest ein Kind?", fragte er verstört.

„Unsinn, du irrst dich."

Rosa griff zu ihren Kleidern und zog sich ihr Hemd über. Wieder zitterten ihre Finger dabei. Auf ihrem Gesicht machte sich eine verräterische Röte breit. Währenddessen kam Franz zu ihr und schob trotz ihrer Abwehr das Hemd hoch.

„Du bist schwanger, Rosa. Glaubst du etwa, ich sei blind?"

Rosa wandte sich ab und schlüpfte in ihre Kleider. Ihre Reaktion verblüffte Franz nicht. Schließlich war dieses Kind nicht aus Liebe entstanden. Wer wusste das besser als er. Dennoch freute er sich nun aufrichtig. Nicht nur, dass er damit dem Wunsch seiner Eltern, einen Erben für das Gut zu zeugen, schneller als erwartet nachkam. Dieses Kind würde ihn und Rosa auch wieder näher zusammenbringen, glaubte er. Wenn seine Frau das Kleine erst in den Armen hielt, würde sie ihm verzeihen und vielleicht vergessen, wie es entstanden war. Und möglicherweise konnte er so auch Rena aus seinen Gedanken verdrängen.

„Lass uns von vorne beginnen, Rosa!"

Franz nahm ihre Hände und drückte sie sanft. Ihren abweisenden Blick ignorierte er. Sie würde schon zur Vernunft kommen. Bis dahin wollte er alles in seiner Macht Stehende tun, um ihr jeden Wunsch von den Augen abzulesen. Dazu gehörte auch, die Vergangenheit endlich ruhen zu lassen, nahm er sich vor.

„Unter einer Bedingung", sagte Rosa in diesem Moment.

„Ich werde sie erfüllen", versprach Franz.

„Hör mir erst zu! Wenn du dann immer noch bereit dazu bist, werde ich dein Kind in mir tragen und versuchen, es nicht zu hassen. Es liegt an dir."

„Rede!"

„Nelly wird unser Kindermädchen sein. Sie wird auf dem Gut wohnen und unser Kind behüten. Dafür wirst du sie in Ruhe lassen und ihr einen ordentlichen Lohn zahlen."

„Das kann nicht dein Ernst sein." Franz schüttelte entrüstet den Kopf. „Du glaubst doch nicht, dass ich euer widerwärtiges Treiben unter meinem Dach dulde. Niemals."

„Dann werde ich bei der nächsten Gelegenheit dafür sorgen, dass ich das Kind verliere", antwortete Rosa gleichgültig. Franz war entsetzt, wie kalt ihre Stimme dabei klang. Es schien ihr ernst zu sein. Offenbar bedeutete es ihr nichts, Mutter zu werden. Er spürte, wie er wütend wurde.

„Du vergisst, dass ich dein Ehemann bin und du auf dem Gut Lichtenfels lebst, Rosa. Ich bin nicht wie dein nachsichtiger Vater, der über deine Eskapaden hinweggesehen hat. Damit ist nun Schluss. Notfalls werde ich dafür sorgen, dass du die Zeit bis zur Geburt in deinen Räumen verbringst."

„Du willst mich einsperren?" Rosa lachte auf. Seine Drohung schien sie nicht zu beeindrucken. „Und du glaubst, ich wüsste nicht, wie ich es anstellen soll? Du bist dümmer, als ich annahm, Franz."

Franz wurde blass. Ihre Worte trafen ihn. Außerdem war er nicht sicher, ob Rosa nicht wirklich bis zum Äußersten gehen würde. Woher sollte er wissen, zu was Frauen in ihrer Situation fähig waren? Dennoch durfte er ihr dieses Verhalten nicht durchgehen lassen, wenn er nicht auch den letzten Rest Stolz verlieren wollte. Er hatte sie um Verzeihung gebeten, ihr einen Neuanfang vorgeschlagen und alles, was sie tat, war, ihn wie einen Knecht zu behandeln.

Gut, dann musste er es eben auf die harte Tour versuchen. Rosa war seine Frau und hatte zu tun, was er verlangte. Sie würde schon bald spüren, wer hier das Sagen hatte.

Franz straffte sich. Aus seinen Augen war jede Freude über die Schwangerschaft verflogen. Ohne ein weiteres Wort drehte er sich um und ging zur Tür.

„Was hast du vor?", fragte Rosa, die offenbar nicht damit gerechnet hatte, dass er klein beigab.

„Was ich vorhabe?" Franz drehte sich zu ihr und sah direkt in ihre Augen, in denen nun Furcht stand. „Ich werde mein Kind beschützen."

Bevor Rosa verstand, was er damit meinte, schloss er die Tür. Dann drehte sich der Schlüssel im Schloss. Er hatte tatsächlich vor, sie einzusperren, stellte Rosa entsetzt fest. Doch damit würde er nicht durchkommen. Wenn Franz glaubte, sie wie einen Hund an der Leine halten zu können, irrte er sich. Damals in ihrer Hochzeitsnacht hatte er sie überwältigt, weil sie ihn unterschätzt hatte. Dieses Mal jedoch unterschätzte er sie.

In den nächsten Tagen verweigerte Rosa sämtliche Mahlzeiten. Gleichgültig was das Hausmädchen ihr brachte, sie rührte es nicht an. Stattdessen lief sie unentwegt im Zimmer auf und ab und gönnte sich kaum Ruhe. Franz, der die Schritte hörte, die nie zu verstummen schienen, erkannte ihre Absicht und konnte doch nichts dagegen tun.

So verlor Rosa zunehmend an Gewicht und sah eher wie eine Kranke als eine werdende Mutter aus. Nachdem die Hebamme, die er wiederholt aufs Gut geholt hatte, ihn noch einmal nachdrücklich warnte, dass seine Frau das Kind verlieren würde, wenn sie nicht bald etwas aß, gab er auf. Noch am selben Abend kam Nelly auf das Gut.

„Sorg dafür, dass Rosa etwas isst!“, befahl er ihr. „Ich habe ihre Bitte erfüllt, jetzt soll sie ihren Teil tun. Irgendwann wird sie dieses Kind schon lieben.“

Nelly nickte. Doch bevor sie zu Rosas Räumen ging, drehte sie sich noch einmal zu Franz um.

„Sie irren sich, Franz von Lichtenfels. Rosa hasst dieses Kind, so wie Ihre Frau Sie hasst.“

4

Stettin 1933

„Wie geht es dir, Rosa? Kommst du zurecht?“, fragte Rena, während sie das Kleid am Körper ihrer Freundin absteckte.

„Danke für deine Sorge. Viel hat sich nicht verändert, Rena. Meine Schwiegermutter hasst mich und das Verhältnis zu Franz ist nach wie vor angespannt. Aber solange ich Nelly in meiner Nähe weiß, ist es zu ertragen. Ohne sie …“

„Aua! Mami, Peter hat mich in den Arm gekniffen.“

Die kleine Anna kam heulend zu ihnen gerannt und versteckte sich hinter dem Rücken ihrer Mutter, die sie sofort zu trösten versuchte.

„Komm her! Peter meint es nicht so, Schatz. Er ist nur manchmal etwas grob, weil er ein Junge ist. Geh und vertrag dich wieder mit ihm!“

„Ich will aber nicht. Er ist böse.“

„Nein, das ist er nicht“, widersprach Rena. Doch Rosa war offenbar anderer Meinung.

„Anna hat recht. Warum musst du immer so garstig zu ihr sein?", fuhr sie den Jungen an, der ihren Blick trotzig erwiderte. „Du bist wie dein Vater."

„Rosa! Was sagst du denn da?", mischte sich Rena ein, der Peter leidtat. Ihr war die kühle Strenge in Rosas Stimme natürlich nicht entgangen. Wie so häufig in den letzten Jahren fragte sie sich, ob Rosa ihren Sohn überhaupt liebte. Sie kamen oft zu ihr ins Geschäft, manchmal auch in die neue Wohnung, in der sie mit Friedel lebte. Doch nicht ein einziges Mal hatte Rosa ihr Kind in den Arm genommen oder ihm auf sonstige Weise gezeigt, dass sie es gern hatte. Meistens stand der Junge im Abseits und beschäftigte sich mit sich selbst. Oder aber er ärgerte Anna, die jedes Mal aufatmete, wenn der Besuch endlich ging.

„Ist doch wahr", entgegnete Rosa. „Ich kenne kein anderes Kind, das sich ständig zurückzieht und nur aufwacht, wenn es einem anderen Kind Schaden zufügen kann. Manchmal ist mir der Junge richtig unheimlich."

„Hör auf!", rief Rena erschrocken, die nicht glauben konnte, dass Rosa so über ihren eigenen Sohn sprach. „Er ist doch nur ein Kind."

„Vor allem ist er ein von Lichtenfels", antwortete Rosa abfällig. „Und seit er diese Pimpfe bewundert, ist es noch schlimmer geworden. Aber solange sein Vater ihn vergöttert, bin ich wohl machtlos."

„Er geht zu den Pimpfen?"

Rena horchte auf. Sie wusste, dass es von da aus nur noch ein kleiner Sprung war, der Peter zur Hitlerjugend führen würde, konnte sich jedoch beim besten Willen nicht vorstellen, dass ausgerechnet Franz das guthieß.

„Haben deine Schwiegereltern das bestimmt?", fragte sie.

„Sie und Franz, der nichts dagegen hat, wenn Peter sich diesen Rabauken anschließt, obwohl er eigentlich noch zu klein dafür ist. Sie kriechen den Nazis förmlich in den Hintern.

Ständig laden sie zu irgendwelchen Empfängen ein, bei denen sie ihre Sympathie für den Reichskanzler bekunden. Der Junge ist immer dabei. Kein Wunder, wenn sein Charakter verdorben wird."

„Aber Franz hat sich doch nie sonderlich für Politik interessiert."

„Ach, Rena, du kennst nur den alten Franz. Aber den gibt es längst nicht mehr. Der Franz, der das Gut heute führt, ist ein anderer. Er hat es nie verwunden, dich damals aufgegeben zu haben. Ich war nur ein schlechter Ersatz, und seitdem Nelly auf dem Hof lebt, ist es ganz vorbei. Ich sehe seine Blicke. Am liebsten würde er sie davonjagen. Damit teilt er Hitlers Meinung, dem die Juden ein Dorn im Auge sind."

„Glaubst du, Nelly ist in Gefahr?"

„Ganz sicher sogar, ebenso wie du und alle anderen Juden auch. Noch steht Nelly unter meinem Schutz. Allerdings weiß ich nicht, wie lange noch. Ich kann nur hoffen, dass irgendjemand diesen Wahnsinnigen rechtzeitig stoppt."

Rena fragte nicht, wen Rosa meinte, Hitler oder Franz. Offenbar gab es für Rosa da keinen großen Unterschied. Es machte sie traurig. Sie hatte Franz gewünscht, dass er irgendwann glücklich werden würde, wie sie es mit Friedel war. Dass es so schlimm um die beiden stand, war ihr nicht bewusst gewesen.

„Ich muss los", sagte Rosa. „Vielleicht habe ich Glück und meine Schwiegermutter ist noch nicht von ihrem Besuch bei der Gräfin zurück. Dann kann ich unseren Arbeitern eine zusätzliche Mahlzeit aus der Küche verschaffen. Die armen Leute hungern, während ich mir teure Kleider nähen lasse." Rosa seufzte. „In was für eine Welt haben wir unsere Kinder nur geboren, Rena?"

„Bis zum nächsten Mal, Rosa", verabschiedete sich Rena und blieb nachdenklich zurück. Als Friedel später zu ihr in den

Laden kam, wunderte er sich, dass die Nähmaschine nicht ratterte. Es kam selten vor, dass er seine Frau untätig sah.

„Ist alles in Ordnung?“, fragte er. „Wo ist denn Anna?“

„Meine Mutter hat sie abgeholt. Du weißt doch, sie hat an ihr einen Narren gefressen. Seitdem die Kleine da ist, ist sie kaum wiederzuerkennen.“

„Und deshalb hast du Falten vom Nachdenken auf deiner Stirn?“

„Nein, nicht deshalb. Rosa war hier. Mir geht nicht aus dem Kopf, was sie gesagt hat.“

„Hat es mit Franz zu tun?“ Plötzlich klang Friedels Stimme scharf. Alleine die Erwähnung dieses Namens reichte aus, um ihn wütend zu machen. „Was will er?“

„Keine Sorge, Friedel. Es geht nicht um ihn“, beruhigte ihn Rena. „Rosa hat mir erzählt, dass Peter zu den Pimpfen geht und die Lichtenfels Empfänge für die Nazis ausrichten.“

„Na und, sollen sie doch. Sie sind nicht die Einzigen, die dem neuen Reichskanzler Honig ums Maul schmieren und sich Vorteile davon versprechen. Irgendwann werden sie schon merken, dass sie sich auf die falsche Seite gestellt haben.“

„Ich weiß nicht. Die Leute scheinen seinen Versprechungen zu glauben. Ich bekomme doch mit, wie meine Kunden sich unterhalten. Sie haben nur darauf gewartet, dass jemand kommt und ihnen Arbeit und ein Einkommen verspricht. Ich kann sie sogar verstehen. Die Menschen hungern. Hätte ich nicht den Laden und die vornehme Kundschaft, würde es uns nicht anders ergehen.“

„Ich weiß, was du meinst. Im Eisenwerk wird es auch weitere Entlassungen geben. Es kann gut sein, dass ich dieses Mal dabei bin. Es kursieren Gerüchte, dass die Geschäftsleitung sämtliche Kommunisten aus der Belegschaft entfernen will. Und das alles nur, weil wir uns gegen diese Faschisten stellen.“

„Eben, Friedel“, antwortete Rena besorgt. „Es ist riskant,

was du tust. Jedes Mal, wenn du zu den Versammlungen gehst, habe ich Angst um dich. Vielleicht solltest du dich einfach aus der Politik heraushalten. Die Nazis sind gefährlich."

„Ich weiß, Rena. Gerade deshalb stellen wir uns doch gegen sie. Ich möchte nicht, dass unsere Tochter in einem faschistischen Land aufwächst, in dem Willkür und Gewalt an der Tagesordnung sind. Allerdings haben die letzten Wahlen gezeigt, dass das deutsche Volk vernünftig ist. Hitler führt nur eine Minderheitsregierung. Du musst dir keine Sorgen machen."

„Auch nicht, wenn es zu Neuwahlen kommt?"

„Auch dann nicht. Ich glaube nicht, dass die Deutschen für eine Diktatur stimmen werden."

„Dein Wort in Gottes Ohr." Rena seufzte. „Um Rosa tut es mir trotzdem leid. Ich möchte nicht mit ihr tauschen. "

„Das musst du auch nicht, und um Rosa mache ich mir keine Sorgen. Sie ist eine starke Frau und weiß, was sie tut. Die Angestellten vom Gut schwärmen regelrecht von ihr. Sie gibt ihnen zu essen und hilft, wo sie nur kann."

„Das ist es ja gerade. Rosa hat ein Herz aus Gold, ganz anders als ihre Schwiegermutter. Aber nun muss ich arbeiten. Kannst du Anna nachher bei meiner Mutter abholen?"

„Natürlich." Friedel lächelte. „Habe ich dir heute schon gesagt, wie sehr ich dich liebe?"

„Hast du, und gestern und vorgestern auch."

„Dann ist es ja gut, bis später, Rena."

Friedel umarmte seine Frau und gab ihr einen Kuss, bevor er das Geschäft verließ.

~

„Muss ich mich wirklich mit diesem Mann treffen?", fragte Franz seine Mutter, die sich neben ihm in der Kutsche zurückgelehnt hatte und elegant wie immer gekleidet war. Ihrem

Sohn hingegen konnte man ansehen, wie wenig Lust er verspürte, an ihrer Seite zu sitzen.

„Ich weiß gar nicht, was du hast. Hermann Kessler ist inzwischen eine anerkannte Persönlichkeit und gehört zu Hitlers Freundeskreis. Es ist enorm wichtig, dass wir unsere Verbundenheit zeigen. Außerdem bietet dir dieser Mann die Möglichkeit, unsere Bank zu halten. Mit wem sollen wir noch Geschäfte machen, wenn nicht mit den Nazis?"

„Du hast ja recht, Mutter", gab Franz nach, woraufhin Mathilde von Lichtenfels zufrieden nickte. „Aber muss es ausgerechnet dieses Café sein?"

„Warum denn nicht? Dort gibt es wenigstens Bohnenkaffee." Sie brach ab und schaute Franz misstrauisch an. „Ist es wegen des Mädchens? Hast du es etwa immer noch nicht vergessen?"

„Unsinn."

Franz schüttelte heftig den Kopf, konnte jedoch nicht verhindern, dass sein Herz schneller schlug, als sie in die Brunnengasse einbogen, die er in den letzten Jahren bewusst gemieden hatte.

„Dann ist es ja gut", stellte seine Mutter unbeeindruckt fest. „Ich wollte sowieso noch über etwas anderes mit dir reden. Es geht um Rosa. Sie gibt den Angestellten heimlich zusätzliche Essensrationen. Das muss aufhören, Franz."

Franz nickte. Sein Blick wanderte auf die gegenüberliegende Straßenseite. Ihm stockte beinahe der Atem, als er Rena erkannte, die mit einem kleinen Mädchen vor dem Schaufenster ihrer Schneiderei stand. Ohne zu zögern forderte er den alten Friedrich auf, die Droschke zu stoppen.

„Gefällt es dir, Anna?", hörte er.

„Ja, Mama", antwortete die Kleine und nahm Renas Hand.

Franz konnte den Blick nicht abwenden. Rena war noch schöner geworden, stellte er fest. Die Rolle als Mutter und Ehefrau schien ihr gut zu bekommen und hatte sie noch weiblicher werden lassen. Das Mädchen hingegen war spindeldürr, wie alle Kinder im Moment. Als sie sich kurz umdrehte, sah Franz, dass sie die Schönheit ihrer Mutter geerbt hatte.

„Ist sie das?", riss Mathilde von Lichtenfels ihn aus seinen Gedanken. Ihr Gesicht war zu einer Maske erstarrt, ihre Lippen nur eine schmale Linie.

„Ja, das ist Rena", antwortete Franz, vermied es jedoch, seine Mutter anzusehen. In ihm erwachte der alte Zorn. Wären seine Eltern nicht gewesen, könnte er nun zu der Frau, die er noch immer liebte, hinübergehen und sie und seine Tochter in die Arme schließen. Stattdessen war er mit einer Frau verheiratet, die für ihn nur Verachtung übrig hatte und sich die Zuneigung lieber bei ihrer Freundin holte. Wenn er seine eigenen Bedürfnisse stillen wollte, musste er sie dazu zwingen, was ihn anfangs noch erregt hatte, ihn jedoch mehr und mehr langweilte, sodass er lieber zu Prostituierten ging, die weder Fragen stellten noch herablassend auf ihn reagierten.

„Fahr weiter, Friedrich!"

Seine Mutter hatte nur einen kurzen Blick auf Rena und das Mädchen geworfen und dabei angewidert ihr Gesicht verzogen, was die Wut in Franz noch mehr entfachte.

„Anhalten!", rief er laut und beugte sich nach vorn, um nach den Zügeln zu greifen. Die Pferde bäumten sich auf und wieherten. Im selben Moment kam die kleine Anna über die Straße gerannt, die das Schauspiel verfolgte. Mit ernster Miene beobachtete sie, wie der Kutscher Franz die Zügel überließ.

„Darf ich sie streicheln?", fragte Anna und sah Franz unschuldig an. Der spürte, wie sich seine Kehle zuschnürte. Von Nahem betrachtet sah das Mädchen Rena zum Verwechseln ähnlich. Nur dass sie dazu wunderschöne blaue Augen besaß, die denen bis ins Detail glichen, die er jeden Morgen im Spiegel sah.

„Anna! Komm sofort her!"

Franz hörte die Angst in Renas Stimme. Sie hatte ihn erkannt. Er wusste es.

„Natürlich darfst du sie streicheln", sagte er dennoch und lächelte seine Tochter an, die nicht ahnte, wer da vor ihr saß. „Magst du Pferde?"

„Ja, sehr sogar." Anna nickte.

„Dann solltest du uns einmal auf dem Gut besuchen. Du kennst doch Rosa, meine Frau, und Peter würde sich bestimmt auch freuen."

„Das bezweifle ich stark, Franz", mischte sich nun seine Mutter ein. „Lass uns endlich weiterfahren, Hermann Kessler erwartet uns."

„Wenn du es so eilig hast, fahre vor." Franz sprang aus der Droschke und gab dem alten Friedrich ein Zeichen. Den wütenden Blick seiner Mutter ignorierte er.

„Ich bin in ein paar Minuten bei euch", teilte er ihr mit, bevor er mit Anna an der Seite die Straße überquerte. Rena stand unterdessen totenblass vor ihrem Laden und zuckte zusammen, als Franz sie ansprach.

„Guten Tag, Rena. Wie geht es dir?"

„Solltest du das nicht besser deine Frau fragen?", antwortete sie ohne eine Begrüßung.

„Meine Frau?" Franz lachte hart auf. „Meine Frau teilt ihre Befindlichkeiten lieber mit ihrer Freundin Nelly und offenbar mit dir, wie ich deinen Worten entnehme."

„Rosa kommt wegen ihrer Garderobe zu mir, nicht um über dich zu reden."

„Du warst noch nie gut darin zu lügen. Die Röte in deinem Gesicht verrät dich. Aber sei es drum. Rosa und ich sind bei Weitem kein Vorzeigeehepaar. Ich habe immer nur eine Frau geliebt, Rena. Das weißt du."

Rena schwieg. Doch Franz bemerkte, wie ihr rechter Mundwinkel zuckte. Ein Zeichen, dass sie aufgeregt war. Diese Chance wollte er nutzen.

„Vielleicht könnten wir uns in Zukunft wieder häufiger sehen, Rena. Was hältst du davon? Ich würde meine Tochter gerne kennenlernen. Sie ist ganz reizend und …“

„… und will nichts mit Ihnen zu tun haben!“ Plötzlich stand Friedel hinter Franz und funkelte ihn wütend an. Seine Fäuste hielt er geballt. „Verschwinden Sie! Anna ist meine Tochter.“

„Ist sie das?“, fragte Franz unbeeindruckt und musterte Friedel von Kopf bis Fuß. Renas Mann trug die Arbeitskleidung des Eisenwerks. In seiner Hand hielt er einen Packen Papier, den er nun unter Franz' neugierigem Blick hinter seinem Rücken verbarg. Doch Franz hatte längst erkannt, dass es sich um diese Flugblätter handelte, die die Kommunisten überall in der Stadt verteilten.

„Dann sollten Sie wohl besser auf Ihre Familie aufpassen, anstatt sich bei den Nazis unbeliebt zu machen. Wie ich sehe, verteilen Sie diese Hetzblätter.“

„Und ich sehe einen eingebildeten Lumpen, der glaubt, sich auch heute noch nehmen zu können, was er will. Aber nicht mit mir. Wenn Sie Rena noch einmal zu nahekommen, müssen Sie an mir vorbei.“

Friedel hob die Fäuste, bereit, auf Franz einzuschlagen. In diesem Moment hielt ein Automobil auf der Straße. Ein junger Mann in brauner Uniform öffnete das Fenster. Sein Blick war starr auf Friedel gerichtet, dem sichtlich unwohl wurde.

„Benötigen Sie Hilfe, Herr von Lichtenfels?“, fragte der Mann.

Franz schüttelte den Kopf. Dann strich er Anna, die erstaunt neben der zitternden Rena stand, übers Haar, bevor er zum Wagen ging. Der Chauffeur stieg aus und hielt ihm die Tür auf. Nach einem letzten Blick stieg Franz ein.

„Diese verfluchten Kommunisten“, schimpfte Hermann Kessler, während er mit Franz zum Tisch ging, an dem Mathilde von Lichtenfels bereits ungeduldig wartete. „Als Leiter der politischen Abteilung muss ich mich gerade ständig mit diesem Pöbel herumschlagen. Ginge es nach mir, würden sie alle hinter Gittern landen. Aber lassen Sie uns das Thema wechseln."

Er ging auf Mathilde zu und reichte ihr die Hand.

„Guten Tag, meine Liebe. Ich freue mich, dass Sie Zeit gefunden haben."

„Für Sie sehr gerne", antwortete Franz' Mutter charmant. „War irgendetwas? Sie sehen verärgert aus."

„Nichts von Bedeutung", winkte Kessler ab und nahm Platz. „Nur das übliche Ungeziefer auf den Straßen. Es wird wirklich höchste Zeit, uns davon zu befreien."

„Ungeziefer?", fragte Mathilde und begann, sich augenblicklich am Kopf zu kratzen, woraufhin der junge Kessler lachte.

„Juden und Kommunisten, meine Liebe. Läuse, Ratten, nennen Sie es, wie Sie wollen."

Franz' Mutter stimmte in das Lachen ein, nachdem sie endlich begriff. Franz hingegen hatte alle Mühe, sich zu beherrschen und Kessler nicht ins Gesicht zu schlagen. Seine Hände, die unter dem Tisch verborgen waren, ballten sich zu Fäusten. Wie konnte dieser Kerl es wagen, Rena als Ungeziefer zu bezeichnen? Und seine Mutter lachte auch noch darüber. Offenbar vergaß sie, dass es auch ihre Enkelin betraf, von der sich die Nazis befreien wollten.

„Was ist denn los, Franz? Du bist so still."

„Ihr Sohn hatte gerade eine etwas unliebsame Begegnung", beantwortete Kessler ihre Frage, bevor Franz eine Antwort geben konnte. „Diese Kommunisten nehmen sich immer mehr heraus. Sie versuchen, das Volk gegen eine demokratische Ordnung und das herrschende Finanzkapital aufzubringen. Seriöse Unternehmer bezeichnen sie als regierende Bourgeoisie. Aber lange werden wir uns das nicht mehr mit ansehen. Wenn die NSDAP erst die Wahlen gewonnen hat, werden wir ihre Strukturen zerschlagen."

„Sie sind wirklich eine Plage", stimmte Mathilde zu und nippte an ihrem Kaffee. „Aber kommen wir doch zum Geschäftlichen, Herr Kessler. Wir trafen uns ja nicht, um über dieses Pack zu reden."

„Sie haben recht, meine Liebe. Wie im Vorfeld erwähnt, geht es um die finanzielle Unterstützung des Wahlkampfs unserer Partei. Ihre Bank verfügt über ausreichend Mittel, von Ihrem persönlichen Ansehen gar nicht zu reden. Es wäre uns und natürlich auch dem Kanzler eine Freude, Sie zu unseren Mitgliedern zählen zu dürfen."

„Worauf Sie sich selbstverständlich verlassen können." Mathilde nickte zustimmend. „Ich spreche natürlich auch im Namen meines Gatten, der heute leider unpässlich ist. Er lässt Ihnen ausrichten, dass wir mit allen uns verfügbaren Mitteln hinter der Partei stehen."

„Das freut mich zu hören."

Kessler grinste zufrieden. Dann wandte er sich Franz zu, der mit seinen Gedanken noch immer bei Rena war. Er erschrak, als Kessler ihm auf die Schulter klopfte.

„Ich wusste, dass ich mich auf Sie verlassen kann, Herr von Lichtenfels. Wenn Sie in Ihrer Bank mal die Nase voll haben, kommen Sie zu uns! Wir können bald gute Leute wie Sie gebrauchen, wenn wir die jetzigen Beamten ersetzen."

„Sollten Sie dafür nicht erst einmal die Wahl gewinnen?", antwortete Franz spöttisch, der nicht vergessen hatte, wie abfällig sein Gegenüber von Rena gesprochen hatte.

„Das werden wir." Kessler zog nachdenklich die Augenbrauen zusammen. „Zweifeln Sie etwa daran?"

„Nein, das tue ich nicht", antwortete Franz, als er den entsetzten Blick seiner Mutter bemerkte. Er wusste, dass die Zukunft ihrer Bank von der kommenden Regierung abhängig sein würde. Die Nationalsozialisten waren auf dem Vormarsch und bekamen immer mehr Zuspruch. Seiner Familie blieb gar keine andere Wahl, als sich auf deren Seite zu stellen.

„Dann sind wir uns einig."

Kessler stand auf und reichte Franz die Hand, bevor er sich von Mathilde mit einem angedeuteten Handkuss verabschiedete. Noch einmal sah er dann Franz nachdenklich an.

„Sie sollten ein wenig mehr auf Ihre Frau achtgeben, Herr von Lichtenfels. Es würde einen unschönen Eindruck machen, wenn herauskäme, mit wem sie sich einlässt. Auf Wiedersehen, richten Sie Ihrem Vater meine Grüße aus!"

Er straffte seine Uniform, nickte beiden zu und verließ das Café. Franz hörte, wie seine Mutter erleichtert aufatmete.

„Was hat er damit gemeint, Franz? Was ist mit Rosa?"

„Ich weiß es nicht, Mutter. Aber ich werde es herausbekommen."

„Natürlich, mein Junge." Mathilde tätschelte seinen Arm. „Wir tun das Richtige", sagte sie zu Franz und erhob sich.

„Da bin ich mir nicht sicher, Mutter. Wir haben uns gerade an die Nazis verkauft", bemerkte er mit versteinerter Miene und hielt ihr den Mantel hin. Schweigend stiegen sie in die Kutsche, um zurück aufs Gut zu fahren. Dort angekommen, machte sich Franz sofort auf die Suche nach Rosa, konnte sie jedoch nirgendwo finden. Natürlich fehlte auch von Nelly jede Spur. Aber das hätte er sich ja denken können. Die ehemalige Tänzerin wich kaum von Rosas Seite.

Kurz entschlossen ging Franz zu den Ställen und ließ sich sein Pferd satteln. Trotz des einsetzenden Schneetreibens wollte er ausreiten. Friedrichs Einwand, dass es bereits dunkelte, wischte er mit einem kurzen Kommentar zur Seite. Ein bisschen kalter Wind um die Ohren hatte noch niemandem geschadet. Und vielleicht konnte er dann auch Rena aus seinen Gedanken vertreiben.

Als er nach über zwei Stunden zurückkehrte, war ihm das

halbwegs gelungen. Noch einmal suchte er Rosas Räumlichkeiten auf. Aber seine Frau blieb verschwunden. Auch die Bediensteten konnten ihm keine Antwort geben, wo sie sich aufhielt.

„Sie sollten besser auf Ihre Frau achtgeben!“

Was hatte Kessler ihm damit sagen wollen, dachte Franz. Was wusste dieser über Rosa, was ihm als Ehemann verborgen blieb? Mit wem zum Teufel hatte sie sich dieses Mal eingelassen?

Unterdessen herrschte in Renas Wohnung helle Aufregung. Gleich nachdem Franz in den Wagen gestiegen war, hatte Anna ihre Mutter gefragt, wer der Mann gewesen sei und warum er so nett zu ihr war. Rena, die es hasste zu lügen, war ihrer Tochter ausgewichen und hatte den Laden zugeschlossen. Gemeinsam waren sie zu ihrer Wohnung gegangen und hatten auf dem Weg dorthin kaum ein Wort miteinander gewechselt. Erst als Anna später im Bett lag, stellte Rena ihren Mann zur Rede.

„Was hast du dir nur dabei gedacht, Friedel? Musstest du Franz unbedingt herausfordern?“

„Ja, das musste ich“, antwortete Friedel ebenso wütend. „Was glaubt dieser Mistkerl eigentlich, wer er ist? Tut vor Anna so, als wäre er der anständige Onkel und besitzt auch noch die Dreistigkeit, sie auf das Gut einzuladen. Dabei hat er sich all die Jahre nicht um sie gekümmert.“

„Aber das weiß ich doch“, lenkte Rena ein und seufzte. „Du bist ihr Vater, Friedel, kein anderer. Trotzdem halte ich es nicht für klug, sich mit Franz anzulegen. Jetzt hat er auch noch die Flugblätter bei dir gesehen. Du weißt selbst, wie die Nazis über die Kommunisten denken. Ich mache mir doch nur Sorgen, Friedel.“

„Das sollst du nicht.“ Friedel ging zu ihr und nahm sie in den Arm. „Ich passe auf mich auf, versprochen. Wenn es sein muss, gehe ich diesem von Lichtenfels eben aus dem Weg.“

„Danke, das beruhigt mich. Es genügt schon, dass ich mich um Rosa sorge. Wenn Franz, vor allem aber seine Eltern erfahren, dass sie sich der KPD angeschlossen hat, wird sie es schwer haben. Allerdings scheint sie sich nicht davor zu fürchten. Manchmal bewundere ich sie, Friedel. Meistens aber habe ich Angst um sie.“

„Rosa ist eine starke Frau. Sie weiß, was sie tut, und die Genossen vertrauen ihr. Ich wünschte, es gäbe in ihren Kreisen mehr von der Sorte. Sie hält heute Abend eine Rede im Bürgerhaus. Ich werde auch gleich hingehen. Wir brauchen jede Stimme, die wir bekommen können. Hitler darf die Wahl nicht gewinnen. Sonst sehe ich schwarz für dieses Land.“

„Das heißt, du verbringst die Nacht wieder nicht zu Hause?“

„Leider nicht, aber ich hoffe, dass auch das bald ein Ende hat und wir wieder normal leben können.“

„Das hoffe ich auch“, sagte Rena, die noch immer Franz’ Stimme im Ohr hatte. Sie klang wie früher, wie an dem Tag, an dem er ihren Laden zum ersten Mal betreten hatte. Ein Lächeln stahl sich in ihr Gesicht, wenn sie daran dachte, dass er den Knopf von seiner Jacke gerissen hatte, nur um sie kennenzulernen. Es war nun über acht Jahre her und sie hatte geglaubt, Franz vergessen zu können. Die heutige Begegnung bewies das Gegenteil, stellte sie erschrocken fest. Er besaß noch immer einen Platz in ihrem Herzen.

„Schließ hinter mir ab!“, riss Friedel sie aus ihren Gedanken. „Ich weiß nicht, wann ich zurück sein werde.“

„Pass auf dich auf!“ Rena atmete tief ein. „Ich liebe dich, Friedel.“

„Ich dich auch, bis später.“

Rena schloss die Tür. Dann ging sie ins Schlafzimmer und

legte sich zu ihrer Tochter ins Bett. Annas kleiner Körper war warm, dennoch fror sie. Liebevoll strich sie der Kleinen übers Haar. Nun hatte sie an diesem Tag schon zweimal gelogen, dachte sie dabei.

Friedel machte sich unterdessen auf den Weg zum Bürgerhaus. Als er dort ankam, stand Rosa bereits auf der Bühne und begrüßte einige Zuhörer. Sie trug ein einfaches graues Kleid mit einem kleinen Pelzkragen und sah sehr hübsch, vor allem aber entschlossen aus. Ihr Gesicht wirkte angespannt. Immer wieder wanderte ihr Blick zur ersten Reihe, wo Nelly saß und ihr aufmunternd zunickte.

„Die Nazis behaupten, die Bevölkerung vor den Bolschewisten zu retten“, begann Rosa mit lauter Stimme ihre Rede. „Und dass wir Gewalt und Terror verbreiten würden. Dabei sind sie es, die jeden, der anders denkt, zusammenschlagen und die Leute einschüchtern.“

Rosa bekam stürmischen Beifall. Inzwischen hatten sich ihre Wangen gerötet. Wie eine Kämpferin stand sie hinter dem Rednerpult und genauso fühlte sie sich. Sie brannte für die Sache. Dafür riskierte sie sogar ihre Ehe. Ihr war natürlich klar, dass Franz entsetzt sein würde, wenn er erfuhr, wo sie ihre Zeit verbrachte.

„Die nächste Wahl wird entscheiden, was aus Deutschland wird“, fuhr sie fort. „Wird es ein Land der Braunhemden? Des Terrors? Oder kann es uns gelingen, die Menschen zusammenzuführen, ohne Ansehen ihrer Rasse, Religion oder ihres Standes? Wir müssen …“

Plötzlich öffneten sich die Türen. Eine Gruppe der SA stürmte den Saal. Ohne auf die Proteste der Leute zu achten, dass es sich hier um eine geschlossene Versammlung handle, gingen sie zur Bühne und zerrten Rosa brutal herunter. Sofort drängte sich Friedel nach vorn, um ihr zur Hilfe zu eilen, wurde jedoch von einem Kerl, der wie ein Schläger aussah, zurückgehalten.

„Was soll das? Lassen Sie mich los!“, verlangte er und versuchte, sich zu befreien.

„Sie sind verhaftet“, bekam er zur Antwort.

„Wie bitte? Das hier ist eine zugelassene Versammlung.“

„Nicht mehr, ihr Kommunistenschweine seid ab jetzt unerwünscht. Die Versammlung ist geschlossen.“ Er wandte sich zu seinen Kameraden. „Nehmt sie mit, alle!“

Immer mehr SA-Angehörige drangen in das Bürgerhaus ein. Ohne zu zögern verhafteten sie die völlig überrumpelten Männer und Frauen. Die Versammelten wehrten sich und schrien ihre Wut heraus. Inzwischen prügelten sich einige junge Männer. Aber gegen den Ansturm der Nazis, die mit Schlagstöcken bewaffnet waren, hatten sie keine Chance.

Friedel taumelte indes vorwärts und wollte sich schützend vor Rosa stellen, die auf dem Boden lag. Er sah, dass sie weinte. Ihr Haar war aufgegangen und hing in wilden Strähnen ins Gesicht. Neben ihr stand Nelly, die versuchte, ihrer Freundin aufzuhelfen. Im nächsten Moment bekam sie einen Stoß und taumelte nach hinten.

„Verschwinde, du Judensau!“, brüllte sie einer der Männer an und spuckte ihr ins Gesicht. Friedel, der in diesem Moment freikam, schlug blind vor Wut zu. Der Mann ging zu Boden. Friedel nutzte die wenigen Sekunden und riss Rosa hoch, die völlig geschockt zu Nelly sah.

„Kommt!“, forderte er beide Frauen auf. „Wir müssen raus hier.“

Nelly folgte ihm. Von ihrer Lippe lief ein dünnes Rinnsal Blut. Rosa hingegen kletterte wieder auf die Bühne. Bevor Friedel sie zurückhalten konnte, stellte sie sich erneut hinter das Rednerpult.

„Seht ihr nun, was die Nazis vorhaben?“, schrie sie in den Raum. „Sie wollen uns zum Schweigen bringen. Dafür ist ihnen jedes Mittel recht. Stoppt diese Barbaren! Stoppt Hitler!“

Wieder wurde sie zu Boden gerissen. Obwohl Rosa schrie

und wild um sich schlug, zerrten die Männer sie zu einem Seitenausgang. Friedel gelang es nicht, sich zu ihr durchzukämpfen. Er wurde ebenfalls von einem kräftigen jungen Mann geschnappt, der ihm die Arme auf den Rücken drehte und ihn aus dem Saal schubste. Dort wurde er in einen bereitstehenden Lastwagen gestoßen, auf dessen Ladefläche auch Rosa und Nelly saßen.

„Habt keine Angst“, flüsterte er ihnen zu. „Damit kommen sie nicht durch.“

„Was hast du vor?“, fragte Rosa.

„Das wirst du gleich sehen. Wenn ich den Mann da vorn ausgeschaltet habe, lauft ihr weg, verstanden? Bringt euch in Sicherheit!“

Der Wagen fuhr los. Sie waren sechs Gefangene, die von einem älteren Mann mit Stahlhelm bewacht wurden. Bevor der wusste, wie ihm geschah, versetzte Friedel ihm einen kräftigen Haken, sodass dessen Kopf zur Seite kippte.

„Springt!“, rief er. „Springt und rennt weg!“

Rosa und Nelly sprangen. Friedel hörte noch, wie eine von beiden vor Schmerz aufschrie. Dann war er es, der einen Schlag ins Gesicht bekam. Ein weiterer SA-Mann war auf den Lastwagen aufgesprungen und prügelte nun mit dem Knüppel auf ihn ein. Friedel versuchte, den Schlägen zu entgehen, indem er sich duckte. Im selben Moment bekam er einen Hieb auf sein rechtes Auge. Er spürte, wie die Haut darüber aufplatzte. Ein unbändiger Schmerz durchfuhr ihn. Doch damit kehrte auch seine Wut zurück.

Mit aller Kraft stürzte er sich auf seinen Gegner und schlug so lange zu, bis der sich nicht mehr rührte. Dann sprang er vom Wagen und rannte zurück zum Bürgerhaus, wo er feststellen musste, dass sich der Saal bis auf einige wenige Anhänger geleert hatte.

Friedel beschloss, nach Hause zu gehen. Er hatte genug für diesen Abend. Alles, was er jetzt noch wollte, war, Rena in den

Arm zu nehmen und seine Wunden zu versorgen. Morgen würde er sich mit den Genossen besprechen und dann hoffentlich erfahren, dass auch Rosa in Sicherheit war.

„Warte, Friedel!"

Bevor er durch die Tür gehen konnte, hielt ihn sein Parteifreund Erwin auf. Er musste erst später gekommen sein, denn Friedel hatte ihn während der Rede nicht gesehen. Im Gegensatz zu den wenigen Genossen, die noch im Saal waren und deren Aussehen nach der Schlägerei ziemlich ramponiert war, wirkte Erwin beinahe adrett gekleidet. Er trug einen dunklen Anzug, der ein wenig altmodisch, aber sauber aussah.

„Ich komme vom Hauptbüro", klärte er Friedel auf. „Und ich kenne den Grund für den heutigen Überfall. Letzte Nacht wurde in Berlin Feuer gelegt. Göring und andere NSDAP-Funktionäre behaupten, es handelte sich um einen Aufstandsversuch der KPD."

„Feuer? Wo?"

„Im Reichstag. Du kannst dir sicher vorstellen, dass Hitler und sein Gefolge das als willkommenen Vorwand nehmen werden, um brutal gegen politische Gegner vorzugehen. Wahrscheinlich sind die Nazis sogar selbst für das Feuer verantwortlich. Ich traue denen alles zu. Fest steht, dass die Polizei und die Sturmabteilung seit Stunden überall im Land Kommunisten, Abgeordnete, Sozialdemokraten und linke Intellektuelle verhaften. Man redet sogar davon, die Mandate unserer Abgeordneten zu annullieren."

„Damit werden sie doch nicht durchkommen, oder?"

Friedel konnte sein Erschrecken über die neuesten Nachrichten kaum verbergen.

„Wenn das passiert, wäre es ihnen möglich, unsere Arbeit komplett zu verhindern. Wie sollen wir unter diesen Bedingungen einen fairen Wahlkampf führen können?"

„Eben das scheint das Ziel Hitlers zu sein." Erwin kratzte sich an der Stirn. „Aber warten wir bis morgen ab. Dann wissen wir hoffentlich mehr und erfahren, was aus den Genossen wurde, die man heute verhaftet hat. Früher oder später muss man sie freilassen. Schließlich leben wir in einem Rechtsstaat."

~

Vorsichtig schlich Rosa sich ins Haus, nachdem sie sich von Nelly, die im Diensteingang verschwunden war, verabschiedet hatte. Normalerweise achtete sie nicht darauf, ob sie jemand sah, wenn sie spät am Abend oder erst in den frühen Morgenstunden aufs Gut zurückkehrte. Weder interessierten sie die vorwurfsvollen Blicke ihrer Schwiegermutter noch die gelegentlichen Szenen, die Franz ihr machte.

Heute jedoch fühlte sie sich dem nicht gewachsen. Der Schrecken vom Bürgerhaus steckte ihr noch in den Gliedern. Außerdem schmerzte ihre rechte Schulter höllisch und fühlte sich an, als wäre sie ausgerenkt. Viel schlimmer aber war dieses Gefühl der Ohnmacht in ihr.

Die Nazis hatten ihr gegenüber zum ersten Mal gezeigt, zu was sie fähig waren und dass sie bestimmt keine Rücksicht nehmen würden, weil sie die Gattin von Franz war. Außerdem hatten sie Nelly aufs Übelste beschimpft und hätten ihr vermutlich noch mehr angetan, wäre Friedel nicht gewesen. Sie konnte auch jetzt noch nicht begreifen, welch unfassbare Gewalt ihnen entgegengeschlagen war.

Nachdenklich ging sie die Treppen nach oben. Erleichtert darüber, dass ihr niemand begegnete, öffnete sie die Tür zu ihrem Zimmer und huschte schnell hinein. Sie wollte trotz der späten Stunde ein Bad nehmen und den Dreck abspülen, den fremde Hände auf ihrem Körper hinterlassen hatten.

„Wo kommst du her?"

Rosa erschrak und schrie leise auf. Ihr Blick fiel auf die reglose Gestalt, die am Fenster saß.

„Franz? Was tust du hier? Musst du mich so erschrecken?"

„Ich habe dich etwas gefragt. Wo kommst du her und wie siehst du überhaupt aus?"

„Ich war in der Stadt." Rosa versuchte, notdürftig ihr Haar zu richten und strich ihr Kleid glatt. „Was geht es dich an, Franz?"

„Ich bin dein Ehemann, falls du es vergessen haben solltest", antwortete er scharf. Rosa bemerkte sofort, dass er sich anders als sonst verhielt. Ihr Herz begann schneller zu schlagen. Irgendetwas an dieser Situation erinnerte sie an die Hochzeitsnacht, als Franz sich mit Gewalt genommen hatte, was sie ihm verweigerte.

„Ich bin müde, Franz", wich sie deshalb aus. „Lass uns morgen darüber reden."

„Worüber? Dass du mit den Kommunisten unter einer Decke steckst? Willst du mir das erklären? Oder möchtest du lieber darüber reden, dass du unseren Namen in den Schmutz ziehst und uns alle in Gefahr bringst?"

„Aber das tue ich nicht."

„Du gehörst also nicht dazu und gehst trotzdem zu den Versammlungen der KPD?"

Rosa wurde rot. Das genügte Franz.

„Dann sage ich dir jetzt etwas. Letzte Nacht haben deine Kommunisten den Reichstag in Berlin in Brand gesteckt. Von jetzt an werden die Nazis jeden einzelnen Kommunisten jagen und hinter Gitter bringen. Von deiner geliebten Nelly will ich gar nicht erst reden. Die Juden stehen auf Hitlers Abschussliste ganz oben. Also überlege dir besser gut, auf welche Seite du dich stellen möchtest."

Rosa schluckte. Sie wusste nichts von einem Reichstagsbrand. Allerdings passten die Nachrichten zu dem Überfall im Bürgerhaus. Nur so konnte die Sturmabteilung die Gewalt rechtfertigen. Wenn Franz die Wahrheit sagte, woran sie nicht eine Sekunde zweifelte, war das vermutlich erst der Anfang gewesen.

„Was schlägst du vor?“, fragte sie ihn. Plötzlich wurde sie das Gefühl nicht los, dass er nicht nur auf sie gewartet hatte, um ihr zu verbieten, zu den Protestaktionen und Wahlveranstaltungen der Kommunisten zu gehen. Sie kannte Franz. Er war nicht wie seine Eltern und scherte sich üblicherweise nicht darum, was geredet wurde. Es sei denn …

„Geht es um Rena?“, fragte sie. „Machst du dir Sorgen um sie?“

„Nein“, antwortete er ohne zu zögern. Doch das Zittern seiner Stimme verriet ihn. „Rena ist eine verheiratete Frau. Wir haben nichts mehr gemeinsam. Ich kann ihr nicht helfen. Aber ich denke, dass die NSDAP den Brand nutzen wird, um ihre Politik durchzusetzen. Ich werde in die Partei eintreten, Rosa. Die Nazis wollen mit uns Geschäfte machen. Deshalb kann ich es mir nicht leisten, mit irgendwelchen Kommunisten oder Juden in Verbindung gebracht zu werden.“

„Was willst du damit sagen?“

Aus ihrem Gesicht wich sämtliche Farbe. Sie glaubte, seine Antwort zu kennen, und hoffte doch, sich zu irren.

„Du wirst nie wieder zu diesen Veranstaltungen gehen“, antwortete Franz. Seine Mimik verriet nur zu deutlich, wie ernst er es meinte.

„Wenn du darauf bestehst.“

Rosa entschied sich dazu, zumindest dem Anschein nach auf seine Forderung einzugehen. Der Vorfall heute hatte gezeigt, dass sie vorsichtig sein musste. Vor allem nachdem Franz ihr mitgeteilt hatte, Mitglied der NSDAP zu werden, was vermutlich Mathilde initiiert hatte, die diesen Faschisten mehr als zugetan war. Das bedeutete jedoch nicht, dass sie klein beigab. Sicher würde sie Mittel und Wege finden, ihre Arbeit in der Partei fortzusetzen. Im Moment aber musste sie hier die Wogen glätten, bevor Franz auf weitere dumme Ideen kam.

„Nelly wird von unserem Gut verschwinden."

„Was?" Im ersten Moment glaubte Rosa, sich verhört zu haben. Sie warf ihrem Mann einen fragenden Blick zu. Der erwiderte ihn unnachgiebig.

„Du hast richtig gehört. Ich werde deine kleine Freundin nicht länger auf meinem Hof dulden. Ich habe es viel zu lange getan. Du kannst sie nicht schützen, Rosa. Hitler wird diesen Brandanschlag für sich nutzen und seine politischen Interessen durchsetzen. Sobald er die Macht hat, wird kein Jude in diesem Land mehr vor ihm sicher sein."

Er ging zur Tür und drehte sich nicht einmal mehr um, als er hinzufügte: „Morgen früh packt Nelly ihre Sachen. Ich habe einen geschäftlichen Termin. Wenn ich zurück bin, will ich sie hier nicht mehr sehen."

Die Tür schloss sich. Rosa blieb fassungslos zurück. Die Gedanken in ihrem Kopf überschlugen sich. Einem ersten Impuls folgend wollte sie ebenfalls ihre Sachen packen und gemeinsam mit Nelly gehen. Doch dann siegte ihr Verstand. Nicht nur, dass sie damit einen Skandal heraufbeschwören würde, sie konnte ihrer Freundin auch kaum von Nutzen sein, wenn sie ihr ohne finanzielle Mittel folgte.

Es musste eine andere Lösung geben, dachte Rosa, aber welche?

Die Antwort darauf gab ihr Nelly selbst, zu der sie nach dem Gespräch mit Franz schlich. Ihre Freundin reagierte nicht überrascht, als Rosa ihr von der Forderung ihres Ehemanns berichtete. Obwohl sie weinte, versuchte sie gleichzeitig, Rosa zu trösten.

„Ich wusste, dass dieser Tag kommen würde", sagte sie. „Es war nur eine Frage der Zeit, und ich kann Franz sogar verstehen. Es ist sicher nicht leicht für ihn zu wissen, dass du ihn nicht liebst."

„Aber das tut er doch auch nicht. Er kann es nur nicht ertragen, dass in seiner Nähe jemand glücklich ist, weil er es mit Rena nicht sein kann. Ich möchte nicht, dass du gehst, Nelly."

„Uns bleibt keine Wahl. Ich werde ins Künstlerviertel zurückkehren. Du kannst mich so oft besuchen, wie du möchtest. Franz wird uns nicht trennen, Rosa. Ich liebe dich."

Die beiden Frauen fielen sich in die Arme. Eng umschlungen versuchten sie, sich gegenseitig Halt zu geben. Als Rosa irgendwann später ihre eigenen Räume aufsuchte, graute bereits der Morgen.

Franz stand am Fenster und beobachtete Rosa, die wie eine Verbrecherin über den Hof schlich und vermutlich annahm, dass niemand sie bemerkte. Seine Frau war eine Dirne, dachte er angeekelt. Noch dazu eine, die sich mit Frauen vergnügte. Hätte er damals, als er dieser Vermählung zugestimmt hatte, gewusst, welch abtrünnige Neigungen in ihr schlummerten, hätte er niemals zugestimmt.

Leider kam diese Erkenntnis zu spät, was nicht bedeutete, dass er dem Treiben nicht ein Ende setzen konnte. Rosa hatte gehört, was er verlangte. Sollte sie sich weigern, seiner Forderung nachzukommen, würde sie die Konsequenzen tragen müssen. Er war jedenfalls nicht bereit, sich von ihr länger auf der Nase herumtanzen zu lassen. Genauso wenig wie von diesem Friedel, der schon bald zu spüren bekommen sollte, was es hieß, sich mit ihm anzulegen.

Franz zog sich an. Sein Entschluss stand fest. Der Eintritt in die Partei würde ihm nicht nur die Macht verleihen, seine Wut auf den Rest der Welt in die richtigen Bahnen zu lenken, sondern auch für seine Geschäfte von Vorteil sein.

Aber vorher meldete sich sein Magen. Er ging nach unten, um zu frühstücken. In weniger als zwei Stunden würde er einen entscheidenden Schritt seines Lebens tun. Er spürte es in jeder Faser seines Körpers. Da war es wohl angebracht, sich nicht hungrig auf den Weg zu machen. Allerdings hatte er nicht damit gerechnet, seine Eltern am Tisch vorzufinden.

„Ihr seid schon auf?", fragte er und nahm Platz.

„Bei diesen Nachrichten kann man ja kaum im Bett bleiben", antwortete sein Vater und legte die Zeitung zur Seite, in der er bis eben gelesen hatte.

„Du sprichst von dem Reichstagsbrand?"

„Du weißt davon?"

„Natürlich, in der Stadt wird von nichts anderem geredet."

„Reden die Leute auch von der neuen Verordnung zum Schutz von Volk und Staat, die der Reichspräsident Hindenburg erlassen hat?"

„Von einer Verordnung weiß ich nichts."

Franz sah kurz auf, bevor er sich Brot und Butter nahm.

„Sie soll der Abwehr kommunistischer Gewaltakte dienen. Mit ihr wird die Regierung diktatorische Vollmachten erhalten, die die Grundrechte außer Kraft setzen. Es wird wohl keine Meinungsfreiheit mehr geben, Franz. Die Kommunisten dürfen sich ab jetzt weder versammeln noch ihre Hetzartikel schreiben."

„Ist das so?"

Franz horchte auf. Gleichzeitig grinste er zufrieden. Er hatte nicht mit dieser Entwicklung gerechnet. Doch sie gefiel ihm. Nun musste auch Rosa erkennen, wie dumm ihre Sympathie für diese Leute war.

„Du glaubst also, Vater, dass es möglich ist, die Arbeit missliebiger Parteien komplett zu verhindern?"

„Ich nehme es an, mein Junge, und vermute, dass es als Erstes die KPD trifft. Vielleicht solltest du Rosa warnen."

„Ihr wisst es?"

Franz erschrak. Bis heute hatten seine Eltern kein Wort darüber verloren. Deshalb war er davon ausgegangen, dass ihnen die Gerüchte um ihre Schwiegertochter noch nicht zu

Ohren gekommen waren. Die Worte seines Vaters bewiesen jedoch das Gegenteil.

„Hast du wirklich geglaubt, uns bliebe ihr Treiben verborgen? Bisher haben wir beide Augen zugedrückt, was deine Frau betrifft, Franz. Das bedeutet nicht, dass wir ihr Verhalten gutheißen. Wenn wir bis jetzt geschwiegen haben, dann nur, um einen Skandal zu vermeiden. Aber damit muss nun Schluss sein. Rosa soll sich endlich benehmen, wie es sich für eine Dame gehört, und diese Nelly davonjagen. Ich will keine Juden unter meinem Dach."

„Ich habe ihr bereits eine Forderung diesbezüglich gestellt. Nelly Weiss hat das Gut vor wenigen Minuten verlassen."

„Sehr gut, Franz", mischte sich nun auch seine Mutter ein, die bis dahin schweigend zugehört hatte. Stolz strich sie ihrem Sohn über den Arm. „Hast du auch über Kesslers Vorschlag nachgedacht?"

„Ich habe gleich einen Termin im Parteibüro. Seid unbesorgt, ich weiß, was ich zu tun habe."

„Wir haben nie daran gezweifelt", beteuerte Mathilde und nickte Franz zu, als der aufstand und den Raum verließ. „Wir sind sehr stolz auf dich."

Das war Franz auch. Endlich glaubte er, einen Weg für sich gefunden zu haben, und offensichtlich war er damit nicht der Einzige. Als er im Flur vor dem Parteibüro ankam, stieß er auf weitere Anwärter, die sich zum Eintritt entschlossen hatten, was ihn darin bestätigte, die richtige Entscheidung getroffen zu haben. Höflich nickte er den Männern zu und nahm auf einem der Holzstühle Platz, um zu warten, bis er an der Reihe war.

Lange musste er sich nicht gedulden. Kessler kam schon wenige Minuten später auf ihn zu und bat ihn in sein Büro. Franz bemerkte, wie angespannt dessen Miene war, und fragte sich, ob es mit dem Abend zuvor zu tun hatte.

„Nehmen Sie Platz! Ich bin froh, dass Sie gekommen sind und werde nicht lange drumherumreden. Bei unserer ersten

Zusammenkunft traf ich Sie in Streitigkeiten vor dieser Schneiderei", kam Kessler ohne Umschweife zur Sache. „Kannten Sie den Mann, Herr von Lichtenfels?"

„Wenn Sie Schulz meinen, ja, er ist mir bekannt."

„Wissen Sie auch, wo er sich aufhält?"

„Ich nehme an in seiner Wohnung. Warum fragen Sie? Was ist mit ihm?"

„Er hat gestern Abend einen Mann niedergeschlagen, um sich seiner Verhaftung zu entziehen. Dieser Mann erlag heute Morgen seinen schweren Kopfverletzungen. Schulz ist ein Mörder. Wir müssen ihn finden."

Franz schnappte nach Luft. Blitzartig schossen ihm die Gedanken in den Kopf. Renas Mann hatte einen Angehörigen der Sturmabteilung erschlagen. Die Nazis würden ohne Zweifel nichts unversucht lassen, ihn aufzuspüren. Wenn Schulz verhaftet wurde, stand Rena ohne Ehemann und seine Tochter ohne Vater da. Damit war der Weg für ihn frei. Er atmete tief durch und blies geräuschvoll die Luft aus.

Natürlich konnte er die kleine Anna nicht offiziell anerkennen und Rena nicht den Hof machen. Aber er wollte für sie da sein und vielleicht erkannte sie dann auch, dass dieser Friedel im Gegensatz zu ihm ihre Liebe nicht wert war.

Allerdings ließ sich dieses Vorhaben nur schwerlich mit seinem Plan, in die Partei einzutreten, vereinbaren. Wenn auch nur einer seiner zukünftigen Genossen erfuhr, dass er sich mit einer Jüdin einließ, konnte das unangenehm für ihn werden. Außerdem durfte er nicht vergessen, dass Rena ja die Ehefrau dieses Mörders war. Damit rückte auch sie unwillkürlich ins Visier der Nazis, die diese Straftat sühnen wollten. Möglicherweise würde auch sie in Schutzhaft genommen werden.

Franz spürte, wie er zu schwitzen begann. Er musste zu ihr, dachte er. Er musste zu Rena und sie warnen. Der Gedanke, dass sie in Gefahr schwebte, war ihm unerträglich.

„Friedel Schulz arbeitet in der Eisenfabrik", kam ihm in

diesem Moment der rettende Gedanke. „Wenn Sie Glück haben, finden Sie ihn dort."

„Sehr gut, diese Information hat uns gefehlt. Ich danke Ihnen, Franz."

Kessler nickte zufrieden und schlug Franz anerkennend auf die Schulter.

„Aber deshalb sind Sie nicht gekommen, nicht wahr? Ich habe bereits alles vorbereitet. Wollen Sie immer noch in die Partei eintreten?"

„Selbstverständlich", antwortete Franz mit sicherer Stimme. „Ich bin bereit dazu."

Friedel war nicht von der Arbeit nach Hause gekommen. Daraufhin war Rena besorgt zum Eisenwerk gelaufen, wo sie erfahren hatte, dass ihr Mann die Maschinen einfach verlassen hatte, ohne die Erlaubnis seines Vorarbeiters einzuholen.

„Sagen Sie ihm, er braucht nicht wiederkommen", hatte der Mann ihr nachgerufen. „Ich kann hier kein unzuverlässiges Pack dulden."

Rena war ihm die Antwort schuldig geblieben und hatte sich auf den Weg zum Laden gemacht. Doch ans Nähen war nicht zu denken gewesen. Sie machte sich Sorgen um ihren Mann, der ihr noch nie etwas verschwiegen hatte. Wenn es einen Grund für sein Verhalten gab, hätte er ihr doch davon erzählt. Aber warum kam er dann nicht nach Hause?

Rena schüttelte ihren Kopf. Vielleicht war Friedel ja längst da. Woher sollte sie wissen, ob er nicht in der Wohnung auf sie wartete? Oder er holte Anna bei ihrer Mutter ab. Es wäre schließlich nicht das erste Mal.

Kurz entschlossen verließ Rena, die sich bei diesen Gedanken schon etwas leichter fühlte, das Geschäft. Sie musste nur wenige Straßen gehen, doch ihr fielen sofort die ungewohnt lauten Geräusche auf. Autoreifen quietschten, Türen wurden geschlagen und aufgeregte Stimmen drangen an ihr Ohr. Nicht weit von ihr entfernt schrie ein Mann laut auf.

„Was passiert da?“, fragte sie, als sie Schritte neben sich hörte.

„Die Kommunisten werden verhaftet“, kam eine gleichgültige Antwort, bevor sich die Schritte entfernten. Indes schlug Renas Herz schneller. Wenn es stimmte, was der Mann gesagt hatte, konnte das der Grund für Friedels Verhalten sein. Vielleicht hielt er sich irgendwo versteckt, bis sich die Lage beruhigt hatte. Ihre Wohnung kam dafür wohl kaum infrage. Dort würde man zuerst nach ihm suchen.

Rena lief weiter. Sie wollte zu ihrer Mutter und Anna abholen. Die Kleine schlief, als sie dort ankam, und Helene hielt es für keine gute Idee, sie zu wecken.

„Warum bleibst du nicht über Nacht hier, Rena?“, fragte sie. „Es ist so unruhig auf den Straßen. Mein Nachbar sagte mir vorhin, dass es vermutlich zu Ausschreitungen kommen wird. Es wäre nicht gut, wenn du dann mit der Kleinen unterwegs bist.“

„Das geht nicht. Ich muss zu Friedel. Bevor ich nicht weiß, wo er steckt, würde ich keine ruhige Minute haben. Ich mache mir Sorgen um ihn.“

„Dann lass wenigstens Anna hier. Du kannst sie morgen abholen.“

„Vielleicht hast du recht. Danke, Mama.“

„Schon in Ordnung, mein Kind. Ich habe einiges gutzumachen.“

„Das hast du längst, Anna liebt dich. Wir machen es also wie besprochen. Ich komme morgen nach der Arbeit zu euch.“

„Pass auf dich auf!“

Helene umarmte ihre Tochter, die es eilig hatte, nach Hause zu kommen. Die Angst in ihr nahm von Sekunde zu Sekunde zu. Dass sie nicht unberechtigt war, bemerkte sie spätestens, als neben ihr ein Lastwagen hielt. Bevor sie sich versah, packte sie jemand am Arm.

„Ihren Ausweis!“

„Moment“, bat sie und kramte in ihrer Tasche.

„Schneller!“, schrie der Mann sie an und zerrte ihr die Papiere aus der Hand, die sie ihm mit zitternden Fingern reichte.

„Das ist kein Ausweis, sondern nur Ihre Geschäftsanmeldung.“

„Entschuldigen Sie, ich muss es verwechselt haben. Ich bin blind.“

Für einen kurzen Moment herrschte Schweigen. Rena betete, dass man ihr glaubte. Geistesgegenwärtig hatte sie nämlich erkannt, dass es ein Fehler sein würde, ihren Ausweis zu zeigen, auf dem Rena Schulz stand. In den Papieren ihrer Geschäftsanmeldung hingegen stand noch ihr Geburtsname.

„Schuhmann, der Name steht nicht auf der Liste“, hörte Rena eine zweite Stimme. „Außerdem ist sie Jüdin.“ Die Geschäftsanmeldung wurde ihr zurück in die Hand gedrückt.

„Kann ich jetzt gehen?“, fragte sie vorsichtig und erschrak, als plötzlich jemand laut auflachte.

„Geh nur! Geh, solange du kannst!“, sagte der Mann spöttisch, nachdem er sich beruhigt hatte. „Heute holen wir die Kommunisten. Danach seid ihr dran.“

Rena setzte einen Fuß vor den anderen und entfernte sich Schritt für Schritt. Sie zitterte am ganzen Körper und dankte Gott dafür, dass sie auf ihre Mutter gehört und Anna bei ihr gelassen hatte. Sie wollte sich nicht einmal vorstellen, was geschehen wäre, wenn sie ihre Tochter in Gefahr gebracht hätte.

Allerdings hatte der Vorfall ihre Sorge um ihren Mann noch gesteigert. So schnell es ihr möglich war, lief sie zu ihrer Wohnung. Dabei nutzte sie eine Seitengasse, um nicht noch einmal aufgehalten zu werden. Sie atmete erleichtert auf, als sie endlich vor ihrer Tür stand. Die Hand, die aus der Dunkelheit des Hauseingangs nach ihrem Arm griff, konnte sie nicht sehen. Rena schrie auf vor Schreck. Sofort legten sich kalte Finger auf ihren Mund und nahmen ihr die Luft zum Atmen. Sie wollte um Hilfe schreien. Doch es gelang ihr nicht.

„Sei still, Rena! Ich bin es doch."

Die Hand löste sich zögernd.

„Rosa? Was tust du hier?"

„Ich wollte dich warnen. Aber als ich hier ankam, war es bereits zu spät. Die Nazis befanden sich schon in eurer Wohnung. Sie haben alles durchwühlt. Mir ist es gerade noch gelungen, mich im Kellereingang zu verstecken."

„Was ist mit Friedel? Sie haben nach ihm gesucht, nicht wahr? Wurde er verhaftet?"

„Können wir nicht lieber in eure Wohnung gehen, bevor man uns hier sieht?"

„Natürlich, komm!"

Rena ging ihr voraus nach oben. Als sie den Schlüssel aus ihrer Tasche nahm, um aufzuschließen, schüttelte Rosa ihren Kopf.

„Du brauchst ihn nicht, sie haben die Tür aufgebrochen."

Rena nickte. Sie sagte kein Wort. Doch Rosa bemerkte, wie blass sie wurde.

„Sei vorsichtig", mahnte sie. „Es liegen überall Sachen auf dem Boden."

„Ich werde später aufräumen. Sag mir erst, was mit Friedel ist. Er wird seine Stelle in der Fabrik verlieren."

„Ich befürchte, er verliert viel mehr." Rosa stöhnte auf und fuhr sich nervös durchs Haar. „Die Nazis nehmen gerade sämtliche politischen Gegner in Schutzhaft. Es gibt entsprechende Listen mit Namen. Ich nehme an, meiner steht auch darauf."

„Was? Aber du hast doch nichts getan. Das Recht ist auf deiner Seite."

„Du irrst dich. Der Rechtsstaat, in dem wir lebten, ist weitgehend beseitigt. Die Verhaftungen werden einen massiven Einfluss auf den Wahlkampf haben. Schon seit Tagen geistert die von den Nationalsozialisten geschickt geschürte Angst vor einem kommunistischen Aufstand durch die Nachrichten und die Köpfe der Deutschen. Mitten im Wahlkampf berauben sie uns der wichtigsten Leute und machen sie mundtot."

„Steht es wirklich so schlimm?"

„Schlimmer, Rena."

Rena horchte auf. Die Verzweiflung in Rosas Stimme war ihr nicht entgangen. Sie machte ihr Angst. Vor allem deshalb, weil sie spürte, dass diese Angst nicht unberechtigt sein könnte.

„Du verschweigst mir etwas, Rosa. Was ist noch geschehen? Sag mir die Wahrheit!"

„Du weißt, dass wir nur knapp der Verhaftung entgehen konnten nach der Versammlung im Bürgerhaus."

„Ja, aber es ist euch gelungen."

„Aber nur, weil Friedel einen SA-Mann überwältigt und niedergeschlagen hat. Es war ein Fehler."

„Diese Leute haben das Gleiche getan", rechtfertigte Rena das Verhalten ihres Mannes. „Hätten sie euch in Ruhe gelassen, würde dieser Mann vermutlich kein blaues Auge davongetragen haben."

Rosa räusperte sich. Sie nahm die Hand ihrer Freundin. Rena spürte, dass ihre Finger schweißnass waren.

„Es ist mehr als ein blaues Auge", sagte sie leise. „Ich habe vorhin erfahren, dass er gestorben ist. Friedel hat ihn umgebracht. Deshalb suchen ihn die Nazis."

„Der Mann ist tot?", schrie Rena erschrocken auf und schlug sich die Hand vor den Mund. Als Rosa nicht antwortete, schluchzte sie auf. „Heißt das, Friedel kommt ins Gefängnis?"

„Wenn er nichts unternommen hat, bestimmt."

„Was soll er denn unternehmen? Er kann diesen Mann ja schlecht wieder lebendig machen."

„Ich hoffe, dass er untergetaucht ist, Rena."

„Und was wird jetzt aus uns?", fragte Rena entsetzt. „Wie soll ich das Anna erklären? Ach, Rosa, habe ich euch nicht immer gesagt, dass ihr euch aus der Politik heraushalten sollt?"

„Wie soll das gehen, wenn plötzlich nur noch Braunhemden durch die Straßen marschieren und Terror und Gewalt verbreiten? Sollen wir etwa dabei zusehen, wie Kameraden verprügelt und eingesperrt werden? Was geschehen ist, haben wir nie geplant. Friedel wollte keinen Menschen töten, Rena. Dennoch bin ich sicher, dass es schon bald viel mehr Opfer zu betrauern gilt, wenn sich niemand gegen diese Faschisten stellt und sich stattdessen aus allem heraushält, wie du vorschlägst."

„Und was ist, wenn du mit deiner Prognose falsch liegst und ..."

„Was war das?", unterbrach Rosa sie und lauschte. Bevor Rena ihr antworten konnte, ging sie zum Fenster und öffnete es. Von draußen war das scharfe Quietschen von Bremsen zu hören. Ein Mann stieg aus und steuerte den Hauseingang an. Rosa erkannte ihn sofort.

„Ich muss mich verstecken. Gibt es einen Dachboden?"

„Ja, aber was ist denn los? Kommen die Nazis etwa zurück?"

„Schlimmer", antwortete Rosa. Ihre Stimme bebte. „Es ist Franz. Er darf mich auf keinen Fall hier finden. Er ist einer von ihnen, Rena."

Rena riss die Augen auf. Doch ihre Bestürzung hielt nur kurz an.

„Lauf die Treppe nach oben! Wenn Franz in der Wohnung ist, verschwindest du. Ich werde versuchen, ihn aufzuhalten. In der Zwischenzeit kannst du auf das Gut zurückkehren."

„Danke, Rena." Rosa umarmte die Freundin. Sie wirkte längst nicht mehr so selbstsicher wie noch vor wenigen Tagen. Die Geschehnisse hatten ihr zugesetzt. „Ich bin nicht sicher, ob ich zurück kann. Mein Name steht auf der Liste. Außerdem sorge ich mich um Nelly. Der Hass, der die Straßen heute regiert hat, richtete sich nicht nur gegen die Kommunisten. Ich befürchte, sie ist in Gefahr. Und du auch", fügte sie hinzu.

Rena nickte. Sie hatte die Worte des Mannes, der ihren Ausweis kontrollieren wollte, nicht vergessen und wusste, dass Rosas Befürchtungen berechtigt waren. Heute hatten es die Nazis auf ihre politischen Gegner abgesehen. Danach würden sie sich auf die jüdische Bevölkerung stürzen. Aber noch war es nicht so weit. Im Moment musste sich ihre Freundin in Sicherheit bringen, bevor Franz sie hier entdeckte.

„Du musst gehen, Rosa", sagte sie deshalb, woraufhin ihre Freundin nickte.

„Du findest mich im Künstlerviertel. Wenn du Hilfe benötigst, gib Bescheid! Auf Wiedersehen, Rena."

Rosa war keine Minute zu früh gegangen. Kaum war sie ein paar Stufen nach oben gestiegen, betrat Franz Renas Wohnung. Mit einem Blick erfasste er das Chaos, welches im Raum herrschte. Sämtliche Schubladen der Schränke waren herausgerissen. Auf dem Boden lagen Kleidung, Papiere und Fotos, dazwischen die Scherben einer zerbrochenen Lampe.

„Was willst du, Franz? Hast du etwa wieder einen Knopf verloren?"

Er erschrak und fragte sich, wie Rena ihn erkannt hatte. Gleichzeitig freute er sich, dass sie sich an ihre erste Begegnung erinnerte. Das bedeutete doch, dass auch sie ihn nicht vergessen konnte.

„Ich bin gekommen, um dich zu warnen", antwortete er.

Das hat Rosa bereits getan, dachte Rena, behielt es jedoch für sich. Möglicherweise konnte Franz ihr Informationen geben, an die seine Frau nicht herankam.

„Wovor warnen?“, fragte sie und bemühte sich, arglos zu klingen.

„Hast du denn nicht mitbekommen, was auf den Straßen los ist?“

„Doch Franz, das habe ich, wenn ich es auch nicht verstehe.“

„Ich kann es dir erklären. Die Kommunisten haben …“ Er brach ab. „Was war das?“

„Ich höre nichts“, erwiderte Rena schnell, die selbstverständlich die Schritte vernommen hatte. Rosa ging die Treppe nach unten und auch wenn sie versuchte, vorsichtig zu sein, ließ sich das Klacken ihrer Absätze wohl nicht vermeiden.

„Du hast vergessen, dass ich erkenne, wenn du lügst. Es war jemand bei dir, bevor ich kam, nicht wahr? War es Friedel? Hält sich dein Mann hier versteckt?“

„Nein, ich weiß nicht, wo er ist. Glaub mir, Franz! Ich sage die Wahrheit. Ich suche ihn ja selbst. Er ist nicht von der Arbeit zurückgekehrt.“

Franz nickte.

„Ich glaube dir. Es wäre auch furchtbar dumm von ihm, sich hier zu verkriechen. Damit würde er dich und Anna in Gefahr bringen. Ich hoffe, das ist ihm klar. Wo ist die Kleine überhaupt?“

„Bei meiner Mutter. Dort ist sie im Moment sicherer. Außerdem muss ich hier aufräumen. Danke, dass du mich warnen wolltest. Ich werde aufpassen.“

Franz blieb unschlüssig stehen. Ihre Worte waren die Aufforderung zu gehen, wenn sie es auch nicht offen aussprach. Aber alles in ihm sträubte sich, sie in dieser Unordnung zurückzulassen. Er wollte nicht gehen, und wenn er ehrlich zu sich selbst war, lag das nicht nur an dem Chaos in der Wohnung, welches die Männer der Sturmabteilung hinterlassen hatten.

„Ich helfe dir, Ordnung zu machen“, sagte er und bückte sich nach ein paar Kleidungsstücken.

Er zuckte zusammen, als Rena ihn scharf davon abhielt.

„Ich brauche deine Hilfe nicht, Franz. Offenbar vergisst du, dass du zu diesen Menschen gehörst, die uns das antun. Wer sagt mir, dass du beim nächsten Mal nicht dabei bist?“

„Du weißt, dass ich in die Partei eingetreten bin?“

„Warum nicht? Machst du etwa ein Geheimnis daraus?“, konterte Rena, die beschlossen hatte, Franz nicht noch einmal die Gelegenheit zu geben, ihre Gefühle durcheinanderzubringen. Sie liebte Friedel, zumindest war er ihr Ehemann und hatte sich all die Jahre um sie bemüht, während Franz seine Tochter nur einmal gesehen hatte. Sie durfte seine Nähe nicht dulden, Friedel zuliebe.

„Rosa hat es dir verraten, wer sonst?“ Franz lachte spöttisch auf. „Meine Frau schenkt dir mehr Vertrauen als mir.“

„Wundert dich das?“

Die Frage rutschte Rena heraus, bevor sie nachdenken konnte. Erschrocken biss sie sich auf die Unterlippe. Sie hatte Rosa geschworen, mit niemandem darüber zu reden, was Franz ihr angetan hatte. Doch für Reue war es nun zu spät. Angespannt wartete sie auf seine Reaktion.

„Ich habe Fehler gemacht“, gab er zu ihrer Überraschung zu. „Ich hätte Rosa niemals heiraten dürfen. Ich habe immer nur dich geliebt, Rena.“ Franz ging zu ihr und nahm ihre Hände in seine, bevor er hinzufügte: „Und ich liebe dich noch immer.“

Rena blieb ihm die Antwort zunächst schuldig. Seine Worte trafen sie wie ein Schlag. Gleichzeitig spürte sie, wie ihr Herz zu rasen begann. Ohne es zu wollen, zog es sie zu Franz hin. Doch das durfte sie auf keinen Fall zulassen.

„Wenn du mich wirklich liebst, wie du sagst, dann hilf mir, Friedel zu schützen. Wenn er verhaftet wird, stehe ich mit Anna allein da. Bitte, Franz! Hilf ihm!“

Franz erstarrte. Wusste Rena überhaupt, was sie da von ihm verlangte? Er sollte sich für seinen ärgsten Rivalen einsetzen und dann dabei zuschauen, wie die kleine Familie sich wiedervereint in die Arme fiel? Das war unmöglich. Allerdings hatte Rena ihm soeben eine Tür geöffnet, durch die er ohne zu zögern ging.

„Wie sollte ich ihn schützen können, wenn ich nicht weiß, wo er sich aufhält?"

„Es gibt nur wenige Menschen, denen er vertraut. Ich kenne die Namen."

„Dann nenne sie mir!", forderte Franz.

„Erst wenn du mir schwörst, ihm nicht zu schaden, Franz."

„Vertraust du mir so wenig? Aber gut, wenn du darauf bestehst, ich schwöre."

„Auf das Leben deiner Tochter?"

„Von mir aus auf das Leben meiner Tochter. Ich gebe dir mein Wort. Bist du jetzt zufrieden?"

Rena nickte. Sie glaubte ihm. Er hatte die Fehler seiner Vergangenheit selbst eingesehen. Trotz dieser wusste sie, dass er ein guter Kerl war und sie auf sein Wort zählen konnte. Er hatte sie nie belogen und ihr damals sofort von den Plänen seiner Eltern erzählt. Außerdem brauchte Anna einen Vater, das musste auch ihm bewusst sein, und Friedel tat alles für die Kleine.

„Danke, Franz", sagte sie leise. „Ich vertraue dir."

Rena nannte ihm die Namen der engsten Parteigenossen. Franz notierte sie auf einem Blatt, das er vom Boden aufhob. Dann nahm er Rena in den Arm, die seine Nähe in diesem Moment zuließ. Minutenlang standen sie eng umschlungen und lauschten dem Herzschlag des anderen. Die Zeit schien dabei stillzustehen. Erst als Franz versuchte, sie zu küssen, schob ihn Rena von sich fort.

„Bitte nicht, Franz", bat sie leise. „Ich bin verheiratet."

„Mit einem Mann, den du nicht liebst", stellte Franz fest,

den die Niederlage schmerzte. „Gib es zu, du hast noch immer Gefühle für mich."

„Ich weiß es nicht. Ich kann im Moment nicht klar denken. Wirst du dein Wort trotzdem halten? Wirst du Friedel finden und ihn in Sicherheit bringen?"

„Natürlich." Franz nickte. Er musste Rena Zeit geben. Das verstand er nun. Und er musste dafür sorgen, dass niemand mehr zwischen ihnen stand. „Ich melde mich bei dir, sobald ich etwas erfahren habe. Auf Wiedersehen, Rena."

„Auf Wiedersehen, Franz. Ich danke dir aus tiefstem Herzen."

Noch einmal nahm Franz sie in den Arm. Dann verließ er die Wohnung. Keine zehn Minuten später stand er erneut im Parteibüro. Falls Kessler überrascht war, ließ er es sich nicht anmerken. Mit einem freundlichen, aber nichtssagenden Lächeln kam er auf Franz zu und reichte ihm die Hand.

„Ich hoffe doch sehr, Sie haben es sich nicht anders überlegt, Herr von Lichtenfels."

„Nein, was denken Sie von mir? Ich stehe zu meinen Entscheidungen."

„Das beruhigt mich. Aber warum sind Sie dann gekommen? Kann ich Ihnen behilflich sein?"

„Es ist eher umgekehrt", antwortete Franz und konnte sich ein triumphierendes Grinsen nicht länger verkneifen. „Ich weiß jetzt, wo sich dieser Schulz verkrochen hat."

Franz bemerkte, wie Kessler erstaunt die Augenbrauen hochzog und auch das Misstrauen in dessen Blick. Offensichtlich traute er ihm nicht ganz. Dennoch bot er Franz höflich Platz an.

„Setzen Sie sich doch. Dann erzählen Sie mir, woher Sie die Information haben. Inzwischen sucht eine ganze Hundertschaft der SA nach diesem Mörder, bisher ohne Erfolg. Sie verstehen also, dass es mich überrascht, dass Sie dessen Aufenthaltsort kennen."

„Woher ich das weiß, spielt keine Rolle. Aber ich versichere Ihnen, dass die Information der Wahrheit entspricht.“ Franz holte den Zettel aus der Tasche und reichte ihn an Kessler weiter.

„Hier! Das sind die Namen der Männer, bei denen er Unterschlupf findet. Sie können getrost alle verhaften, es sind führende Köpfe der KPD.“

„Das habe ich vor“, murmelte Kessler vor sich hin, während er die Liste genau studierte. Franz, der eine gewisse Anerkennung erwartet hatte, zumindest ein dankbares Schulterklopfen, beobachtete, wie sich das Gesicht seines Gegenübers verdüsterte.

„Darf ich Ihnen gegenüber ehrlich sein, Franz?“, fragte Kessler.

„Selbstverständlich.“ Franz nickte.

„Ich werde das Gefühl nicht los, dass es hier um eine persönliche Sache geht. Mir scheint, als haben Sie enormes Interesse daran, dass Schulz von der Bildfläche verschwindet. Liege ich mit dieser Vermutung richtig?“

Franz zuckte kurz zusammen, fing sich jedoch schnell. Es ärgerte ihn, so leicht zu durchschauen zu sein. Er zögerte und suchte nach den richtigen Worten, bevor er sich straffte.

„Sie liegen richtig, ich gebe es zu.“ Es gelang ihm sogar, ein freundliches Lächeln aufzusetzen. „Schließlich bin ich nicht ohne Grund in die Partei eingetreten. Ich möchte unser Land nicht von Kommunisten regiert sehen. Schulz ist nur einer davon. Wenn Sie annehmen, ich hätte ein persönliches Interesse, zerreißen Sie die Liste!“

„Einen Dreck werde ich tun.“ Kessler lachte laut auf. „Männer wie Sie sind für uns Gold wert, Franz. Ich bewundere Ihren Einsatz. Sie werden es weit bei uns bringen.“

Er stand auf, trat zu Franz und klopfte ihm endlich anerkennend auf die Schulter.

„Was ist?", fragte er. „Wollen Sie nicht dabei sein, wenn die Kameraden dieses Kommunistenschwein festnehmen?"

Eigentlich hatte Rosa vorgehabt, sofort zu Nelly ins Künstlerviertel zu eilen. Doch schon zwei Straßen weiter änderte sie ihren Plan. Wieder wurde sie Zeugin, als die SA ein Haus stürmte, von dem Rosa wusste, dass ein Parteifreund darin wohnte. Wenn das so weiterging, würden nicht mehr viele von ihnen übrig bleiben, dachte Rosa. Dann wäre der Weg für Hitler und seine Braunhemden endgültig frei.

Sie musste Friedel suchen, jetzt sofort. Ihre Arbeit im Widerstand war wichtiger als persönliches Interesse. Außerdem wusste sie Nelly in Sicherheit. Bei Renas Mann hingegen war sie sich nicht so sicher. Genauso wenig wie sie wusste, was aus Erwin und den anderen Funktionären geworden war. Solange sie keine Klarheit besaß, wie es nun weiterging, konnte sie weder zu ihrer Freundin noch zurück auf das Gut.

Für einen kurzen Moment blieb Rosa unschlüssig stehen. Was sie vorhatte, war gefährlich. Jederzeit konnte sie erkannt und verhaftet werden. Sie musste vorsichtig sein und durfte sich keinen Fehler erlauben. Im Kopf wiederholte sie das Codewort. Sie hatte es nicht vergessen. Blieb nur noch die Frage, wo sie mit ihrer Suche beginnen sollte.

„Denk nach!", murmelte sie leise vor sich hin. „Wo würdest du dich an Friedels Stelle verstecken?"

Sie entschied sich für Erwin. Friedel und er waren nicht nur Parteigenossen, sie verband auch eine enge Freundschaft. Wenn Renas Mann jemandem vertraute, dann ihm.

Über Umwege, um sicherzugehen, dass ihr niemand folgte, gelangte Rosa schließlich zum Haus der Wagners. Es brannte Licht hinter den Fenstern. Rosa erkannte durch die Scheibe

Erwins Frau. Sie hatte sie kennengelernt, als sie sich bei ihm im Wohnzimmer zu Besprechungen trafen, was sie immer dann taten, wenn sie nicht Gefahr laufen wollten, gestört zu werden. Monika stellte gerade Gläser auf den Tisch. Sie lächelte dabei. Was nur bedeuten konnte, dass die SA die Familie bislang verschont hatte. Dennoch sah sich Rosa noch einmal nach allen Seiten um, bevor sie zur Tür ging und klopfte.

„Rosa? Was machst du denn hier?", fragte Monika Wagner überrascht, als sie den unerwarteten Besuch erkannte.

„Guten Abend, entschuldige die späte Störung. Ist Erwin da?"

„Ja, komm rein! Er sitzt in der Küche."

Rosa folgte ihr. Wie sie gehofft hatte, fand sie nicht nur Erwin, sondern auch einige andere Parteimitglieder vor einschließlich Friedel, der ziemlich mitgenommen wirkte. Als er Rosa sah, sprang er auf und eilte zu ihr.

„Ich hatte gehofft, dass du kommst", sagte er. „Und gebetet, dass man dich nicht verhaftet hat. Wie geht es Rena? Hast du sie gesehen? Weiß sie, was geschehen ist?"

„Rena ist in Sicherheit", beruhigte ihn Rosa, woraufhin er aufatmete. Die Erleichterung stand ihm ins Gesicht geschrieben. Deshalb verzichtete sie auch darauf, von Franz' Besuch zu erzählen. Friedel würde sich nur unnötige Sorgen machen. Seine Lage war auch so schon misslich genug.

„Wie sieht es mit den Genossen aus?", mischte sich nun Erwin ein. „Hattest du mit einem von ihnen Kontakt?"

„Nein, leider nicht. Aber Kurt ist vermutlich verhaftet worden. Ich sah, wie sie sein Haus stürmten, und ich befürchte, es wird nicht mehr lange dauern, bis sie auch bei dir auftauchen. Ihr seid hier nicht sicher, Erwin. Die Nazis setzen alles in Bewegung, Friedel zu finden, der ihrer Aussage nach einen ihrer Männer kaltblütig ermordet hat."

„Meine Absicht war nur, euch zu befreien", stammelte Friedel. „Ich wollte nicht, dass er stirbt."

„Das weiß ich doch und wahrscheinlich wissen das sogar die Nazis. Dennoch hast du ihnen damit einen Anlass verschafft, gegen uns vorzugehen. Sieh das nicht als Vorwurf, Friedel! Ich bin dir unendlich dankbar, dass du Nelly und mich beschützt hast, aber ich will dir nicht die Tatsachen vorenthalten. Da draußen ist die Hölle los. Sie werden uns jagen und nicht eher ruhen, bis sie uns gefunden haben."

Rosa seufzte und sah in die nachdenklichen Gesichter der vier Männer. Sie alle wirkten besorgt, aber auch ziemlich ratlos, wie sie feststellte.

„Ihr müsst hier weg", schlug sie vor. „Am besten noch heute."

„Du stellst dir das zu leicht vor", antwortete Erwin. „Wir können die Partei nicht einfach im Stich lassen. Dann gewinnen sie, ohne dass wir gekämpft haben. Ich werde gleich morgen früh die Männer zusammentrommeln. Wir werden gemeinsam eine Lösung finden."

„Dann wenigstens Friedel", forderte Rosa, die bezweifelte, dass es nach diesem Tag noch viele Parteigenossen auf freiem Fuß gab. „Uns müssen sie früher oder später wieder laufen lassen. Friedel hingegen ist in ihren Augen ein Mörder."

„Sie hat recht."

Es war Monika, Erwins Frau, die ihr zustimmte. Als Rosa sie ansah, senkte sie ihren Blick. Ihre Sorge galt in erster Linie nicht Friedel, erkannte Rosa. Monika hatte Angst davor, was geschehen würde, wenn die Nazis ihn in ihrem Haus fänden. Sie konnte es ihr nicht einmal verübeln. Oben schliefen drei kleine Kinder. Als Mutter hätte sie sich auch Sorgen gemacht.

„Und wo soll ich hin?", fragte Friedel. „Nach Hause kann ich nicht."

„Du wirst bei Helmut unterkommen, so wie wir es früher schon besprochen haben. Kein Mensch weiß, dass er zu uns gehört. Du wirst dort sicher sein."

„Wie lange?" Friedel strich sich verzweifelt übers Haar.

„Tage? Wochen? Oder werden es Monate sein? Ich habe Frau und Kind, wie ihr wisst."

Es setzte Schweigen ein. Die Gesichter schauten betreten nach unten. Jeder Einzelne von ihnen wusste, wie aussichtslos Friedels Lage war. Schließlich würden die Nazis nicht über Nacht von der Bildfläche verschwinden. Genauso gut konnten aus Monaten Jahre werden.

„Ich werde mich um Rena kümmern", versprach Rosa. „Wenn etwas Gras über die Sache gewachsen ist, komme ich zu Helmut. Vielleicht kann ich deine Frau und Anna sogar mitbringen. Wir finden eine Möglichkeit, Friedel."

„Also gut." Er nickte. „Dann mache ich mich besser gleich auf den Weg."

Die Männer standen auf und schüttelten sich die Hände. Doch bevor sie sich endgültig verabschieden konnten, war von draußen Motorengeräusch zu hören. Das Licht greller Scheinwerfer fiel durch das Fenster.

„Sie kommen!", schrie Monika auf, der das Entsetzen ins Gesicht geschrieben stand. Mit großen Augen starrte sie ihren Mann an, der augenblicklich reagierte.

„Durch den Hintereingang, schnell!"

Er rannte voraus, Friedel und Rosa folgten ihm. Rosa hatte im Bruchteil von Sekunden beschlossen, ihn zu Helmut zu begleiten. Erst wenn sie ihn in Sicherheit wusste, wollte sie zurück aufs Gut, wo Franz bestimmt schon ungeduldig auf sie wartete, um ihr Vorhaltungen zu machen.

„Ich melde mich", flüsterte Rosa Erwin zu, bevor der die Tür schloss. Friedel und Rosa hingegen liefen in den Garten, wo sie entsetzt feststellten, dass es keinen Fluchtweg gab. Der Zaun ums Grundstück war zu hoch, der Weg zur Straße jedoch versperrt. Gleichgültig welche Richtung sie wählten, die Männer würden sie entdecken.

Die waren inzwischen ins Haus eingedrungen und kehrten schon wenige Minuten später zurück. Zwischen jeweils zwei

Uniformierten eingekeilt liefen Erwin und die anderen Genossen. Man brachte sie zum Wagen und zwang sie einzusteigen. Dann steuerten drei der Männer den Garten an.

„Versteck dich!“, zischte Rosa Friedel zu. Sie selbst rannte hinter einen halb verfallenen Schuppen und duckte sich in einen Holunderbusch. Von dort aus beobachtete sie, wie die Männer begannen, jeden Winkel des Gartens abzusuchen. Sie begann zu zittern. Ob sie es aufgrund der kühlen abendlichen Luft oder aus Angst tat, hätte sie nicht sagen können. Wahrscheinlich war es eine Mischung aus beidem. Gleich würden sie sie finden, da war sich Rosa sicher. Sie duckte sich tiefer ins Gestrüpp.

„Er muss hier irgendwo sein. Ich weiß es aus erster Hand.“

Rosa, die die Stimme ihres Mannes sofort erkannte, presste sich völlig verstört die Hand vor den Mund, während sich ihre Gedanken überschlugen. Franz war bei Rena gewesen und nun stand er hier im Garten und behauptete, Friedels Versteck zu kennen. Hatte Rena es ihm etwa freiwillig gesagt oder nutzte er ihre Situation aus? Es konnte sich nur um Letzteres handeln. Rena würde ihren Mann niemals verraten. Vermutlich hatte sie nicht einmal eine Ahnung davon, was Franz vorhatte.

„Da ist er!“

Rosa schreckte auf. Vorsichtig lugte sie um die Ecke. Sie sah, wie Friedel zum Zaun rannte und versuchte, daran hochzuklettern. Sofort waren die Männer bei ihm und zerrten ihn zu Boden.

„Du Mörderschwein!“, rief einer von ihnen und schlug auf ihn ein. Rosa hörte, wie Friedel vor Schmerz aufschrie. Als sie einen weiteren Blick wagte, erkannte sie entsetzt, wie sich nun auch die anderen Männer auf den Wehrlosen stürzten und ihn schlugen und traten. Die Minuten kamen ihr wie Stunden vor, bis sie endlich von ihm abließen. Sie atmete erleichtert auf, als sie bemerkte, dass Friedel sich am Boden wälzte. Zumindest war er noch am Leben.

„Gehen wir", hörte sie, was bedeutete, dass die Männer nicht vorhatten, den Garten weiter abzusuchen. Sie befand sich also in Sicherheit. Allerdings war das nur ein schwacher Trost. Friedel und die Genossen kamen in Haft, so viel stand fest.

Rosa ging einen Schritt nach vorn. Niemand schaute in ihre Richtung. Sie hingegen hatte nun fast freie Sicht zum Zaun, wo Friedel noch immer am Boden lag. Sie wartete darauf, dass sie ihn hochzerrten und festnahmen. Aber nichts dergleichen geschah. Stattdessen nickte ein kräftiger Mann, bei dem Rosa vermutete, dass er das Sagen hatte, Franz zu.

Der nahm daraufhin eine Holzlatte zur Hand, die neben dem Zaun lag. Rosa fragte sich, was er vorhatte, nachdem seine Begleiter zum Wagen gingen. Eine dunkle Ahnung machte sich in ihr breit, doch alles in ihr wehrte sich dagegen. Schließlich kannte sie Franz seit Kindertagen. Er war nicht fähig zu dem, was ihr Kopf ihr vorgaukelte.

Im nächsten Moment schlug Franz auf Friedel ein. Alle Vorsicht vergessend schrie Rosa auf. Aber Franz, der wie im Rausch Schlag für Schlag auf Friedels Körper platzierte, hörte sie nicht. Einem Impuls folgend wollte sie zu ihm laufen, sich zwischen ihn und Friedel werfen und ihn davon abhalten, weiter zuzuschlagen. Doch die Angst, dann selbst zum Opfer ihres Mannes zu werden, war größer. Sie schämte sich dafür und hielt sich mit den Fingern die Ohren zu, um Friedels Schreie nicht zu hören, während Tränen über ihre Wangen liefen.

Erst als die Holzlatte zerbrach, ließ Franz von Friedel ab. Rosa sah fassungslos zu, wie er auf ihn hinabspuckte und danach den Garten verließ. Es kostete sie unwahrscheinlich viel Kraft aufzustehen und zu Friedel zu gehen, der sich nicht rührte. Sein Gesicht war kaum noch zu erkennen. Überall war Blut, seine Haut unter den Schlägen aufgeplatzt und sein rechtes Auge völlig zugeschwollen. Das andere Auge jedoch war leer.

Rosa schluchzte auf. Hilflos fühlte sie seinen Puls, vergeblich. Franz, ihr eigener Mann, hatte Friedel totgeschlagen, dachte Rosa und brach weinend zusammen.

~

„Gut gemacht." Franz spürte, wie ihm jemand auf die Schulter klopfte. „Jetzt gehörst du zu uns. In Zukunft werden sich die Kommunisten genau überlegen, ob sie die Hand gegen einen von uns heben. Dieser Dreckskerl wird noch lange an dich denken, Franz. So viel Kraft hätte ich dir gar nicht zugetraut. Du hast ihn ordentlich verprügelt."

Franz nickte automatisch und starrte vor sich hin. Er war sich nicht sicher, ob er Renas Mann tatsächlich nur verprügelt hatte. Es war wie ein Rausch über ihn gekommen, als Friedel wehrlos vor ihm gelegen hatte. Da war diese Latte gewesen und der Wunsch, dass Rena ihm gehören sollte. An mehr konnte er sich kaum erinnern.

„Wenn er überhaupt noch mal aufsteht", sagte gerade ein anderer Kamerad und lachte. Die anderen stimmten mit ein. Nur Franz blieb stumm.

„Was ist los?", fragte jemand neben ihm. „Hast du etwa Schiss? Das brauchst du nicht. Wir halten zusammen und verraten uns untereinander nicht. Außerdem war das nur ein Kommunist und Zeugen gibt es auch keine. Also freu dich doch! Du hast unserem Führer einen Gefallen getan."

Wieder nickte Franz, blieb aber auch für den Rest der Fahrt schweigsam und ließ sich wenig später absetzen. Ziellos lief er durch die Straßen. Erst als er in der Brunnengasse vor Renas Schneiderei stand, blieb er stehen. Natürlich brannte kein Licht hinter dem Schaufenster. Doch Franz glaubte dennoch, Rena zu sehen, wie sie an der Nähmaschine saß und ein Lied vor sich hin trällerte, wie damals bei ihrem Kennenlernen.

Die Zeit war so unbeschwert gewesen. Sie hatten nur ihre

Liebe genossen und keinen Gedanken daran verschwendet, dass ihr Glück nur von kurzer Dauer sein könnte.

In diesem Moment wünschte sich Franz nichts mehr, als die Uhr zurückdrehen zu dürfen. Er würde alles anders machen und sogar auf sein Erbe verzichten, wenn er sich dafür Renas Liebe sicher sein könnte. Leider war das unmöglich. Vor nicht einmal einer Stunde hatte er auch den letzten Weg verbaut, der zu ihr führte. Entweder erzählte Friedel ihr irgendwann, was er ihm angetan hatte, oder aber er hatte ihn auf dem Gewissen. Gleichgültig, welche Situation eintraf, Rena würde ihm nie verzeihen.

Nachdenklich lief er weiter und erinnerte sich an die Worte der neuen Kameraden. Sie hatten nicht die Absicht, den Vorfall im Garten an die große Glocke zu hängen, und es gab keine Zeugen. Irgendjemand würde Schulz wohl finden und möglicherweise auch die Polizei verständigen. Aber Franz bezweifelte, dass es in diesem Fall zu einer Untersuchung kam. Dafür würde Kessler schon sorgen. Blieb nur noch die Frage, wie er Rena erklären sollte, dass die Nazis von Friedels Versteck erfahren hatten, kaum dass sie es ihm verraten hatte. Aber das musste er irgendwie hinbekommen. Ihm würde schon etwas einfallen.

Viel zuversichtlicher als zuvor machte sich Franz auf den Heimweg. Mit jedem weiteren Schritt, den er dem Hof näher kam, wuchs seine Erleichterung. Nun fragte er sich sogar, warum er sich Sorgen gemacht hatte. Er würde Rena ein paar Tage Zeit lassen und dann zu ihr gehen, um seine Hilfe anzubieten. Ihr blieb unter diesen Umständen kaum etwas anderes übrig, als sie anzunehmen. Er kannte Rena, sie würde ihm dankbar sein.

Auf dem Gut angekommen, bemerkte Franz, dass in Rosas Zimmer Licht brannte. Das bedeutete, seine Frau war ausnahmsweise einmal nicht ins Künstlerviertel zu ihrer Gespielin geflüchtet. Möglicherweise wollte sie ihn auch nur in

Sicherheit wiegen und trieb es hinter seinem Rücken genauso wild wie immer.

Dabei wusste er von Kessler, dass sie am Abend zuvor auf der Bühne gestanden und eine Rede gehalten hatte. Doch heute würde er ihr das durchgehen lassen. Schließlich hatte auch sie dazu beigetragen, dass die Dinge sich zu seinen Gunsten entwickelt hatten und er keinen Konkurrenten mehr besaß.

Außerdem mochte er Rosa trotz ihrer Streitigkeiten. Sie kannten sich von Kindheit an. Vielleicht war ja jetzt der Zeitpunkt für einen Neuanfang gekommen und sie konnten ihr Vertrauen zueinander wieder aufbauen. Seine Frau hatte von ihm jedenfalls nichts mehr zu befürchten, was sein sexuelles Verlangen betraf. Aber das würde er ihr morgen sagen. Im Moment wollte er nur in sein Bett und schlafen.

Franz legte die Hand auf die Türklinke seines Zimmers, als sich die Tür am Ende des Flurs öffnete und Rosa heraustrat. Sie war vollständig bekleidet, nicht einmal ihr Haar hatte sie gelöst. Alles sah danach aus, als hätte sie auf ihn gewartet.

„Du bist noch wach?", fragte Franz freundlich und trat auf sie zu. Erst da bemerkte er ihre geröteten Augen und die hellen Spuren auf ihren Wangen, die von Tränen herrührten. Außerdem war ihr Kleid schmutzig und überhaupt wirkte sie völlig verstört.

„Was ist passiert?", fragte er und wollte sie tröstend in den Arm nehmen. Doch Rosa stieß ihn mit aller Wucht zurück.

„Fragst du mich das wirklich?", schrie sie ihn an.

„Ja, du bist meine Frau." Franz konnte die Situation noch immer nicht einordnen. „Und meine Vertraute. Zumindest hoffe ich, dass du es wieder wirst. Ich wollte morgen mit dir reden, aber ich kann es auch sofort tun. Wir haben Fehler gemacht, Rosa. Ich habe Fehler gemacht. Es tut mir leid."

Rosa antwortete nicht. Stattdessen starrte sie auf seine Hände, die er ihr versöhnlich entgegenstreckte. Erst da erkannte Franz das Blut an seinen Fingern. Sein Lächeln gefror. Beinahe panisch steckte er die Hände in seine Taschen. Ein sinnloses Unterfangen, er wusste es selbst. Rosa hatte das Blut längst gesehen.

„Ich bin in eine Prügelei geraten“, versuchte er sich herauszureden und hoffte, sie würde ihm glauben. „Als ich nach Hause lief, fiel ein Mann über mich her. Wahrscheinlich wollte er mich ausrauben.“

„Wahrscheinlich“, wiederholte Rosa und schaute ihn angewidert an. „Es könnte aber auch sein, dass du bei Rena warst und sie dir anvertraute, wo sich Friedel aufhält.“

„Wie kommst du darauf? Ich ...“

„Und dass du dann zu deinen neuen Freunden gelaufen bist, die nur auf eine solche Information gewartet haben und sofort zu Erwin Wagner fuhren, gemeinsam mit dir und ...“

„Verdammt, Rosa!“, fiel Franz ihr wütend ins Wort, konnte jedoch nicht verhindern, dass sich auf seiner Stirn kleine Schweißperlen sammelten. „Ich habe keine Ahnung, wie du auf diesen Unsinn kommst. Aber ich warne dich, deine irren Vermutungen irgendwo auszusprechen, schon gar nicht vor Rena.“

„Warum sollte ich schweigen, Franz? Damit sie nicht erfährt, was für ein eiskalter Mörder ihr einstiger Liebhaber ist? Hattest du etwa vor, sie zurückzugewinnen, nachdem du ihren Mann erschlagen hast? Dann bist du nicht bei Sinnen. Aber das warst du in Erwins Garten ja auch nicht, nicht wahr?“

Franz schluckte. Nun war ihm klar, dass Rosa keine absurden Vermutungen anstellte. Seine Frau wusste, was im Garten geschehen war, woher auch immer. Damit wurde sie für ihn zur größten Gefahr. Er musste sie zum Schweigen bringen, gleichgültig, was sie verlangte.

„Wir haben uns geprügelt, nicht mehr“, gab er zu und wartete gespannt auf ihre Reaktion.

„Nein.“ Rosa schüttelte ihren Kopf. „Du hast auf einen

wehrlosen Mann eingeschlagen, der bereits am Boden lag. Du hast eine Latte genommen und so lange zugehauen, bis er keinen Mucks mehr von sich gab. Du brauchst deine Hände nicht vor mir verstecken. Ich habe alles gesehen. Friedel ist tot, Franz. Ich würde zu gerne dabei sein, wenn du Rena erklärst, dass das Blut ihres Mannes an deinen Fingern klebt."

„Du warst dabei?"

Jetzt konnte Franz sein Erschrecken nicht länger verbergen. Seine Augen waren geweitet, während er seine Hände an der Hose abzuwischen versuchte.

„Ich bin zu Friedel gegangen, um ihn zu warnen, nachdem ich dich zu Rena hatte gehen sehen. Dummerweise glaubte ich auch noch, dass du nicht in der Lage seist, etwas zu tun, was ihr schaden könnte. Trotzdem war da dieses Gefühl, meine Kameraden schützen zu müssen. Leider warst du schneller, Franz. Zum ersten Mal seit wir uns kennen, hast du mich tatsächlich überholt. Friedel wollte gerade flüchten, als ihr kamt. Zehn Minuten später, Franz, nur zehn Minuten, und er könnte noch am Leben sein."

„Du vergisst, dass er ein Mörder war. Er hat einen SA-Angehörigen umgebracht."

„Und du? Hast du niemanden ermordet?" Rosa lachte hart auf. „Im Gegensatz zu dir tat es Friedel, um mein Leben zu retten. Zum Dank dafür hast du ihm seines genommen."

Rosa wandte sich um. Ohne Franz, der hilflos im Flur stand, auch nur noch eines Blickes zu würdigen, ging sie in ihr Zimmer.

Es war noch dunkel, als Rosa am nächsten Morgen aufstand und das Gut verließ. Am Abend zuvor hatte sie das Hausmädchen beauftragt, sich um ihren Sohn zu kümmern, den sie kaum noch zu Gesicht bekam. Ihr war es gleichgültig. Er würde sie nicht vermissen. Der Junge hielt sich sowieso viel lieber bei seinen Großeltern auf, die er abgöttisch liebte. Was sie nicht verwunderte, denn er besaß ihr hochnäsiges, unterkühltes Wesen und sah inzwischen wie sie auf seine Mutter herab.

Aber das war im Moment unwichtig. Sie musste in die Stadt, und zwar bevor Franz aufwachte und sie davon abhielt. Rosa hatte die ganze Nacht wach gelegen und kein Auge zugetan. Waren sie ihr doch vor Erschöpfung zugefallen, hatte sie sofort Friedels geschundenes Gesicht vor sich gesehen. Es fühlte sich schrecklich an. Sie würde diese Bilder vermutlich nie wieder loswerden.

Deshalb hatte sie eine Entscheidung getroffen.

Sie konnte Franz' Nähe nicht länger ertragen, keine einzige Sekunde. Es war unmöglich. Lieber gab sie alles auf, was sie besaß, als mit einem Mörder unter einem Dach zu leben.

Nur bei einem war sich Rosa nicht sicher. Sie wusste nicht, ob sie Rena die Wahrheit sagen sollte. Hin- und hergerissen, wägte sie das Für und Wider ab. Ihr war klar, dass Franz mit allen Mitteln verhindern wollte, dass Rena hinter sein schreckliches Geheimnis kam, weil er wusste, dass sie ihn dafür hassen würde.

Aber das würde Franz auch, was sie selbst anging, und Rosa wollte sich nicht einmal vorstellen, zu was er dann fähig war. Sie durfte auch nicht vergessen, dass er sich Hitlers Schergen angeschlossen hatte. Es würde ein Leichtes für ihn sein, sie dafür büßen zu lassen, sollte sie sich Rena anvertrauen.

Rosa lief schneller. Inzwischen näherte sie sich der Stadt, als sie plötzlich Hufgeklapper hinter sich hörte. Sie dachte kurz darüber nach, sich zu verstecken. Doch so schnell dieser Gedanke kam, so schnell verschwand er. Franz ritt ihr nicht ohne Grund nach. Er musste ihre Flucht bemerkt haben. Sich jetzt hinter einem Busch zu verkriechen, wäre einfach nur albern und würde ihm zeigen, dass sie Angst hatte.

Sie drehte sich nicht um, sondern lief unbeirrt weiter, bis

der Wallach vor ihr stoppte und ihr den Weg versperrte. Als Rosa hochsah, blickte sie direkt in Franz' wutverzerrtes Gesicht.

„Was hast du vor?", fragte er mit gefährlich leiser Stimme, die Rosa einen Schauer über den Rücken jagte. Trotz allem versuchte sie, sich ihre Furcht nicht anmerken zu lassen.

„Sieht man das nicht? Ich gehe in die Stadt."

„Noch vor dem Morgengrauen und mit Gepäck?"

Er zeigte auf ihre Tasche, die sie eilig gepackt hatte und die nur das Nötigste enthielt. Rosa wusste, wonach es aussah. Sie zuckte so gleichgültig wie möglich die Schultern, während sie versuchte, sich an seinem Pferd vorbeizudrängen.

„Wenn du jetzt gehst, Rosa, gibt es kein Zurück. Ich hoffe, das ist dir bewusst."

„Ja, Franz, das ist es. Lass mich durch!"

„An deinen Sohn denkst du offenbar überhaupt nicht. Er braucht seine Mutter."

„Du irrst dich. Peter braucht mich nicht. Solange er deine Eltern hat, die stolz auf ihn sind, wenn er mit der Hitlerjugend loszieht, ist er glücklich. Ich hingegen kann es nicht länger ertragen, mit euch unter einem Dach zu leben. Schau in den Spiegel, Franz! Was ist nur aus dir geworden?"

Rosas Worte zeigten Wirkung. Franz' Unterlippe begann zu zittern. Für einen kurzen Moment erkannte Rosa den alten Franz in seinem Gesicht. Den Franz, der ihr Freund und kein Mörder war. Doch schon Sekunden später trat die unbeherrschte Wut wieder hervor.

„Ich werde dich ziehen lassen", sagte er. „Aber ich warne dich noch einmal, Rosa. Wenn du auch nur ein Wort zu Rena sagst, werde ich dich finden. Dann kann ich für nichts garantieren."

„Was willst du tun?", fragte Rosa spöttisch, obwohl er ihr Angst machte. „Mich umbringen?"

„Treib es nicht zu weit!"

Franz holte scharf Luft. Die Wut in seinen Augen war nicht mehr zu übersehen. Unbeherrscht zog er an den Zügeln des Wallachs, der erschrak und sich aufbäumte. Seine starken Hufe schnellten nur wenige Zentimeter von Rosas Kopf entfernt in die Höhe. Sie schrie auf und wich zurück. Dann rannte sie los und hielt erst völlig außer Atem inne, als sie die Stadt erreicht hatte. Mit klopfendem Herzen lehnte sie sich an die nächstbeste Hausmauer und versuchte, die Kontrolle über sich zurückzuerlangen.

Erst als sie wieder normal atmen konnte und sicher war, dass Franz ihr nicht folgte, machte sie sich auf den Weg zu Nelly. Dort angekommen, warf sie sich in die Arme der Freundin, die sie tröstend an sich drückte.

„Erzähl mir, was geschehen ist", bat Nelly, als Rosa sich beruhigt hatte.

„Ich weiß nicht, wo ich beginnen soll", antwortete Rosa, die sich plötzlich so schwach fühlte wie nie zuvor. Doch gleich darauf sprudelte alles aus ihr heraus. Unter Tränen berichtete sie ihrer Freundin von dem Mord an Friedel und verschwieg ihr auch die Drohungen nicht, die Franz ihr mit auf den Weg gegeben hatte. Nelly hörte zu und unterbrach sie kein einziges Mal.

„Was soll ich jetzt tun?", fragte Rosa, als sie fertig erzählt hatte. „Ich kann doch nicht zusehen, wie er die Situation für sich nutzt. Wenn Rena nicht erfährt, dass Franz ihren Mann auf dem Gewissen hat, wird sie zulassen, dass er sich in ihr Leben drängt."

„Du musst zur Polizei gehen und ihn anzeigen", sagte Nelly. „Er ist ein Mörder."

„Und was, wenn er seine Drohung wahrmacht? Ich habe Angst, Nelly. Mittlerweile traue ich ihm alles zu. Außerdem werden ihn seine Parteifreunde decken."

„Er darf trotzdem nicht damit durchkommen. Das bist du Friedel schuldig."

Rosa nickte. Ihr Verstand sagte dasselbe. Die Angst blieb dennoch. Irgendetwas in ihr drin sagte ihr, dass es ein Fehler sein könnte, Franz zu reizen. Friedel war tot, die Anzeige würde ihn nicht wieder lebendig machen. Aber wie sollte sie in den Spiegel schauen können, wenn sie sich ihrer Feigheit schämte und sich zur Komplizin ihres Mannes machte?

„Also gut“, sagte sie entschlossen. „Ich werde zu Rena gehen und ihr die Wahrheit sagen. Sie soll entscheiden, ob ich Franz anzeige.“

„Ein guter Plan.“ Nelly nickte. „Ich werde hier auf dich warten. Pass auf dich auf!“

Unaufhörlich schob Rena den Stoff unter der Nadel hindurch. Plötzlich stoppte die Nähmaschine abrupt. Ihre Finger ertasteten den Faden, der sich um die Nadel verheddert hatte. Kein Wunder, dachte Rena. Sie war nur halb bei der Sache, da ihre Gedanken unentwegt um Friedel kreisten. Dabei musste sie das Kleid bis zum Abend fertig haben, wenn sie die Kundin nicht verärgern wollte.

Mühsam versuchte sie, den Knoten zu lösen und hoffte dabei, dass es ihr auch bei dem, der sich in ihrem Hals festgesetzt hatte, gelingen würde. Sie hatte noch immer nichts von ihrem Mann gehört, dafür jedoch erfahren, dass es massenhaft Verhaftungen gegeben hatte. Die Ungewissheit, ob auch er dabei gewesen war, ließ sie kaum zur Ruhe kommen.

Eine halbe Stunde später stoppte sie die Nähmaschine erneut. Sie hielt es nicht länger aus und würde sowieso kaum etwas fertigbringen, solange sie nichts über Friedels Verbleib wusste. Und da Franz, der versprochen hatte, ihrem Mann zu helfen, auch nicht auftauchte, beschloss sie, zur Polizeistation zu laufen und nachzufragen. Wenn Friedel festgenommen worden war, mussten ihr die Beamten Auskunft erteilen.

Einmal den Entschluss gefasst, machte sie sich sofort auf den Weg. Leider war sie nicht die Einzige, die sich an diesem Morgen nach ihrem Ehemann, Bruder oder Sohn erkundigen wollte. Der Beamte hinter dem Schalter hörte sich ziemlich gelangweilt an, als sie nach über einer Stunde endlich an die Reihe kam.

„Wen suchen Sie?“, fragte er. „Name und Adresse!“

Rena nannte ihm beides und wartete gespannt auf seine Antwort. Sie hörte Papier rascheln, ein Zeichen, dass er in den Unterlagen blätterte. Plötzlich trat Stille ein. Während sich Rena fragte, was das zu bedeuten hatte, räusperte sich der Mann.

„Sie sagten Friedel Schulz?“

„Ja, er ist mein Mann.“

„Hm.“

Wieder schwieg er. Rena spürte, wie sich ihre Kehle zuschnürte. Irgendetwas stimmte nicht. Sie fühlte es.

„Was ist mit ihm? Wurde er verhaftet? Nun reden Sie schon!“

„Warten Sie bitte kurz“, bat der Beamte und griff zum Telefonhörer. „Ich denke, es ist besser, Sie sprechen mit dem Mann, der dafür zuständig ist. Nehmen Sie solange da drüben Platz!“

Er zeigte auf einen Stuhl. Im gleichen Moment erkannte er seinen Fehler und forderte eine Frau neben Rena auf, sie hinzuführen. Rena ließ es geschehen. Die Angst um Friedel lähmte sie und machte es ihr unmöglich zu protestieren. Als etwa eine halbe Stunde später jemand zu ihr kam und sie ansprach, atmete sie auf.

„Frau Schulz?“

„Ja, die bin ich.“ Rena nickte. Die fremde Stimme hörte sich angenehm freundlich an.

„Mein Name ist Kessler. Bitte folgen Sie mir in das Büro!“

Rena tat, was er verlangte. Mit klopfendem Herzen setzte sie sich erneut auf einen harten Stuhl. Angespannt wartete sie darauf, was Kessler ihr mitteilen würde. Der kam ohne Umschweife zur Sache.

„Ihr Mann wurde in den frühen Morgenstunden auf einem Grundstück am Stadtrand gefunden. Es handelt sich um den Garten eines gewissen Erwin Wagner."

„Was heißt gefunden? Wie geht es ihm? Kann ich zu ihm?"

„Ihr Mann ist tot, Frau Schulz. Die Polizei untersucht den Fall gerade. Aber so, wie es aussieht, hat er sich wohl das Leben genommen, als man ihn verhaften wollte."

„Nein!", schrie Rena auf. „Niemals würde er das tun. Sie müssen ihn verwechseln."

„Tut mir leid, es handelt sich eindeutig um Ihren Mann. Er trug seine Papiere bei sich."

„Aber er hat doch ..."

Bevor Rena passende Worte fand, unterbrach sie Kessler.

„Ihr Mann war ein Mörder, Frau Schulz. Ich weiß nicht, ob Ihnen das bewusst ist. Er hat einen Mann getötet, der Frau und Kinder hinterlässt. Mit seinem Freitod hat er sich einer lebenslangen Gefängnisstrafe entzogen."

„Friedel ist kein Mörder", sagte Rena leise und stand auf. Über ihr Gesicht liefen Tränen. Schwankend ging sie zur Tür. Es brachte nichts, mit diesem Kessler über ihren Mann zu reden. Für ihn war er nur ein Kommunist, der ihnen Arbeit erspart hatte, indem er sich selbst das Leben nahm. Wie verzweifelt musste Friedel gewesen sein, diesen Schritt zu gehen?

Im Nachhinein wusste Rena nicht mehr, wie sie zurück in die Schneiderei gelangt war, in der sie schluchzend zusammenbrach. Sie konnte nicht glauben, dass Friedel tot war. An einen Selbstmord, wie die Polizei behauptete, schon gar nicht. Wenn doch nur Franz käme, dachte sie verzweifelt, und ihr berichten würde, was am Abend zuvor geschehen war.

Als sie wenig später die Tür schlagen hörte, glaubte sie

schon, ihre Gebete wären erhört worden. Doch es war Rosa, die das Geschäft betrat und die Lage sofort richtig einschätzte.

„Du weißt es?", fragte sie.

„Also ist es wahr? Friedel lebt nicht mehr?"

„Es tut mir so leid, Rena. Ich habe noch versucht, ihn zu warnen. Aber es war zu spät."

„Was ist mit Franz? Hast du ihn gestern Abend gesehen?"

„Ja, das habe ich und ..."

„Dann kam er auch zu spät", fiel ihr Rena ins Wort. Verwundert hörte Rosa die Erleichterung in ihrer Stimme. Dabei hatte sie ihr gerade erzählen wollen, wer die Schuld an Friedels Tod trug.

„Du glaubst gar nicht, wie froh ich bin, dass Franz nichts passiert ist. Wenn ich mir vorstelle, Anna hätte ihren Vater verloren. Ich weiß nicht, wie es dann weitergegangen wäre."

„Was redest du denn da? Friedel war ihr Vater. Franz hat sich nie um seine Tochter gekümmert."

„Friedel ist tot, Rosa." Rena hob energisch den Kopf und wischte sich die Tränen fort. „Ich habe ihn so oft gebeten, damit aufzuhören. Es musste eines Tages so kommen, ich habe es vorausgesehen. Aber Friedel wollte nicht auf mich hören. Die Partei war ihm wichtiger als wir."

„Das ist nicht wahr. Das weißt du."

„Nein, Rosa, ich weiß gar nichts mehr. Nur, dass ich Anna nie wieder einer Gefahr aussetzen möchte. Wenn ihr glaubt, gegen die Nazis kämpfen zu müssen, dann kämpft. Aber haltet mich da raus. Ich habe eurer Sache wegen meinen Mann verloren. Das genügt."

„Was willst du damit sagen?", fragte Rosa verstört.

„Ich möchte, dass du deine Kleider in Zukunft woanders kaufst. Tut mir leid, Rosa."

„Was sagst du da? Wir sind Freundinnen."

Rosa schüttelte fassungslos den Kopf. Sie konnte nicht

glauben, dass Rena es ernst meinte. Doch die zuckte mit den Schultern.

„In erster Linie bist du Kommunistin. Ich muss an Anna denken."

„Indem du Franz vertraust? Rena, du hast keine Ahnung, wer er wirklich ist. Franz hat ..."

„Genug, Rosa! Geh jetzt bitte! Ich kann es nicht riskieren, dass dich hier jemand sieht."

Kreidebleich stand Rosa auf. Sie zögerte. Möglicherweise weil sie erwartete, dass Rena sich besann und ihre harten Worte damit entschuldigte, dass sie gerade erst Friedel verloren hatte. Sie stand unter Schock. Anders konnte sich Rosa ihr Verhalten nicht erklären.

„Geh!", wiederholte ihre Freundin in diesem Moment und setzte sich zurück an die Nähmaschine. Als wäre Rosa nicht im Raum, führte sie ihre Arbeit fort.

„Du machst einen Fehler, Rena", rief Rosa ihr zu, die tief verletzt war. „Du vertraust den falschen Leuten. Irgendwann, wenn du die Wahrheit kennst, wird es zu spät sein."

Rena schaute nicht einmal auf. Sie wollte nichts mehr hören. Als sie mitbekam, wie die Tür zuschlug, atmete sie auf.

Während Rosa den Laden verließ und mit gesenktem Kopf die Straße hinunterging, stand Franz auf der gegenüberliegenden Seite und ballte wutentbrannt die Fäuste. Er bemerkte nicht, wie einige Passanten an ihm vorbeiliefen und ihn verwundert anschauten. Franz sah nur Rosa, die seine Drohung wieder einmal nicht ernst genommen hatte.

Warum nur? Warum, fragte er sich verzweifelt. Wieso konnte seine Frau sich nicht einfach heraushalten? Stattdessen hatte sie alles zerstört, was in seinen Augen gerade neu begann. Er liebte Rena doch. Jetzt, wo es den Rivalen nicht mehr gab, hätte sie ihn mit offenen Armen empfangen und er sie über den Verlust ihres Mannes hinweggetröstet. Nun jedoch würde sie ihn hassen, und das nur, weil Rosa ihren Mund nicht halten konnte.

„Dabei habe ich dich gewarnt, Rosa", murmelte er vor sich hin. „Aber du hattest nichts Besseres zu tun, als zu Rena zu laufen und ihr von dem Vorfall im Garten zu berichten."

Ruckartig wandte er sich um und schlug den Weg zum Parteibüro ein. Sein Plan stand fest. Rosa würde es nie wieder wagen, ihn zu hintergehen. Doch vorher musste er sich Kesslers Rückhalt sichern.

„Franz?", empfing ihn Kessler. „Gut, dass Sie kommen. Ich wollte Ihnen nachher auch einen Besuch abstatten. Aber so kann ich mir den Weg sparen. Nehmen Sie Platz!"

Er zeigte auf den Stuhl, der seinem gegenüberstand. Nur ein schwerer Schreibtisch aus dunkler Eiche trennte sie. Kesslers Miene drückte wie immer eine Spur Arroganz aus, aber auch Genugtuung, wie Franz feststellte.

„Sie haben ja einen spektakulären Auftritt hingelegt, Franz. Alle Achtung, ich hätte Ihnen so viel Schneid nicht zugetraut. Ich lag mit meiner Vermutung richtig, nicht wahr? Zwischen Schulz und Ihnen gab es etwas Persönliches zu klären?"

Franz schluckte. Kessler kam der Wahrheit ziemlich nahe. Aber wie sollte er ihm erklären, dass er die Frau des Mannes liebte, den er erschlagen hatte?

„Sie müssen mir nicht antworten", winkte Kessler gönnerhaft ab. „Hauptsache wir haben dieses Schwein mundtot gemacht. Ich komme gerade von der Ehefrau des ermordeten SA-Angehörigen. Sie hat betont, ich soll dem Mann, der für Gerechtigkeit gesorgt hat, ihren tiefsten, aufrichtigsten Dank aussprechen. Sie sind ein Held, Franz."

Kessler lachte, wurde jedoch gleich darauf ernst.

„Trotzdem dürfen wir den Vorfall nicht an die große Glocke hängen. Wenn so kurz vor den Wahlen herauskommt, dass wir unsere Gegner totprügeln, könnte uns das Stimmen kosten. Das verstehen Sie doch?"

„Natürlich", stammelte Franz, dem nichts lieber gewesen wäre, als dass kein Mensch, vor allem aber nicht Rena, davon erfahren hätte.

„Gut, dann sind wir einer Meinung. Ich habe die Papiere bereits fertig. Schulz hat sich seiner Verhaftung entzogen und sich selbst gerichtet. So war es doch, oder?"

„Genauso war es", bestätigte Franz. Daraufhin stand Kessler auf, ging zu einem Schrank, hinter dessen Tür sich eine kleine Bar befand. Ohne Franz zu fragen, schenkte er zwei Gläser mit Klarem voll. Eins davon hielt er Franz hin.

„Trinken wir darauf. Ich wusste, dass Sie ein guter Mann sind. Sobald wir die Wahl gewonnen haben, sorge ich dafür, dass Sie für diese Heldentat belohnt werden. Sie könnten für uns arbeiten. Denken Sie darüber nach! In Zukunft werden einige Führungspositionen zu besetzen sein."

„Danke, ich überlege es mir. Vorher habe ich aber ein anderes Anliegen."

„Nur zu, reden Sie!"

Kessler schenkte erneut nach. Franz nahm den Schnaps dankbar entgegen und kippte ihn in einem Zug hinunter. Die Flüssigkeit brannte in der Kehle, aber sie half, den faden Geschmack im Mund loszuwerden. Deshalb hatte Franz auch nichts dagegen, dass Kessler die Gläser immer wieder füllte, während er ihm von seinem Vorhaben erzählte.

„Lutz' Einsatztruppe müsste gleich zurück sein", stellte Kessler nach einem Blick auf seine Uhr fest, nachdem Franz geendet hatte. „Die Männer haben bestimmt nichts dagegen, dem Judenpack ein wenig einzuheizen. Ich jedenfalls weiß von nichts."

Franz nickte zufrieden. Als sich die Gruppe der Sturmabteilung wenig später im Büro zurückmeldete, unterrichtete Kessler sie persönlich und gab klare Anweisungen. Franz beobachtete, wie die Gesichter sich daraufhin erhellten. Offenbar hatte niemand etwas dagegen, einen Sonderdienst im Künstlerviertel zu schieben. Grinsend folgten sie Franz, dessen Körper angespannt wie eine Feder war.

„Das erste Zimmer rechts im oberen Flur", gab er den Männern Auskunft, als sie angekommen waren. Ein kräftiger junger Mann drängte sich vor und versuchte, die Tür zu öffnen. Als ihm das nicht gelang, warf er sich mit seinem gesamten Körpergewicht dagegen. Der Rahmen krachte, die Tür sprang auf. Nun gab es kein Halten mehr.

Die Männer stürmten die Treppe hoch. Franz hingegen wartete im Flur. Er hörte, wie Rosa erschrocken aufschrie. Ein schwerer Gegenstand polterte zu Boden. Offenbar versuchte seine Frau sich zu wehren. Natürlich, dachte Franz. Rosa würde sich nicht kampflos ergeben. Dabei hatte niemand vor, ihr auch nur ein Haar zu krümmen. Franz wusste, wo sich ihre schwache Stelle befand. Und genau da würden die Männer zustechen.

Langsam nahm er Stufe für Stufe. Er ließ sich Zeit und genoss es, das verzweifelte Schreien der Frauen zu hören. Dazwischen schallte lautes Lachen der Männer, die hörbar ihren Spaß hatten.

„Verschwindet! Raus hier!", schrie Rosa.

Franz, der im Flur ankam, konnte sehen, wie sie sich auf einen ihrer Gegner stürzte. Doch gegen dessen bulligen Körper hatte sie keine Chance. Er stieß sie zurück, sodass sie hart auf ihrem Hintern landete. Nelly hingegen lag auf dem zerwühlten Bett. Zwei Männer hielten ihre Arme über den Kopf, während ihr ein anderer die Kleidung vom Leib riss. In ihren weit aufgerissenen Augen standen Angst und Entsetzen. Als einer der Männer seine Hose öffnete und ohne zu zögern in sie eindrang, gellte ein langer schmerzvoller Schrei durch das Haus.

Wieder versuchte Rosa, ihrer Freundin zu helfen. Dieses Mal jedoch auf andere Art. Sie flehte die Männer an, sie zu nehmen und Nelly in Ruhe zu lassen. Doch sie erntete nur spöttische Kommentare. Hilflos musste sie zusehen, wie ihre Freundin von einem nach dem anderen vergewaltigt wurde. Von Nelly war nur noch ein Wimmern zu hören.

Im nächsten Moment entdeckte Rosa Franz, der reglos in der Tür stand. Sein Gesicht wirkte versteinert. Unbeeindruckt beobachtete er das Verbrechen. Auch ihre flehenden Augen konnten ihn nicht erweichen.

„Franz!" Sie kam zu ihm. „Bitte, hilf uns! Siehst du nicht, was sie da tun?"

Franz antwortete nicht.

„Was ist nur mit dir los?" Rosa rüttelte ihn am Arm. „Sie wird vergewaltigt. Tu was, bevor sie Nelly umbringen!"

Immer noch rührte sich Franz nicht. In seinem Gesicht war keine Regung zu erkennen. Das bemerkte auch Rosa in diesem Moment. Fragend sah sie ihn an. Als sie den kalten Ausdruck in seinen Augen wahrnahm, schüttelte sie ungläubig den Kopf. Franz wusste, nun begann sie zu begreifen.

„Nein!", presste sie hervor. „Das ist nicht wahr, oder?"

„Es ist deine Schuld, Rosa. Du hast es herausgefordert. Ich habe dich gewarnt."

Er hatte kaum zu Ende gesprochen, als Rosa wutentbrannt mit den Fäusten auf ihn einschlug.

„Du elendiges Schwein. Was hast du getan?"

„Dir hoffentlich eine Lektion erteilt. Misch dich nie wieder in meine Angelegenheiten, verstanden?"

Franz drehte sich um und ging. Die Männer würden schon dafür sorgen, dass Rosa diesen Tag niemals vergessen würde. Von nun an kam sie ihm bestimmt nicht mehr in die Quere. Während er die Treppe hinabging, hörte er Nelly schmerzerfüllt schluchzen. Es fühlte sich gut an, beinahe wie im Garten, als er auf Friedel eingedroschen hatte. Franz blieb kurz stehen und lauschte dem Geräusch. Dann verließ er das Haus.

Doch schon nach wenigen Metern, stellte er fest, dass die

eben noch empfundene Befriedigung schneller verflog, als er erhofft hatte. Für wenige Minuten hatte sie ihn erfüllt und vergessen lassen, dass Rosa ihm den Weg zu Rena versperrt hatte. Aber nun kehrte die Leere in seinem Inneren zurück. Mit gesenktem Kopf ging er durch die Straßen und achtete nicht auf die Passanten, die ihm auswichen, als sie bemerkten, dass er keine Rücksicht auf sie nahm. Bis er mit jemandem zusammenstieß und die Frau erschrocken aufschrie.

„Rena?"

Franz schaute auf. Gerade im rechten Moment, bevor sie stürzte.

„Franz? Kannst du nicht aufpassen?"

„Entschuldige, ich ..."

Er brachte kaum ein Wort heraus. Zu viele Gedanken schossen durch seinen Kopf. Warum schrie Rena ihn nicht an und beschimpfte ihn als Mörder? Wieso schlug sie nicht nach ihm oder brach in Tränen aus? Irgendetwas in dieser Art, was ihm zeigte, dass sie wusste, wer ihren Mann umgebracht hatte. Stattdessen lächelte sie nun sogar zaghaft.

„Bist du blind oder ich?", fragte sie, bevor sie erleichtert seufzte und ihn umarmte. „Du ahnst nicht, wie froh ich bin, dass es dir gut geht, Franz. Ich hatte solche Angst, dass du dich in Gefahr gebracht haben könntest, als du Friedel warnen wolltest. Es ist so schrecklich, was passiert ist."

Franz spürte ihre Tränen an seinem Hals. Sein Herz klopfte so laut, dass er befürchtete, sie könne es hören. Gleichzeitig schnürte es ihm die Kehle zu, wenn er an Rosa und Nelly dachte. Seine Frau hatte ihn nicht verraten, schoss es ihm in den Kopf. Er hatte sich völlig umsonst auf so grausame Weise an ihr gerächt. Rena hatte keine Ahnung, wer Friedel auf dem Gewissen hatte.

5

In den nächsten Wochen und Monaten kümmerte sich Franz rührend um Rena und seine kleine Tochter. Was nicht einfach war, da ihm immer mehr Aufgaben in der Bank und auf dem Gut zufielen. Sein Vater konnte nach einer lang anhaltenden Erkältung das Bett kaum noch verlassen. Vor fünf Tagen hatte der herbeigerufene Arzt dann eine schwere Lungenentzündung festgestellt. Konrad von Lichtenfels fühlte sich von Tag zu Tag schwächer. Eine Erholung schien nicht in Sicht.

Dennoch nutzte Franz jede freie Minute, um mit Rena zusammen zu sein. Bis jetzt brachte sie ihm lediglich Dankbarkeit entgegen. Franz, der sich sicher war, dass sie seine Liebe irgendwann zulassen würde, gab ihr Zeit. Sie hatte Friedels Tod noch nicht verwunden. Außerdem störte es Rena, dass er sich Hitlers Partei angeschlossen hatte, deren Anhänger nach dem Wahlsieg offen gegen die jüdische Bevölkerung wetterten. Als Franz ihr daraufhin erklärte, sie unter diesem Deckmantel schützen zu können, ließ sie das Thema auf sich beruhen.

Tatsächlich widerte ihn das Gerede zwischen den Parteigenossen zunehmend an. Sie sprachen davon, die Judenplage in Angriff nehmen zu wollen, und bezeichneten sie als Ungeziefer ohne Geist und Verstand. Franz musste schweigend zuhören und durfte sich nichts anmerken lassen.

Dabei wusste er, wie intelligent Rena war, die ihr Geschäft mit eigenen Händen zum Blühen gebracht hatte. Auch die Frauen dieser Parteigenossen kauften inzwischen ihre Kleider bei ihr. Es hatte sich längst herumgesprochen, wie einzigartig die Mode war, die Rena entwarf.

Leider war das Gerede der Parteigenossen nicht sein einziges Problem. Seit jenem Tag, an dem Nelly brutal vergewaltigt worden war, hatte er Rosa nicht mehr zu Gesicht bekommen. Im Nachhinein bereute Franz zutiefst, was geschehen war. Er wollte seine Frau um Verzeihung bitten, ihr Zugeständnisse machen. Er würde sie sogar finanziell unterstützen. Egal was Rosa verlangte, er war bereit dazu. Wenn ihm dadurch nur ein Teil seiner Schuld genommen würde. Aber Rosa weigerte sich, ihn zu sehen. So oft Franz sich auch bemühte, zu ihr durchzudringen, er wurde jedes Mal abgewiesen.

Dennoch wollte er es auch heute versuchen und machte sich auf den Weg ins Künstlerviertel. Erleichtert stellte er fest, dass ihn niemand aufhielt, als er das Haus betrat. Etwas verunsichert suchte er Nellys Zimmer auf.

Die junge Frau schrie auf, als er nach einem kurzen Anklopfen eintrat und sie ihn erkannte. Sie saß an ihrer Kommode und kämmte sich ihr langes Haar. Nun fiel die Bürste zu Boden. Franz bemerkte die Angst in ihren Augen. Er schämte sich dafür. Es war offensichtlich, dass Nelly befürchtete, es könne das eintreten, was ihr schon einmal angetan wurde.

„Keine Angst", sagte er deshalb. „Ich möchte lediglich mit Rosa reden."

„Sie ist nicht da. Verschwinde!"

Nellys Stimme zitterte. Ihr Blick glitt durchs Zimmer. Sie suchte einen Fluchtweg.

„Ich tue dir nichts“, beteuerte Franz, der sich immer unwohler fühlte. „Im Gegenteil, ich bin gekommen, um euch um Verzeihung zu bitten.“

„Dafür ist es zu spät!“

Plötzlich stand Rosa hinter ihm. Ruckartig drehte Franz sich zu ihr um und schaute direkt in ihre hasserfüllten Augen. Sie wich seinem Blick nicht aus, sondern schien ihn durchbohren zu wollen.

„Hör zu, Rosa“, begann Franz. „Es tut mir leid, was geschehen ist. Ich sah dich an diesem Tag aus der Schneiderei kommen und glaubte, du hättest Rena …“

Er brach ab. Die Worte kamen ihm auch heute noch schwer über die Lippen. Rosa hingegen fand sie recht schnell.

„… verraten, dass du ein Mörder bist?“

Er nickte.

„Ich hätte es tun sollen. Dann würde sie dich davonjagen. Ich habe euch gesehen, Franz. Rena und dich, wie ihr zusammen lacht. Es ist widerlich. Wie kannst du das mit deinem Gewissen vereinbaren?“

„Ich wollte …“

„Verschwinde! Hau ab!“, fiel ihm Rosa ins Wort. „Der Tag wird kommen, an dem du bezahlst.“

„Rosa, bitte! Lass mich dir wenigstens eines sagen. Ich möchte es wiedergutmachen. Sollten Nelly und du irgendwann meine Hilfe brauchen, zögere nicht, mich darum zu bitten.“

„Ich würde es selbst dann nicht tun, wenn du der letzte Mensch auf dieser Welt wärest.“

Rosa schob ihn zur Tür hinaus und schloss sie. Franz lehnte sich benommen an das Holz. Natürlich hatte er damit gerechnet, dass seine Frau abweisend reagieren würde. Er hätte an ihrer Stelle nicht anders gehandelt. Aber was sollte er denn tun? Auf Knien rutschen und sie um Vergebung bitten?

Er atmete tief durch, bevor er das Haus verließ. Zumindest wusste Rosa jetzt, dass er Reue empfand. Vielleicht würde sie ihm ja eines Tages doch verzeihen. Er jedenfalls wollte sein Versprechen halten. Sollte sie Hilfe brauchen, würde er zur Stelle sein, schwor sich Franz.

Auf dem Gut angekommen, wurde er bereits von Greta erwartet. Die Köchin schien aufgeregt und lief ihm entgegen. Franz bemerkte, dass sie geweint hatte.

„Was ist passiert, Greta?", fragte er.

„Dein Vater, Franz", stammelte sie. „Komm schnell!"

„Was ist mit ihm? Geht es ihm schlechter?"

Greta nickte und lief ihm voraus. Doch Franz packte sie an der Schulter und zwang sie so, stehen zu bleiben.

„Sag mir, was los ist, Greta!"

„Deine Mutter ist bei ihm. Sie sitzt die ganze Zeit über an seinem Bett. Der Arzt war auch schon da. Dein Vater bekam plötzlich sehr hohes Fieber."

„Warum ist Doktor Altmann dann nicht geblieben?"

Greta zuckte mit den Schultern. Wieder liefen Tränen über ihre Wangen.

„Weil er nichts mehr für ihn tun kann, Franz. Dein Vater liegt im Sterben. Es ist besser, du beeilst dich."

„Danke, Greta."

Franz rannte los. Vor dem elterlichen Schlafzimmer blieb er kurz stehen, um zu verschnaufen. Als er den Raum betrat, schaute Mathilde auf. Sein Vater hingegen rührte sich nicht. Er lag mit geschlossenen Augen in seinen Kissen. Franz suchte nach dem Heben und Senken des Brustkorbs, fand es jedoch nicht.

„Wie geht es ihm? Schläft er?"

Seine Mutter schüttelte den Kopf.

„Er ist gerade von uns gegangen, Franz. Du kommst zu spät."

„Er ist tot?"

„Ja, mein Sohn."

Franz ging zum Bett und nahm die Hand seines Vaters. Sie

fühlte sich kalt an. Erst da begriff er, dass seine Mutter die Wahrheit sagte. Umso mehr verwunderte es ihn, dass aus ihren Augen nicht eine einzige Träne lief. Sie wirkte weder betroffen noch schockiert. Der Tod ihres Mannes schien sie nicht sonderlich zu beeindrucken.

„Wir müssen alle irgendwann gehen“, sagte sie, als sie Franz’ erstaunte Blicke bemerkte. „Heute hat es deinen Vater erwischt. Morgen könnte ich an der Reihe sein. Wer weiß das schon?“

Sie stand auf und ging zur Tür. Von dort aus drehte sie sich noch einmal zu ihrem Sohn um.

„Von heute an bist du der Herr über Gut Lichtenfels.“

„Von heute an bist du der Herr über Gut Lichtenfels.“

Die Worte seiner Mutter gingen Franz nicht aus dem Kopf, während er am nächsten Morgen den Hof verließ und Richtung Stadt lief. Er hätte die Kutsche nehmen können, beschloss jedoch, dass ihm ein langer Marsch und frische Luft guttun würden. Es war auf jeden Fall besser, als in das gleichgültige Gesicht seiner Mutter zu schauen, deren sonderbares Verhalten ihn abstieß.

Er war der Erbe seines Vaters. Damit boten sich ihm ganz neue Möglichkeiten. Er musste niemandem mehr Rechenschaft über sein Handeln ablegen, konnte tun und lassen, was er wollte. Er konnte sogar Rena und die kleine Anna zu sich holen. Sie hätten auf dem Gut ein weitaus besseres Leben als in der Stadt, in der es immer häufiger zu Ausschreitungen kam. Was wiederum zu einem Problem werden konnte, denn Kessler und seine Parteifreunde würden nicht gerade begeistert sein, wenn er Juden auf seinem Gut einquartierte.

Allerdings mussten sie auch nichts davon erfahren. Nachdem

sein Vater gestorben war, konnte er das Ausmaß dessen gesellschaftlicher Verpflichtungen auf das Nötigste reduzieren. Zumindest am Anfang würde ihm jeder glauben, dass ihm nicht nach Empfängen zumute war, während er trauerte. Sollten sich die Nazis einen anderen Dummen suchen, auf dessen Hof sie sich satt essen und den Weinkeller leeren konnten.

Je länger Franz darüber nachdachte, umso besser gefiel ihm die Idee. Nun konnte es ihm gar nicht schnell genug gehen, zu Rena in den Laden zu kommen.

Als er die Brunnengasse erreichte, bemerkte er sofort den Tumult auf der Straße. Männer in SA-Uniformen malten Davidsterne an die Schaufenster jüdischer Geschäfte. Kunden, die in die Läden wollten, um einzukaufen, wurden von den Braunhemden beschimpft und eingeschüchtert.

Franz, der das Geschehen aus sicherer Entfernung beobachtete, stand reglos da und versuchte, die Situation einzuschätzen. Kessler hatte ihm gegenüber keine geplanten judenfeindlichen Übergriffe erwähnt. Lediglich von einem Boykott war die Rede gewesen. Das sahen die Männer in ihren Uniformen jedoch offenbar anders. Gerade schlug einer von ihnen einen Mann nieder, der ihn daran hindern wollte, sein Schaufenster zu beschmieren.

Franz zögerte. Er wollte zu Rena, ahnte jedoch, dass man auch ihn nicht durchlassen würde. Er musste sich etwas einfallen lassen, ohne dass jemand Verdacht schöpfte. In diesem Fall könnte es nicht nur für ihn unangenehm werden. Angestrengt überlegte er, wie er vorgehen wollte, als zwei Männer in Renas Geschäft eindrangen. Franz hörte, wie sie aufschrie, und rannte los.

„Was geht hier vor sich?“, keuchte er, als er endlich in der Schneiderei stand. Er sah, wie einer der Männer an Renas Kasse stand und das Geld herausnahm. Der andere stieß den Kleiderständer um, der Renas Kopf nur knapp verfehlte. Franz hätte ihn am liebsten gepackt und verprügelt. Aber er musste sich zusammenreißen. Sie waren in der Überzahl.

„Der Laden ist geschlossen“, rief ihm der Ältere von beiden zu und trat gegen den Hocker, auf dem Rena saß. Bevor Franz auch nur irgendetwas tun konnte, fiel sie zu Boden. Alle Vorsicht vergessend stürzte er sich brüllend auf ihn. Die Männer rangen miteinander, bis Franz einen kräftigen Schlag auf das Kinn seines Gegners landen konnte. Sofort eilte ihm dessen Kamerad zur Hilfe. Da Franz am Boden lag, war es für den anderen ein Leichtes, auf ihn einzutreten. Im nächsten Moment traf ihn ein harter Gegenstand am Kopf. Ein unbändiger Schmerz durchfuhr ihn und raubte ihm die Besinnung.

Als er zu sich kam, hockte Rena über ihn gebeugt am Boden und tupfte ihm mit einem kalten Lappen die Stirn ab. Franz versuchte, sich aufzurichten. Sein gesamter Körper schmerzte, vor allem aber die Brust. Vermutlich hatte dieser Kerl ihm eine Rippe gebrochen. Das hielt ihn jedoch nicht davon ab, sich Sorgen um Rena zu machen.

„Geht es dir gut?“, fragte er. „Bist du verletzt?“

„Nein, Franz. Sie haben den Laden zertrümmert und sind verschwunden, nachdem du leblos am Boden lagst und dich nicht rührtest. Sie dachten vermutlich, sie hätten dich totgeschlagen und bekamen wahrscheinlich Angst.“

Franz spürte, wie er rot wurde. Zum Glück konnte Rena es nicht sehen. Allerdings hätte sie wohl auch dann kaum angenommen, dass ihre Worte der Auslöser sein konnten. Sie ahnte ja nicht einmal, dass ihr Mann gewaltsam zu Tode gekommen war.

„Du musst hier weg“, stellte Franz fest und stand mühsam auf. „Sie werden wiederkommen und beim nächsten Mal vielleicht noch brutaler vorgehen. Es ist zu gefährlich, Rena.“

„Aber wo soll ich denn hin, Franz? Der Laden ist alles, was ich besitze. Ich bin auf die Einnahmen angewiesen.“

„Nicht mehr." Franz nahm sie in den Arm. „Du und Anna kommt zu mir aufs Gut. Dort seid ihr sicher. Wo ist die Kleine?"

„Bei meiner Mutter." Plötzlich war Rena ganz aufgeregt. „Glaubst du, die Nazis könnten ihr etwas angetan haben?"

„Nein, beruhige dich! Heute waren die Geschäfte dran. Allerdings weiß ich nicht, ob es dabei bleiben wird. Es ist besser, wenn wir keine Zeit verlieren. Lass uns die Kleine holen. Dann bringe ich euch auf den Hof."

„Und deine Eltern? Sie werden niemals erlauben, dass du uns aufnimmst."

„Mein Vater ist tot. Er starb an einer Lungenentzündung. Was meine Mutter angeht, hat sie auf dem Gut nichts mehr zu sagen. Bei meinem Vater konnte sie ihren Willen durchsetzen. Ich hingegen werde nicht dulden, dass sie sich einmischt. Notfalls muss sie Gut Lichtenfels verlassen."

„Was? Das kann nicht dein Ernst sein, Franz", rief Rena erschrocken. „Sie ist deine Mutter."

„Und Anna ist meine Tochter. Sollte ich vor die Wahl gestellt werden, werde ich mich für sie entscheiden. Und nun lass uns nicht länger Zeit vergeuden. Ich werde noch heute einen Bediensteten beauftragen, eure Sachen zu holen. Nimm also nur mit, was du gerade benötigst!" Franz brach ab, bevor er leise hinzufügte: „Vertrau mir, Rena!"

~

„Das kann nicht dein Ernst sein", kreischte Mathilde hysterisch, als Franz sie über seine Pläne unterrichtete. „Du willst dieses Judenpack bei uns verstecken? Bist du völlig wahnsinnig geworden? Was glaubst du, was Kessler dazu sagen wird?"

„Kessler wird es nicht erfahren, wenn du den Mund hältst."

„Und die Angestellten? Sie werden reden, Franz. Ganz abgesehen davon, dass ich mit diesen Leuten nicht unter einem

Dach leben werde. Du weißt, wie froh ich war, als diese Nelly endlich verschwunden ist."

„Es steht dir frei zu gehen, Mutter. Niemand zwingt dich, auf dem Gut zu bleiben."

„Was sagst du da?" Mathilde erstarrte. Sie schien erst jetzt zu begreifen, dass ihr Sohn sie nicht um Erlaubnis fragte, sondern sein Entschluss längst feststand. „Du willst mich von meinem eigenen Grund und Boden vertreiben? Für eine Jüdin mit ihrem Balg?"

„Es ist mein Grund und Boden, ich bin der Erbe. Außerdem verbiete ich dir, so über Rena und ihre Tochter zu reden. Anna ist deine Enkelin, falls du das vergessen hast."

Mathilde sah ihren Sohn ungläubig an. In ihrem Gesicht war deutlich zu lesen, dass sie niemals damit gerechnet hatte, dass Franz sich gegen sie stellen würde.

„Dein Vater ist nicht einmal einen Tag tot und du zerstörst sein Lebenswerk", sagte sie enttäuscht. „Er hätte es nicht zugelassen, dass du dieses Gesindel mir vorziehst."

„Hör auf, Mutter!", antwortete Franz unbeeindruckt. „Spiel jetzt bitte nicht die trauernde Witwe. Du hast nicht einmal eine Träne vergossen an seinem Bett. Dir ging es doch immer nur um Geld und Ansehen. Du weißt nicht einmal, was Liebe ist."

„Aber du?", fragte Mathilde spöttisch. „Du glaubst wirklich, du könntest diese Frau lieben? Wach auf, Franz! Du bist ein verheirateter Mann, und selbst wenn es nicht so wäre: Sie ist Jüdin! Verstehst du nicht? Wenn Hitler seine Pläne umsetzt, wird es bald keine Juden mehr in Deutschland geben."

„Halt den Mund! Sei still!" Franz sah seine Mutter wütend an. Er wollte das nicht hören und stand auf. „Es liegt bei dir, entweder du akzeptierst, dass Rena und Anna hier leben, oder du packst deine Koffer."

Franz verließ den Salon. In ihm brodelte es. Nun hatte seine Mutter es doch geschafft, ihn zu verunsichern. Leise Zweifel, ob er das Richtige tat, kamen auf. Natürlich würden seine Parteifreunde es nicht gutheißen, wenn statt seiner Frau eine Jüdin bei ihm lebte. Aber er hatte ja auch nicht vor, mit Rena sein Schlafzimmer zu teilen, zumindest nicht offiziell. Außerdem war es nicht verboten, jüdische Angestellte zu haben.

Seine Mutter übertrieb, wenn sie auch ins Schwarze traf, was Hitlers Abneigung gegen die Juden anging. Das bedeutete aber noch lange nicht, dass er all diese Menschen vertreiben konnte. Alleine die Vorstellung war absurd. Dennoch beschloss Franz, vorsichtig zu sein. Keiner seiner Angestellten würde erfahren, dass Anna seine Tochter war. Er würde Rena als Schneiderin vorstellen, die außerdem auf Peter achten konnte, dessen Mutter es vorzog, mit einer Frau zusammenzuleben. Mehr mussten die Bediensteten nicht wissen.

Was seine Mutter betraf, war er sich sicher, dass sie den Mund halten würde. Er hatte ihren erschrockenen Gesichtsausdruck bemerkt, als er davon gesprochen hatte, dass sie gehen könne. Sie wussten beide, dass es nicht bei dieser freien Wahl bleiben würde, wenn sie sich in seine Angelegenheiten mischte. Notfalls würde er seine Drohungen verstärken. Die Zeiten, in denen Mathilde von Lichtenfels auf dem Gut bestimmt hatte, waren endgültig vorbei, dachte Franz, während er sich auf den Weg zu Greta machte.

Die Köchin umarmte ihn herzlich, als er in der Küche auftauchte, und drückte ihr Mitleid über das schnelle Ableben des Gutsherrn und Bankiers aus.

„Du weißt, dass wir immer für dich da sind, Franz“, sagte sie und seufzte. „Nun ist leider niemand mehr da, der deine Mutter in die Schranken weist, wenn sie es wieder einmal übertreibt.“

„Du irrst dich, Greta. Ich habe von nun an das Sagen und Mutter hat mir zu folgen. Ihr müsst euch keine Sorgen machen. Ich werde das Personal weiterhin gut behandeln.“

„Das beruhigt mich. Aber wie stellst du dir das vor? Du

wirst den ganzen Tag über in der Bank beschäftigt sein, während deine Mutter Empfänge für die Nazis ausrichtet."

„Auch damit ist nun Schluss. Ich lasse nicht zu, dass unser Geld dafür verschwendet wird. Außerdem möchte ich, dass hier Ruhe einkehrt."

„Ist es wegen der Schneiderin?"

Franz errötete, woraufhin die Köchin wissend nickte.

„Du liebst sie, nicht wahr?"

„Ja, Greta, aber deshalb ist sie nicht hier. Ich möchte sie schützen. Du weißt, was in der Stadt los ist. Der Hass auf die Juden nimmt zu."

„Wem sagst du das? Man kann es einfach nicht verstehen. Diese rechtschaffenen Leute werden von einem Tag auf den anderen boykottiert. Wir leben in keinen guten Zeiten, Franz."

„Deshalb hoffe ich, dass sie hier in Sicherheit sind. Nimm sie in deine Obhut, ich vertraue dir, Greta. Rena kann dir bei der Wäsche helfen, sie ist eine hervorragende Schneiderin."

„Ich werde tun, was ich kann", versprach die Köchin, die das Lob des jungen Gutsherrn erröten ließ. „Du solltest dich in der Zwischenzeit um deinen Sohn kümmern, Franz."

„Was ist mit ihm?"

„Er verhält sich merkwürdig. Friedrich hat ihn vor ein paar Tagen erwischt, als er die kleinen Katzen im Bach ertränken wollte. Er konnte sie im letzten Moment retten. Als er Peter nach dem Grund fragte, antwortete der Junge ihm, dass es ihm gefallen würde, ihnen beim Ertrinken zuzuschauen. Ach, Franz, ich fürchte die Gewalt, die er in der Hitlerjugend erlebt, färbt zunehmend auf ihn ab. Ihm fehlt einfach die Mutter. Nun auch noch seinen geliebten Großvater verloren zu haben, wird das Ganze nicht besser machen."

„Ich rede mit ihm. Sobald die Trauerfeierlichkeiten vorüber sind, kümmere ich mich darum."

„Tu das, Franz." Greta lächelte. „Und nun will ich mich mal

um Rena und die Kleine bemühen. Sie können die Kammer über dem Altbau beziehen, wenn es dir recht ist."

„Natürlich. Danke, Greta."

Franz drehte sich um. Er wollte Friedrich auftragen, die Kutsche bereitzustellen, damit er in die Stadt fahren konnte, um die Angelegenheiten für die Bestattung zu regeln. Auf dem Rückweg konnte er sich dann gleich um Renas Sachen kümmern.

Doch als er bei den Ställen ankam, suchte er den alten Knecht vergebens. Dafür fand er seinen Sohn bei Cäsar. Peter hatte ihn nicht bemerkt. Das gab Franz die Gelegenheit, ihn zu beobachten und herauszufinden, was der Junge in der Box seines Wallachs zu schaffen hatte. Erleichtert sah er, dass Peter das Pferd nur fütterte, und wollte gerade zu ihm gehen, als er entsetzt bemerkte, dass der Junge die Futterknödel in der Hand hielt, die Friedrich gegen die Rattenplage in den Ställen einsetzte.

„Was tust du da?", schrie er Peter an und war mit einem Sprung bei ihm. Mit einer Hand riss er ihm den Knödel weg, mit der anderen verpasste er seinem Sohn eine schallende Ohrfeige.

„Du wolltest ihn vergiften?"

Der Junge antwortete nicht. Er versuchte nicht einmal, sich zu rechtfertigen. Stattdessen glaubte Franz, so etwas wie Bedauern in seinen Augen zu lesen. Was nichts anderes bedeutete, als dass er sein Werk gerne vollendet hätte.

„Was ist los mit dir?" Franz schüttelte den Jungen, der ihn unverwandt ansah. „Wenn ich dich noch einmal in Cäsars Nähe sehe, werde ich dir eine Tracht Prügel verpassen, die du nie wieder vergisst. Hast du mich verstanden?"

Peter nickte. Dann rannte er davon. Franz sah ihm nach und erinnerte sich an Gretas Mahnung und den Vorfall mit den Katzen. Es geschah also nicht zum ersten Mal, dass sein Sohn Gefallen daran fand, hilflose Tiere zu quälen.

Greta hatte recht, dachte Franz. Der Junge brauchte seine Mutter. Wenn er sowieso in die Stadt fuhr, konnte er auch gleich zu Rosa gehen. Schließlich war Peter auch ihr Sohn. Sie sollte sich zumindest anhören, was aus ihm geworden war.

~

Ihr Sohn war allerdings das Letzte, worum sich Rosa gerade Sorgen machte. Nicht, dass sie nicht oft an Peter dachte. Sie war seine Mutter und sie vermisste ihn, wenn sie auch nie eine innige Verbindung gepflegt hatten. Im Moment jedoch bangte sie um Nelly, die Besorgungen hatte machen wollen und noch nicht zurückgekehrt war. Dafür hatte Klaus, der über ihnen wohnte, ihr von den Boykotten und Ausschreitungen berichtet. Er sprach von wüsten Beschimpfungen bis hin zu Prügeleien. Seitdem fand Rosa keine ruhige Minute mehr und fluchte laut über sich selbst, ihre Freundin nicht begleitet zu haben.

Unruhig lief sie immer wieder zum Fenster und spähte auf die Straße. Dabei betete sie, dass endlich Nellys Lockenkopf auftauchen würde und sie sich umsonst gesorgt hätte. Deshalb entdeckte sie Franz auch sofort, der zielsicher ihr Haus ansteuerte. Seitdem er sie damals um Verzeihung gebeten hatte, hatten sie sich nicht gesehen. Auch jetzt überlegte Rosa, ihm aus dem Weg zu gehen. Sie könnte die Tür schließen und tun, als wäre sie nicht zu Hause.

Doch dann dachte sie wieder an Nelly. Wer sagte denn, dass Franz nicht zu ihr kam, um ihr etwas über den Verbleib ihrer Freundin mitzuteilen? Möglicherweise war Nelly in Schutzhaft genommen worden, wie es gerade vielen Juden erging. Vielleicht wollte Franz sie auch warnen. So oder so musste sie ihn empfangen. Wenn sie ihn abwies und er tatsächlich Informationen über Nelly besaß, würde sie sich das nie verzeihen.

„Was willst du?“, fragte sie dennoch kühl, als sie die Tür öffnete.

„Mit dir reden, Rosa. Es geht um unseren Sohn.“

„Was ist mit ihm?“, fragte sie, enttäuscht darüber, dass er nicht wegen Nelly kam. „Gefällt es ihm nicht mehr, bei den Pimpfen mitzumarschieren?“

„Nein, das ist es nicht. Der Junge hat sich verändert. Er braucht dich, du bist seine Mutter.“

„Diese Rolle hat Mathilde doch bereitwillig übernommen. Ich kann mich nicht erinnern, dass sie mich jemals in seine Erziehung einbezogen hat. Peter liebt deine Eltern. Er vermisst mich nicht.“

„Vielleicht doch, mein Vater ist gestern gestorben.“

„Das tut mir leid. Ich wusste nicht, dass er krank war.“

Rosa meinte es ehrlich. Konrad von Lichtenfels war ihr immer offen gegenübergetreten. Ganz anders als seine Frau, die Rosa für eine Rebellin gehalten hatte, die sich nicht benehmen konnte. Sie bedauerte es sehr, dass sie ihren Schwiegervater nicht noch einmal gesehen hatte, und konnte sich gut vorstellen, wie Mathilde nun das Zepter an sich reißen würde.

„Woher auch?“, fragte Franz. Rosa hörte den Vorwurf in seiner Stimme. „Du bist nicht ein einziges Mal auf dem Gut gewesen, seitdem du die Flucht ergriffen hast. Aber lassen wir das. Ich bin gekommen, weil ich mir wirklich ernsthaft Sorgen um Peter mache. Friedrich hat ihn neulich überrascht, als er kleine Katzen in den Bach werfen wollte, und ich kam heute zufällig zur rechten Zeit, bevor er Cäsar vergiften konnte. Ihm scheint es besondere Freude zu bereiten, Tiere zu quälen. Er ergötzt sich daran, sie leiden zu sehen.“

„Wundert dich das?“, fragte Rosa. „Sein Vater ist ein Mörder.“

Franz wurde blass. Ihre Worte trafen ihn, was in ihrer Absicht lag. Sie würde ihm nie verzeihen, was er Nelly und ihr angetan hatte. Genauso wenig wie sie die Bilder des blutenden Friedels jemals wieder loswurde.

„Ich weiß nicht, was du dir von deinem Besuch versprochen hast, Franz. Falls du erwartest, dass ich auf das Gut zurückkehre und die liebevolle Ehefrau und Mutter spiele, muss ich dich enttäuschen. Ich liebe Nelly, ob dir das gefällt oder nicht. Du musst …"

Plötzlich war von der Straße her Lärm zu hören. Vereinzelt drang Lachen zu ihnen herauf, dazwischen die Heil-Rufe der Hitlerjugend. Neugierig ging Rosa zum Fenster. Eine Gruppe Jugendlicher marschierte über den Platz. Sie wurde von Schaulustigen umringt, die sich streckten, um den Grund der allgemeinen Belustigung zu erfahren. Rosa schaute genauer hin. Von oben hatte sie freie Sicht und erkannte in diesem Moment mehrere vermummte Gestalten, die von den Jugendlichen vorwärts gestoßen wurden.

„Was ist das?", fragte Franz, der neben sie getreten war. „Warum tragen die Leute Säcke über dem Kopf? So können sie doch gar nichts sehen."

Er hatte recht. Eine der seltsam gekleideten Figuren stolperte über den Bordstein und stürzte auf die Straße. Sie versuchte, den Sack loszuwerden, doch es gelang ihr nicht. Zwei kräftige Burschen, die das Schauspiel offensichtlich genossen, hinderten sie daran.

In diesem Moment erkannte Rosa das Kleid der Gestürzten. Fassungslos schlug sie ihre Hand vor den Mund. Dann rannte sie zur Tür.

„Das ist Nelly", keuchte sie. „Mein Gott, was tun sie ihr an?"

Rosa stürzte die Treppe nach unten. Ohne auf die Schaulustigen zu achten, die sie grob zur Seite stieß, kämpfte sie sich zu Nelly vor. Ihre Freundin schluchzte auf, als sie Rosas Stimme erkannte. Die versuchte, den Sack von deren Kopf zu ziehen. Bevor es ihr jedoch gelang, packten sie zwei starke

Arme. Als Rosa sich umdrehte, sah sie sich einem Halbwüchsigen gegenüberstehen, der sie herausfordernd angrinste.

„Mach sie frei!", schrie Rosa ihn außer sich vor Wut an.

„Verschwinde!", brüllte der Junge zurück. „Oder dir ergeht es genauso."

Als Rosa sich nicht rührte, drehte er sich zu den Kameraden um.

„Gebt mir einen Sack!", verlangte er und lachte. Gleichzeitig griffen zwei andere Jungen nach ihr und bogen ihre Arme nach hinten. Rosa schrie auf vor Schmerz. Oder war es die unbändige Wut darüber, dass niemand der Gaffer eingriff, um ihnen zu helfen? Sie wusste es nicht. In ihrem Kopf war nur ein Gedanke. Sie musste Nelly befreien, die leise weinte.

Seit der Vergewaltigung war ihre Freundin nur noch ein Schatten ihrer selbst. Schon bei dem kleinsten Geräusch schreckte sie zusammen und begann zu zittern. Nur auf Rosas Drängen hin hatte sie heute zum ersten Mal das Haus verlassen. Ein Fehler, wie sich gerade herausstellte. Wenn sie Nelly nicht schnell in Sicherheit bringen konnte, würde diese endgültig zerbrechen, dessen war sich Rosa bewusst.

„Stülpt ihr den Sack über! Die Hure soll merken, wie wir mit Judenfreunden umgehen."

Rosa konnte sich nicht dagegen wehren, dass ihr der Sack übergezogen wurde. Sie bekam kaum noch Luft und hustete. Gleichzeitig verlor sie die Orientierung. Hilflos versuchte sie, nicht den Halt zu verlieren.

„Aufhören! Sofort!"

Franz' schneidende Stimme drang zu ihr durch. Nie zuvor hatte sich Rosa so gefreut, sie zu hören. Sie hasste ihren Mann, daran würde sich nichts ändern. In diesem Moment aber war er ihre Rettung.

„Wer sind Sie? Warum sollten wir auf Sie hören?", fragte der Junge kaltschnäuzig. Doch selbst durch den grob gewebten Stoff hindurch hörte Rosa die Unsicherheit in seiner Stimme.

„Mein Name ist Franz von Lichtenfels und die Dame, die ihr gerade demütigt, ist meine Frau, Rosa von Lichtenfels. Falls es euch interessiert, sind wir eng mit Hermann Kessler befreundet. Außerdem gibt meine Familie regelmäßig Empfänge für hochrangige Parteimitglieder. Ich glaube nicht, dass es ohne Folgen bleiben würde, wenn ich ihnen von diesem Vorfall erzähle. Oder habt ihr den Befehl, eine Adlige als Hure zu beschimpfen und zu foltern?"

„Nein, wir wollten nur unseren Spaß haben, Herr von Lichtenfels."

„Der nun vorbei ist. Nehmen Sie den Damen die Säcke ab! Sofort!", fügte er hinzu, als sich der Junge nicht rührte. „Oder muss ich erst persönlich bei eurem Vorgesetzten vorsprechen?"

Der Junge schüttelte den Kopf und gab seinen Kameraden ein Zeichen, die daraufhin Rosa und Nelly befreiten und auch den anderen Gestalten die Säcke abnahmen. Von seiner frechen Überlegenheit, mit der er Rosa gegenübergetreten war, konnte man nichts mehr erkennen. Stattdessen sah er verlegen zu Boden.

„Kommt!" Franz nahm Rosa am Arm, die wiederum die völlig verstörte Nelly stützte. Gemeinsam gingen sie ins Haus, während sich die Schaulustigen zerstreuten. Oben angekommen, kümmerte sich Rosa sofort um Nelly, die kein Wort sprach, sondern nur stumm weinte. Erst nachdem ihre Freundin auf dem Bett lag und Rosa sie zugedeckt hatte, kehrte sie zu Franz zurück, der in der Küche wartete.

„Danke", sagte sie. „ich weiß nicht, was wir ohne dich gemacht hätten."

„Ich bin es, der in deiner Schuld steht. Ich habe dir ein Versprechen gegeben und daran halte ich mich."

„Du meinst es ernst, nicht wahr?"

„Ja, Rosa. Ich bereue zutiefst, was geschehen ist."

Rosa nickte. Sie glaubte ihm. Zum ersten Mal seit Langem hatte sie das Gefühl, wieder ihren Jugendfreund vor sich zu sehen. Natürlich würde sie nichts von dem vergessen, was passiert war. Aber vielleicht gab es ja einen Weg, zumindest respektvoll miteinander umzugehen.

„Wenn du nichts dagegen hast, würde ich gerne bei der Trauerfeier deines Vaters dabei sein", machte sie einen Schritt auf ihn zu.

„Das würde mich sehr freuen, Rosa."

Franz räusperte sich. Ihr Angebot schien ihn zu überraschen, ließ ihn gleichzeitig aber auch erkennen, dass sie zu einer Versöhnung bereit war. Er lächelte zaghaft, wurde jedoch gleich darauf wieder ernst.

„Ich weiß natürlich, dass damit nicht alles gut ist. Trotzdem möchte ich dir einen Vorschlag machen. Denk in Ruhe darüber nach. Ich werde dich zu nichts drängen."

„Was für einen Vorschlag?"

Rosa konnte nicht verhindern, dass ihr Misstrauen zurückkehrte.

„Ihr seid hier nicht sicher. Der Vorfall eben hat das deutlich bewiesen. Außerdem braucht Peter seine Mutter. Vielleicht gelingt es dir ja, ihn zur Vernunft zu bringen."

„Was willst du damit sagen?"

„Komm auf das Gut zurück! Dort wird euch niemand belästigen, dafür sorge ich."

„Du weißt, dass ich nicht ohne Nelly gehe, Franz."

„Ich rede von euch beiden, Rosa."

Rosa nickte. Sie wusste, dass sein Angebot mehr als großzügig war. Trotzdem blieben ihre Bedenken. Franz hatte Nelly schon einmal davongejagt. Wer sagte ihr, dass er es nicht wieder tun würde? Allerdings wusste sie auch, wie gefährlich es inzwischen in den Straßen zuging. Kaum ein Tag verging, an dem die jüdische Bevölkerung nicht den Hass der Nazis zu spüren bekam. Auf dem Gut könnte Nelly endlich zur Ruhe kommen.

Hin- und hergerissen drehte sie sich zu ihrer Freundin um,

die mit offenen Augen auf dem Bett lag. Als sie Rosas Blick bemerkte, nickte sie ihr zu.

„Was ist mit Rena und der Kleinen?“, fragte Rosa. „Sie sind ebenso in Gefahr.“

„Sie befinden sich bereits auf dem Gut“, klärte Franz sie auf. Das gab den Ausschlag für Rosa.

„Also schön, Nelly und ich packen unsere Sachen. Aber eine Frage habe ich noch, Franz. Wie erklärst du das deinen Parteifreunden?“

„Sie werden es nie erfahren. Je weniger Leute darüber Bescheid wissen, umso besser. Die Boykotte sind erst der Anfang, Rosa. Ich weiß, dass Hitler ganz eigene Pläne verfolgt, was die jüdische Bevölkerung angeht. Deshalb ist es auch von Vorteil, wenn ich weiterhin Parteimitglied bleibe. So erfahre ich aus erster Hand, was die Nazis planen.“

Er brach ab und nahm Rosas Hände in seine, die sie ihm nur widerwillig überließ.

„Vertrau mir, Rosa. Ich meine es ernst. Ich werde alles dafür tun, die Menschen, die wir lieben, zu schützen. Ich gebe dir mein Wort.“

6

Stettin 1938

Mit gesenktem Kopf lief Rosa durch die Straßen der Stadt, vorbei an Renas ehemaliger Schneiderei. Ihr Ziel war das Café gegenüber, welches gut gefüllt war. Ihr Gesicht unter einem riesigen Hut verborgen, setzte sie sich an einen der letzten freien Tische und bestellte sich einen Kaffee. Erst als der Ober gegangen war, zog sie ein Taschentuch hervor und wischte sich den Schweiß von der Stirn.

Was sie vorhatte, war gefährlich. Umso mehr, da sie nicht einmal Franz eingeweiht hatte. Wenn sie irgendeiner seiner Parteigenossen hier erkannte und ihre Pläne durchschaute, konnte sie von Glück reden, wenn sie nicht sofort verhaftet wurde und in irgendeinem dunklen Keller der Gestapo landete.

Ungeduldig sah sie auf ihre Uhr. Jakob war bereits zehn Minuten zu spät. Obwohl es auf der Straße von Menschen wimmelte, konnte sie ihn nicht entdecken. Dafür sah sie gut gelaunte Damen, die in Hüten und luftigen Kleidern flanierten und häufig von uniformierten Ehemännern begleitet wurden.

Stettin hatte sich in den letzten Jahren verändert, dachte Rosa. Wie wohl auch der Rest Deutschlands. Was vor allem daran lag, dass Hitler seine Versprechungen wahrgemacht hatte. Es gab kaum noch Arbeitslose und damit weder Streiks in der Werft noch Demonstrationen der Kommunisten, die wie vom Erdboden verschluckt schienen.

Das Großdeutsche Reich befand sich im Aufschwung, nachdem Österreich eingegliedert worden war. Die Menschen jubelten Hitler zu, der ihnen ein sorgenfreies Leben sicherte. Es sei denn, man war Jude, dachte Rosa, die erschrak, als sich zwei junge Männer zu ihr an den Tisch setzten, die die Uniform der SS trugen.

Angespannt tat sie so, als würde sie die Karte studieren, auf der Kuchen und Eiscreme angeboten wurden. Erleichtert nahm sie aus den Augenwinkeln heraus wahr, dass die Männer sie nicht beachteten. Sie waren in ein Gespräch verwickelt und diskutierten heftig.

„Hast du es schon gehört?", fragte einer den anderen.

„Was gehört?" Sein Gegenüber trank einen Schluck Kaffee.

„Hier!" Eine Zeitung klatschte auf den Tisch. „So ein verdammter Jude soll einen Botschaftssekretär angeschossen haben."

„Was?" Der junge Mann nahm die Zeitung. „Wenn das wahr wäre, hätten wir es doch längst erfahren."

„Lies! Dann siehst du, dass ich recht habe."

„Heute, am 7. November, verübte ein siebzehnjähriger deutsch-polnischer junger Mann einen Mordanschlag auf den deutschen Legationssekretär Ernst vom Rath", begann der Angesprochene laut zu lesen. „Wie bekannt wurde, handelt es sich bei dem Täter um einen Juden. Diese schändliche Tat war heimtückisch und geplant. Wieder beweisen die Juden, zu welcher Hinterhältigkeit und Gewalt sie fähig sind. Herr vom

Rath wurde bei dem feigen Anschlag äußerst schwer verletzt und ringt zum jetzigen Zeitpunkt mit dem Tode. Hoffen wir, dass das Volk dies nicht stillschweigend hinnimmt und Vergeltung geübt wird!"

„Alle Achtung." Der junge Uniformierte ließ wenig später die Zeitung sinken. „Weißt du, was das bedeutet? Vergeltung! Auf so einen Tag haben wir die ganze Zeit gewartet."

„So sieht es aus. Ich frage mich nur, ob der Führer auch dieser Meinung ist. Bisher gab es keine Anweisungen von oben."

„Das ist nur eine Frage der Zeit. Er wird seine Pläne durchziehen, das Deutsche Reich judenfrei zu machen. Warten wir ab. Mein Bauchgefühl – und das hat mich nur selten getäuscht – sagt mir, dass heute etwas Großes in Gang gesetzt wird."

Die Männer zahlten und standen auf. Der Jüngere von beiden nickte Rosa kurz zu. Dann verließen sie das Café. Rosa, die jedes einzelne Wort mit angehört hatte, blieb schockiert zurück und nahm sich die Zeitung, die von den Männern liegen gelassen worden war.

Als sie den Artikel gelesen hatte, lehnte sie sich zurück. Sie hatten nicht gelogen, was den Anschlag auf den Sekretär betraf. Allerdings stand kein Wort von irgendwelchen geplanten Aktionen in der Zeitung. Und doch wurde sie das Gefühl nicht los, dass etwas auf sie zurollte, was viel furchtbarer sein würde als die täglichen Boykotte und Übergriffe.

In diesem Moment erkannte Rosa Jakob. Ihre Blicke trafen sich. Sie nickte ihm zu und wartete, bis er zu ihr kam. Vorher blieb der junge Mann kurz am Eingang stehen und beobachtete die Leute. Rosa wusste, dass er sichergehen wollte, nicht beschattet zu werden. Erst als er sich davon überzeugt hatte, dass er nicht verfolgt wurde, kam er zu ihrem Tisch und setzte sich.

„Wir müssen uns einen anderen Ort suchen, an dem wir

uns treffen", sagte er ohne eine Begrüßung. „Es sind zu viele Menschen hier."

„Aber das war es doch, was du wolltest. In der Masse werden wir nicht auffallen und sind weniger verdächtig. Das waren deine Worte, Jakob."

„Ich habe sie nicht vergessen, aber seitdem hat sich einiges verändert, Rosa. Ich möchte nicht, dass du in Gefahr gerätst. Hier ist die Liste. Glaubst du, etwas für diese Leute tun zu können?"

„Steht Helene Schuhmann auch darauf?"

„Ja, wie du es wolltest. Außerdem Aaron Weiss."

„Konntest du mit Nellys Bruder reden? Kennt er unsere Pläne?"

„Er ist in alles eingeweiht und erwartet dich in zwei Tagen. Bis dahin hat er die anderen informiert. Sie werden nur das Nötigste dabeihaben."

„So lange können wir nicht warten. Wir müssen unsere Pläne vorziehen."

„Was? Das ist unmöglich. Wie stellst du dir das vor?"

„Hier, lies!"

Rosa reichte ihm die Zeitung. Jakob wurde blass, während er las. Seine Finger zitterten, als er das Blatt sinken ließ.

„Deshalb der Aufruhr in den Straßen", sagte er. „Dieses Attentat wird nicht ungestraft bleiben. Wir Juden werden dafür büßen müssen. Jetzt kann das Regime unter dem Vorwand der Sühne seine Maske abnehmen."

„Vielleicht begnügen sie sich ja damit, den Jungen zu bestrafen", gab Rosa zu bedenken. Doch Jakob schüttelte seinen Kopf.

„Nein, Rosa, sie haben nur auf einen Vorwand wie diesen gewartet. Noch ist der Botschaftssekretär offenbar am Leben und ich bete, dass es so bleibt. Aber du hast recht, wir müssen handeln. Ich werde dafür sorgen, dass wir unseren Plan noch heute in die Tat umsetzen können. Meinst du, du schaffst es, alle Vorbereitungen zu treffen?“

„Ja.“ Rosa nickte. „Ich kümmere mich darum.“

„Verrätst du mir den Ort, an den du sie bringst?“

„Nein, Jakob. Es ist besser, du kennst ihn nicht. Je weniger davon wissen, umso besser. Das verstehst du doch, oder?“

„Natürlich, es beweist nur, mit wie viel Vernunft du an die Sache herangehst.“

„Das hat mich die Vergangenheit gelehrt.“

„Du denkst an Friedel, nicht wahr? Hör auf, dir Vorwürfe zu machen, Rosa! Du konntest ihm nicht helfen.“

„Woher willst du das wissen? Du warst nicht dabei, als dein Onkel totgeprügelt wurde.“

„Nein, das war ich nicht. Ich wusste nicht einmal, dass er sich den Kommunisten angeschlossen hat. Meine Eltern hatten kaum Kontakt zu ihm. Ich erfuhr erst nach seinem Tod, wie mutig er sich den Nazis entgegengestellt hat.“

„Das tat er wirklich.“ Rosa lächelte wehmütig. „Ich verdanke ihm vermutlich mein Leben. Umso mehr freue ich mich, dich kennengelernt zu haben. Du ähnelst ihm sehr und du kämpfst wie dein Onkel für die richtige Sache. Er wäre stolz auf dich.“

„Meine Mutter ist Jüdin und Anna meine Cousine“, antwortete Jakob. „Als ich begann, im Widerstand zu arbeiten, geschah es auch wegen ihr. Ich hoffe immer noch, dass wir uns irren und dieses ganze Gerede über die Vernichtung der jüdischen Rasse haltlos ist.“

„Das hoffe ich auch“, sagte Rosa und verschwieg das Geheimnis um Renas Tochter. Jakob musste nicht erfahren, dass Franz und nicht Friedel ihr Vater war. Schließlich ging es längst nicht mehr nur um das Mädchen oder Rena oder Nelly. Was sie taten, war weitaus größer, aber damit auch gefährlicher.

„Wir treffen uns heute Abend.“

Jakob stand auf, ohne den Kaffee auch nur angerührt zu haben, den Rosa ihm bestellt hatte.

„Gäbe es mehr Menschen wie dich unter den Deutschen, müsste nicht ein ganzes Volk um sein Leben fürchten. Viel Glück, Rosa."

Er verschwand in der Menge. Gerade noch rechtzeitig, bevor sich erneut Uniformierte dem Tisch näherten. In einem erkannte Rosa Kessler. Sie erschrak. Unauffällig versuchte sie, Jakob unter den Gästen zu finden, und atmete auf, als es ihr nicht gelang. Nur eine Minute früher und Kessler hätte sie zusammen gesehen. Schnell nahm sie die Liste und steckte sie in ihre Tasche.

„Rosa von Lichtenfels", erklang in diesem Augenblick schon Kesslers Stimme. „Wie angenehm, Sie hier zu treffen."

„Ganz meinerseits", erwiderte Rosa freundlich und bemühte sich, unbefangen zu klingen. Gleichzeitig winkte sie dem Ober, um zahlen zu können. Sie wollte keine Minute länger als nötig mit diesem Widerling verbringen.

„So eilig?", fragte Kessler und nahm mit seinem Begleiter, einem glatzköpfigen älteren Herrn, Platz. „Wo ist denn Ihr Gatte? Ich habe ihn seit geraumer Zeit schon nicht mehr zu Gesicht bekommen. Franz geht es hoffentlich gut?"

„Danke, er erfreut sich bester Gesundheit", antwortete Rosa. „Seit dem Tod seines Vaters ist er viel in der Bank beschäftigt. Aber ich richte ihm gerne Ihre Grüße aus. Auf Wiedersehen, die Herren."

„Tun Sie das." Kessler stand auf und reichte ihr die Hand. „Vielleicht komme ich ihn bei Gelegenheit besuchen."

„Gerne. Sie sind jederzeit willkommen."

Rosa nickte ihm zu und drehte sich um. Auf gar keinen Fall durfte er bemerken, wie sehr sie seine Worte erschreckt hatten. Sie konnte nur hoffen, dass sie einfach dahingesagt und nicht ernst gemeint waren. Gerade jetzt würde er ein unkalkulierbares Risiko darstellen. Nicht einmal Franz wusste, was sie hinter seinem Rücken trieb. Im Gegenteil, sie hatte ihm versprechen müssen, nichts zu tun, was die Aufmerksamkeit der Nazis auf das Gut lenken würde.

Rosa lief schneller. Sie musste aufs Gut und alles Nötige vorbereiten. Vor allem aber musste sie einen kühlen Kopf bewahren. Kessler hatte schließlich nicht angekündigt, in den nächsten Tagen aufzutauchen. Es änderte also nichts an ihrem Plan. Ein einziger Abend, dachte Rosa, dann hatte sie es geschafft.

Als sie auf dem Hof ankam, steuerte sie direkt die Stallungen an. Sie hoffte, Friedrich dort zu treffen, und tatsächlich fand sie ihn untätig auf die Mistgabel gestützt in Cäsars Box stehen. Er schaute nachdenklich in die Ecke, wo Hasso mit dem Kopf zwischen den Pfoten im Stroh lag.

„Was ist mit ihm?“, fragte Rosa, die den Hund immer nur übermütig bellend erlebt hatte.

„Ich habe keine Ahnung, was mit ihm los ist. Vor ein paar Tagen war er noch mopsfidel und nun liegt er nur herum. Fressen tut er auch kaum.“

Friedrich schüttelte besorgt den Kopf und schaute zu Anna, die von Rosa erst jetzt bemerkt wurde. Sie sah Tränen in den Augen des Mädchens.

„Wird er wieder gesund?“, fragte es. Rosa wusste, dass Renas Tochter den Hund über alles liebte. Er hatte sich ihr sofort angeschlossen, als sie damals auf das Gut gezogen waren. Seitdem folgte er ihr auf Schritt und Tritt.

„Bestimmt, Anna“, versuchte sie das Mädchen zu trösten.

„Kannst du ihm nicht helfen, Friedrich?“, bettelte Anna, während sie sich zu dem Tier hinabbeugte und es streichelte. Friedrich, der hörte, wie ihre Stimme bebte, zuckte mit den Schultern.

„Wenn ich nur wüsste, was ihm fehlt. Ich hoffe, er hat nichts von dem Rattengift gefressen. Ich habe ihn extra ausgesperrt, als ich es gelegt habe."

Rosa horchte auf. Ohne es zu wollen, erinnerte sie sich an ein Gespräch mit Franz, bevor er Nelly und sie aufs Gut zurückgeholt hatte. Im Grunde genommen war es sogar der Auslöser dafür gewesen. Franz hatte sie gebeten, mehr auf die Erziehung ihres Sohnes zu achten, der offenbar nichts Besseres im Sinn hatte, als Tiere zu quälen.

Rosa selbst hatte von Peters merkwürdigem Verhalten nichts mitbekommen. Ihr gegenüber verhielt er sich stets höflich, wenn auch distanziert. Das eine oder andere Mal schlug er gewiss über die Stränge, was vor allem Anna abbekam, die er so gar nicht zu mögen schien. Alles in allem hatte Rosa aber angenommen, dass Franz übertrieben hatte.

Nun jedoch drängte sich ihr die Frage auf, ob nicht sie es war, die die Sache falsch einschätzte. Sie hatte ihren Sohn nämlich gesehen, bevor sie in die Stadt gegangen war. Der Junge, der seine Mutter nicht bemerkte, hatte Hasso in den Stall gelockt. In seiner Hand hatte er eine Art Knödel gehalten. Rosa war davon ausgegangen, dass Greta ihm Essensreste für den Hund überlassen hatte.

„Mal angenommen, der Hund hätte Rattengift gefressen", sagte sie zu Friedrich. „Was dann?"

„Schwer zu sagen." Friedrich kratzte sich an der Stirn. „Das käme auf die Menge an. Wenn er Glück hat, könnte er es überleben. Allerdings nur, wenn er nichts mehr davon frisst."

„Dann halte Peter von ihm fern."

„Willst du damit andeuten …?"

„Ich deute gar nichts an. Wir wissen es beide, Friedrich." Rosa drehte sich zu Anna um.

„Pass schön auf Hasso auf, Anna! Friedrich wird gleich wieder da sein."

„Ist gut." Das Mädchen nickte.

„Komm!", forderte Rosa den Knecht auf. „Ich muss mit dir reden."

Friedrich folgte ihr auf den Hof. Gemeinsam gingen sie zu der Bank unter der alten Eiche und setzten sich. Rosa streckte ihre müden Beine aus und seufzte.

„Was ist passiert, Rosa? Als du ankamst, sahst du aus, als hättest du ein Gespenst gesehen."

„Ich habe Kessler getroffen. Er hat Andeutungen gemacht, dass er Franz besuchen möchte."

„Was?" Friedrich erschrak sichtlich. „Das müssen wir verhindern. Du weißt, wie gefährlich dieser Mann ist."

Rosa nickte, während sie besorgt in Richtung des Gutshauses sah. Mathilde würde keine Minute zögern und Kessler empfangen, wahrscheinlich sogar ihre Freundinnen dazu einladen. Da war sich Rosa sicher. Sie hatte nur keine Ahnung, wie sie diesen Besuch verhindern sollte.

„Es wird schon alles gut gehen", beruhigte Friedrich sie. „Allerdings denke ich immer öfter, ob wir Franz nicht doch einweihen sollten. Er ist ein guter Junge, Rosa."

„Vergiss es!"

Rosa schüttelte heftig den Kopf. Für sie war ihr Mann immer noch Friedels Mörder, auch wenn sie zugab, dass er alles dafür tat, seine Fehler gutzumachen. Außerdem war es rührend zu sehen, wie er sich um Anna kümmerte. Selbst Nelly schien ihre Angst vor ihm zu verlieren.

All das wusste Rosa. Aber das bedeutete nicht, dass sie den Abend in Erwins Garten vergessen konnte. Im Moment war Franz der gute Junge, wie Friedrich sagte. Doch Rosa misstraute ihm dennoch.

„Das ist noch nicht alles, Friedrich. Ich habe eben erfahren, dass ein polnisch-jüdischer Junge ein Attentat verübt hat. Jakob vermutet, dass es zu Ausschreitungen kommen wird. Wir können nicht länger warten. Die Aktion startet heute. Hat Greta alles vorbereitet?"

„Es liegt alles bereit, genug Proviant für die nächsten Tage und auch was sonst nötig ist. Aber handelt ihr nicht etwas voreilig? Sollten wir nicht lieber abwarten?“

„Dann könnte es für eine Flucht zu spät sein.“

„Also gut, dann heute. Ich sage Greta gleich Bescheid.“

„Danke, Friedrich. Was würde ich nur ohne euch tun?“

„Die Frage ist eher, was diese armen Menschen tun würden, wenn du nicht so mutig wärst.“

„Alleine würde ich es nicht schaffen.“

Rosa atmete tief durch. Sie war müde und hätte sich liebend gerne ein wenig ausgeruht. Aber auf sie wartete noch Arbeit. Außerdem musste sie dafür sorgen, dass Mathilde irgendwie abgelenkt wurde. Gerade in jüngster Zeit hatte Rosa bemerkt, dass ihre Schwiegermutter sie beobachtete. Nach außen hin tat sie zwar, als hätte sie sich damit abgefunden, dass Franz Rena, Nelly und die Kleine auf das Gut geholt hatte. In ihrem Inneren jedoch brodelte der Hass, wusste Rosa. Mathilde wartete nur darauf, es dem Judenpack, wie sie es nannte, heimzuzahlen.

„Mit Peter muss ich auch noch reden. So geht das nicht weiter. Wer weiß, wen er als Nächsten vergiften will. Mir ist schon bei dem Gedanken unwohl, vor allem wenn ich an Anna denke. Der Junge hasst sie und schikaniert sie bei jeder Gelegenheit.“

„Du traust ihm zu, er könnte ihr etwas antun?“, fragte Friedrich erschrocken.

„Ich weiß nicht, was in seinem Kopf vorgeht. Er spricht ja nicht mit mir. Franz gegenüber hat er jedoch zugegeben, dass er eifersüchtig auf das Mädchen ist. Er glaubt, sein Vater würde es mehr mögen als ihn. Was nicht gerade schwer ist.“

„Rosa! Du bist seine Mutter.“

„Nein, Friedrich. Ich war es nie. Wenn überhaupt jemand diese Rolle eingenommen hat, dann meine Schwiegermutter.

Sie hat ihn zu diesem kleinen Monster erzogen. Am liebsten würde ich ihn fortschicken."

„Rosa, bitte! Sag so etwas nicht. Er ist dein Sohn."

„Es ist lieb von dir, dass du ihn in Schutz nimmst. Aber schau dir Hasso an! Tut so etwas ein Kind? Außerdem besteht er darauf, endlich der Hitlerjugend beitreten zu können. Mathilde hat ihm sogar schon die Uniform besorgt und ihn darin fotografieren lassen. Du hättest sehen müssen, wie stolz er war. Ich kann es ihm nicht verbieten, wenn ich keinen Verdacht erregen möchte. Aber der Gedanke, meinen eigenen kleinen Nazi auf dem Hof zu haben, erschreckt mich aus mehreren Gründen."

„Gefährlich wäre es schon", gab Friedrich zu. „Der Junge ist viel draußen und treibt sich herum. Gut möglich, dass er die alte Scheune längst entdeckt hat."

Sie schwiegen. Rosa, weil sie bis eben nicht an die Möglichkeit gedacht hatte, dass ausgerechnet ihr Sohn zum Risiko werden könnte. Dem alten Friedrich hingegen fehlten schlichtweg die Worte, um die Situation zu beschönigen.

„Mathildes Schwester ...", unterbrach Rosa plötzlich die Stille. „Ich werde meine Schwiegermutter bitten, sie gemeinsam mit Peter für ein paar Wochen zu besuchen. Wenn ich ihr genügend finanzielle Mittel zur Verfügung stelle, willigt sie sicher ein. Sie hat schon häufiger davon gesprochen, dass sie sich von uns allen erholen möchte. Nun, dann werde ich ihr die Gelegenheit bieten."

„Glaubst du nicht, sie könnte misstrauisch werden?"

„Warum? Sie weiß nicht, was ich vorhabe. Mach dir keine Sorgen, Friedrich. Ich werde gleich mit ihr reden. Wenn ich Glück habe, reist sie heute noch ab. Dann empfängt auch niemand diesen Kessler."

Rosa stand auf. Auf ihrem Gesicht lag ein befreites Lächeln.

„Viel Glück", wünschte ihr Friedrich, bevor er zurück in den Stall ging.

Rosa setzte ihren Plan sofort in die Tat um und steuerte den Salon an, wo sie Mathilde anzutreffen hoffte. Sie fand sie am Flügel, wo sie gerade ein Stück von Bach spielte. Leider war ihre Schwiegermutter völlig untalentiert. Die Töne, die sie anschlug, hörten sich schief an und schmerzten in Rosas Ohren.

Zu ihrem Leidwesen musste sie diese viel zu häufig ertragen. Nachdem Mathilde von Hitlers Begeisterung fürs Klavierspiel erfahren hatte, versuchte sie fast täglich, ihre Künste zu verbessern. Ohne Erfolg, wie Rosa feststellte. Als sie sich neben den Flügel stellte, damit ihre Schwiegermutter sie bemerkte, warf ihr Mascha, die gerade den Tisch abräumte, einen dankbaren Blick zu.

„Ich möchte mit dir reden", sagte Rosa, nachdem Mathilde endlich ihre Finger von den Tasten nahm.

„Worüber? Du suchst doch sonst nicht gerade meine Nähe."

Es klang schnippisch. Ihre Schwiegermutter wollte ihr zeigen, wie wenig Wert sie ihrerseits auf Rosas Gesellschaft legte. Doch die sah darüber hinweg. Es ging um Wichtigeres als um Mathildes Launen.

„Peter hat versucht, den Hund zu vergiften. Wir müssen etwas unternehmen."

„Du interessierst dich für deinen Sohn? Seit wann?"

„Seit er völlig unnötig Tiere quält, Mathilde", antwortete Rosa scharf, der die Gleichgültigkeit ihrer Schwiegermutter auf die Nerven ging. Es war wie immer, dachte sie. Sie hielt es einfach nicht länger als fünf Minuten in deren Nähe aus.

„Woher willst du wissen, dass es Peter war?", fragte Mathilde. „Und selbst wenn, es ist nur ein Hund. Außerdem ist er selbst schuld, wenn er Rattengift frisst."

„Nur ein Hund?“ Rosa schüttelte ungläubig den Kopf. „Hasso ist …“

Sie brach ab. Erst jetzt drangen die Worte ihrer Schwiegermutter zu ihr durch.

„Woher weißt du von dem Rattengift? Ich habe es nicht erwähnt.“

„Womit sollte sich der Köter sonst vergiftet haben?“, fragte Mathilde fast gleichgültig. Doch die Röte, die sich in ihrem Gesicht ausbreitete, verriet sie. Rosa holte tief Luft. Am liebsten hätte sie ihr ins Gesicht geschlagen. Sie war es also, die Peter dazu angestiftet hatte. Vermutlich wollte sie Anna wehtun. Jeder auf dem Gut wusste, wie sehr das Mädchen den Hund liebte.

„Wir müssen trotzdem etwas unternehmen“, sagte Rosa dennoch in versöhnlichem Ton. Schließlich wollte sie ihre Schwiegermutter loswerden. Das gelang nur, wenn sie sich nicht auf einen Streit mit ihr einließ. „Was hältst du davon, ein paar Wochen mit Peter zu verreisen. Eine andere Umgebung würde dem Jungen sicher guttun.“

„Wie stellst du dir das vor?“

Mathilde warf ihr einen misstrauischen Blick zu. Sie traute ihr nicht und ahnte vermutlich, dass hinter Rosas Vorschlag mehr steckte, als sie verriet. Aber Rosa sah auch das Funkeln in ihren Augen. Seit dem Tod ihres Mannes hatte Mathilde das Gut kein einziges Mal verlassen. Das gesamte Erbe war an Franz übergegangen, und der war nicht gerade großzügig, was die finanzielle Unterstützung seiner Mutter betraf. Zumindest sah er nicht ein, das Geld für Vergnügungen auszugeben. Mathilde hingegen, der nur ein Taschengeld zustand, fehlten die gesellschaftlichen Kontakte und Empfänge.

„Ich dachte an deine Schwester in Hamburg. Sie hat bald Geburtstag. Ich würde mit Franz reden, damit Peter und du komfortabel reisen und dort dem gesellschaftlichen Leben frönen könntet. Was hältst du davon?“

„Ich weiß nicht. Was ist, wenn Franz mich hier braucht?"

Mathilde tat, als müsse sie erst darüber nachdenken. Dabei sah Rosa ihr an, wie sehr ihr der Gedanke gefiel, endlich in ihr altes Leben schlüpfen zu können, wenn auch nur für ein paar Wochen. Sie musste sich das Lachen verkneifen. Jetzt galt es nur noch, ihre Schwiegermutter davon zu überzeugen, dass sie die Reise schon heute, spätestens aber am nächsten Morgen antrat.

„Es wird sicher nicht einfach, dich zu ersetzen", antwortete sie, wobei sie den spöttischen Ton nicht ganz verhindern konnte. „Aber du hast eine Erholung verdient. Außerdem würdest du uns einen Gefallen tun. Peter braucht unbedingt etwas Abstand zum Gut."

„Wenn es euch so wichtig ist, werde ich dem sicher nicht im Weg stehen", stimmte Mathilde schneller als erwartet zu. „Allerdings möchte ich dann von unserem Chauffeur gefahren werden. Auf gar keinen Fall setze ich mich stundenlang in diese unbequeme Eisenbahn."

„Natürlich nicht. Lothar wird euch fahren."

„Gut." Mathilde stand auf. „Dann packe ich sofort meine Sachen und informiere Peter. Wir reisen noch heute ab. Meine Schwester hat mir erst vor ein paar Tagen geschrieben, wie sehr sie sich über einen Besuch freuen würde. Ich werde sie überraschen."

Rosa nickte ihr zu und schaute ihr nachdenklich hinterher. Das plötzliche Strahlen in den Augen ihrer Schwiegermutter war ihr nicht entgangen, als diese von ihrem Chauffeur gesprochen hatte. Erst jetzt fiel ihr ein, dass sie sich ziemlich häufig in dessen Nähe aufhielt. Nicht nur einmal hatte Rosa dabei den Eindruck gewonnen, dass sie sich recht vertraut benahmen.

Steckte etwa mehr dahinter? Hatte Mathilde deshalb keine Tränen vergossen, als ihr Mann gestorben war?

Rosa schüttelte den Kopf. Sie konnte sich beim besten Willen nicht vorstellen, dass ausgerechnet ihre Schwiegermutter etwas mit einem Bediensteten anfing. Außerdem konnte es ihr auch gleichgültig sein. Falls sie sich irrte, hatte es zumindest seinen Zweck erfüllt. Mathilde und Peter würden die nächsten Wochen in Hamburg verbringen. Franz hingegen hielt sich fast den gesamten Tag über in der Bank auf. Niemand würde also merken, was auf dem Gut geschah.

Erleichtert machte sie sich auf den Weg zu Franz und legte sich die passenden Worte zurecht, damit er keinen Verdacht schöpfte. Sie würde ihm von Hasso erzählen und ihm klarmachen, wie wichtig es sei, ihren gemeinsamen Sohn für eine Weile fortzuschicken. Notfalls musste sie die Gefahr für Anna erwähnen, die von Peter ausging. Spätestens dann würde Franz einwilligen, da war sie sich sicher. Vorher wollte sie aber noch schnell bei Friedrich vorbeigehen, um ihm von den neuesten Entwicklungen zu berichten.

Als sie im Stall ankam, bemerkte sie, dass sie sich den Weg zu Franz sparen konnte. Er stand mit Anna bei seinem Wallach und zeigte ihr, wie man das Pferd striegelt. Das Mädchen lachte und sah bewundernd zu ihm auf. Ohne es zu wollen, überlief Rosa eine Gänsehaut. Wie würde Anna ihn wohl anschauen, wenn sie irgendwann erfuhr, dass er der Mörder ihres vermeintlichen Vaters war, dachte sie.

„Rosa." In diesem Moment entdeckte Franz sie. „Schau nur, wie geschickt sich Anna anstellt."

Rosa atmete tief durch und schob die Erinnerungen an Friedel beiseite. Sie musste sich zusammenreißen und ihre Gefühle im Zaum halten. Außerdem bemühte sich Franz ehrlich um seine Tochter. Der Stolz in seinen Augen war unübersehbar. Deshalb zwang sie sich zu einem Lächeln, als sie zu ihnen trat.

„Der Umgang mit Pferden scheint ihr offensichtlich im Blut zu liegen", stellte sie doppeldeutig fest, woraufhin sie einen erstaunten Blick von Franz erntete.

„Gut möglich. Anna mag Tiere."

„Eine Leidenschaft, die sie nicht mit unserem Sohn teilt. Hast du von Hasso gehört?"

„Ja, Friedrich erwähnte mir gegenüber, dass du vermutest, Peter könnte ihn vergiftet haben."

„Ich weiß es, Franz. Deine Mutter hat ihn dazu angestiftet. Ich hatte eben ein Gespräch mit ihr. Sie hat es so gut wie zugegeben. Allerdings nehme ich an, dass er Gefallen daran fand. Deshalb schlug ich ihr vor, mit unserem Sohn zu ihrer Schwester zu fahren. Ich möchte, dass er auf andere Gedanken kommt. Wie denkst du darüber?"

„Ich halte es für einen guten Vorschlag", stimmte Franz zu. Sein Blick richtete sich auf Anna, die arglos den Wallach streichelte. Rosa hingegen sah die Sorge darin. Ihr Mann dachte gerade das Gleiche wie sie vorhin.

„Du bist also einverstanden? Deine Mutter knüpft natürlich Bedingungen an die Reise. Sie besteht darauf, dass Lothar sie fährt, und erwartet selbstverständlich ein großzügiges Reisebudget."

„Ich werde alles in die Wege leiten", versprach Franz, dem der Gedanke, seine Mutter und Peter ziehen zu lassen, offensichtlich gefiel. Wahrscheinlich würde er selbst die nächsten Wochen bei Rena im Altbau übernachten, dachte Rosa. Ihr war es gleichgültig.

„Danke, Franz", sagte sie. „Weißt du, wo sich Friedrich aufhält?"

„Bei Greta in der Küche."

Franz wandte sich wieder Anna zu. Rosa beobachtete die beiden einige Minuten. Dann verließ sie den Stall. Friedrich lief ihr schon nicht davon. Sollte er in Ruhe sein Mittagessen einnehmen. Sie würde die Zeit nutzen, um zu Nelly zu eilen. Ihre Freundin würde überrascht sein, wenn sie erfuhr, dass sie ihre Pläne durchführen konnten, ohne ständig Angst zu haben, von Mathilde entdeckt zu werden.

Rena war dabei, die frisch gewaschenen Bettlaken an die Leinen im Dachboden des Altbaus zu hängen, als sie Rosas Schritte auf der Treppe hörte. Sie erkannte sie am Klacken der Absätze und bemerkte, dass Rosa es eilig hatte. Rena wollte ihr gerade einen Gruß durch die offene Tür zuwerfen, als sich unter ihr die Tür von Nellys Kammer öffnete.

„Rosa", rief sie erfreut. „Ich warte schon eine Ewigkeit auf dich. Ist alles glattgelaufen? Hast du Jakob getroffen? Was ist mit meinem Bruder?"

„Es geht ihm gut, Nelly. Mach dir keine Sorgen! Aber lass uns drinnen weiterreden. Ich möchte nicht, dass uns jemand belauscht."

Rena spürte, wie sie errötete. Sie kam sich ertappt vor. Dabei hatte sie überhaupt nicht lauschen wollen und Rosa ahnte nicht einmal, dass sie eine stille Zuhörerin gehabt hatten. Allerdings gehörte nicht viel dazu, um zu erkennen, dass die beiden Frauen offenbar ein Geheimnis teilten. Was zu Nellys nervösem Verhalten der letzten Wochen passte. Rena war nicht nur einmal aufgefallen, dass die ehemalige Tänzerin nicht bei der Sache war, wenn sie sich unterhielten.

Nachdenklich hängte sie die restlichen Laken auf. Ihr letztes Gespräch mit Franz fiel ihr ein. Auch er hatte geäußert, dass Rosa sich seltsam verhielt. So war sie mehrere Male zu Fuß in die Stadt verschwunden, ohne dass jemand wusste, was sie vorhatte. Wenn sie dann wiederkehrte, wirkte sie angespannt und in sich gekehrt. Doch Franz hatte auch gesagt, dass Rosa schon früher ihre eigenen Wege gegangen war und Geheimnisse vor ihm gehabt hatte. Es war also nichts Ungewöhnliches.

Und trotzdem spürte Rena, dass irgendetwas im Busch war. Nicht umsonst hatte Nelly gefragt, ob alles glattgelaufen war. Sie konnte nur hoffen, dass Rosa nicht wieder Ärger heraufbeschwor und ihre Schwiegermutter damit reizte. Dann würde es möglicherweise wieder Anna ausbaden müssen, die Franz' Mutter ein Dorn im Auge war. Viel zu oft ließ die ihre Wut an dem Mädchen aus. Aber mehr als ihrer Tochter zu raten, der Gutsherrin aus dem Weg zu gehen, konnte sie nicht tun.

Rena seufzte und ließ die Hände sinken. Mathilde von Lichtenfels machte es ihnen wirklich nicht einfach. Zum Glück gab es aber Franz, der Anna bei jeder Gelegenheit etwas beizubringen versuchte. Vor ein paar Tagen hatte er sie sogar auf ein Pferd gesetzt. Das Mädchen hatte Rena ganz aufgeregt davon erzählt. Ihr ging das Herz auf, dass Franz Anna so liebgewonnen hatte, die ihm von Tag zu Tag ähnlicher sah. Was auch Greta nicht verborgen geblieben schien, wie Rena wenig später feststellte, als sie in die Küche der Bediensteten ging, um ihre Hilfe anzubieten.

„Wenn du unbedingt helfen willst, kannst du Kartoffeln schälen", forderte Greta sie in gewohnt barschem Befehlston auf. Rena nahm es hin. Sie wusste, dass die Köchin trotzdem ein Herz aus Gold besaß.

„Aber sei achtsam, es sind einige faule Stellen daran."

„Ich fühle es, Greta."

„Ist das so? Wie machst du das bloß? Ich hatte schon viele Angestellte hier, aber die wenigsten sahen mit ihren Augen, was du mit deinen Händen fühlst."

„Ich kannte es nie anders. Wenn man blind zur Welt kommt, lernt man eben, seine anderen Sinne zu nutzen."

„Das wird wohl wahr sein, Mädchen. Im Übrigen funktionieren meine Sinne auch noch ganz gut, vor allem meine Augen."

„Was willst du damit sagen?"

Rena begann, die erste Kartoffel zu schälen. Wie bei fast allen Dingen war sie recht flink dabei. Wenig später plumpste die Kartoffel in den mit Wasser gefüllten Topf.

„Dass Anna unserem Franz ziemlich ähnlich sieht. Hat er euch deshalb aufs Gut geholt?“

„Er hat uns hierhergebracht, um uns vor den Übergriffen der Nazis zu schützen“, wich Rena aus, die ahnte, dass Greta sich damit nicht begnügen würde.

„Ich erinnere mich noch gut daran, wie verzweifelt der Junge war, als seine Eltern ihn zwangen, Rosa zu heiraten. Selbst ein Blinder ...“ Greta brach ab und räusperte sich verlegen. „Entschuldige, Rena.“

„Wofür?“ Rena lachte. „Wegen mir musst du keine Redensarten ändern. Ich bin blind, aber damit lebe ich ganz gut.“

„Wie du meinst. Ich wollte eben sagen, dass selbst ein Blinder damals erkannt hätte, dass Franz längst in ein anderes Mädchen verliebt war. Dieses Mädchen warst du, nicht wahr?“

Rena nickte. Alles andere wäre sinnlos gewesen. Greta wusste es sowieso.

„Denkst du, die Gutsherrin hat etwas bemerkt?“, fragte sie stattdessen. Die Antwort kam ohne ein Zögern.

„Natürlich weiß sie es. Was glaubst du, weshalb sie so garstig zu Anna ist? Ihr einziger Sohn hat eine Tochter mit einer blinden Jüdin. Entschuldige, dass ich das so sage, du kennst mich. Ich bin die Letzte, die diesen Rassenwahn versteht, der plötzlich um sich greift. Aber es ist nun gerade mal nicht unerheblich, welcher Religion man angehört. Dazu kommt, dass deine Tochter ihrem geliebten Enkelsohn Konkurrenz macht, was die Zuneigung seines Vaters betrifft.“

Greta seufzte, bevor sie hinzufügte:

„Ich befürchte, Mathilde wird die erstbeste Möglichkeit nutzen, euch vom Gut zu jagen. Was ihr vermutlich sogar gelingen wird, wenn sie sich an die Nazis hält.“

„Franz wird das nicht zulassen“, widersprach Rena, konnte jedoch nicht verhindern, dass Gretas Worte sie ängstigten. Schließlich wusste sie selbst, welche Gesinnung momentan das Land regierte.

„Im Moment seid ihr jedenfalls sicher", beruhigte Greta sie. „Ich habe vorhin erfahren, dass die Gutsherrin heute noch abreist. Sie besucht ihre Schwester in Hamburg. Der Junge begleitet sie. Du hast keine Ahnung, wie froh ich darüber bin. Wenn es nach mir ginge, bräuchten sie gar nicht erst wiederkommen. Rosa wird ebenfalls erleichtert sein."

„Das sind gute Nachrichten, Greta. Da fällt mir ein, was ich dich fragen wollte. Rosa und Nelly benehmen sich in letzter Zeit irgendwie merkwürdig. Ist dir das auch aufgefallen?"

„Nein. Ich habe keine Ahnung, was du meinst."

Rena horchte auf. Die Antwort der Köchin kam etwas zu schnell. Und warum atmete sie plötzlich so laut? Rena bedauerte, ihr Gesicht nicht sehen zu können, war sich aber fast sicher, dass sie die Antwort darin gefunden hätte.

Greta verheimlichte ihr etwas, genau wie Nelly und Rosa. Aber warum? Sie gehörte doch wahrlich nicht zu denen, die tratschten. Was planten die Frauen, von dem sie und Franz nichts erfahren durften?

„Ich muss noch mal zu Friedrich", sagte Greta plötzlich. „Er hat wieder vergessen, dass er mir einen Korb Kartoffeln bringen wollte. Wenn man nicht selbst an alles denkt."

„Aber ich habe hier doch Kartoffeln", erwiderte Rena.

„Nicht genug", antwortete Greta und band sich die Schürze ab. „Ich bin gleich wieder zurück, Mädchen."

Die Tür schlug zu. Rena ließ nachdenklich die Hände sinken. Sie wurde das Gefühl nicht los, dass Gretas überstürztes Aufbrechen mit ihrem Gespräch zu tun hatte. Sie musste mit Franz darüber reden, nahm sie sich vor.

Doch sie vergaß es, als er am Abend zu ihr in den Altbau kam und ihr mitteilte, dass seine Mutter und Peter vor ein paar Stunden abgereist waren. Sie wussten beide, was das bedeutete. Bis heute waren sie sich nicht nähergekommen. Außer ein paar wenigen Umarmungen hatte es keine Zärtlichkeiten zwischen ihnen gegeben. Als Franz nun vor ihr stand und ihre

Hände nahm, schmiegte sie sich an ihn. Doch bevor er sie küssen konnte, kam Anna ins Zimmer. Sie strahlte, als sie den Besucher erkannte.

„Hier!“ Franz reichte ihr ein Päckchen, welches sie mit großen Augen annahm.

„Du hast an ihren Geburtstag gedacht?“, fragte Rena erstaunt.

„Natürlich, was glaubst du denn? Pack es aus, Anna!“

Das ließ sich die Kleine nicht zweimal sagen. Aufgeregt entfernte sie das Papier.

„Eine Puppe“, sagte sie leise. „Mama, Onkel Franz hat mir eine Puppe geschenkt.“

Rena nickte. Sie spürte, wie sich ihr Hals zuschnürte. Dankbar griff sie nach seiner Hand und drückte sie.

„Du verwöhnst sie zu sehr, Franz.“

„Unsinn.“ Franz lachte. „Und nun muss ich zu den Ställen.“ Er beugte sich zu Rena hin und flüsterte ihr ins Ohr. „Komm heute Nacht zu mir! Bitte, Rena!“

Dann verließ er die Kammer. Rena ging zu dem einzigen winzigen Fenster und sah ihm nach, wie er mit großen Schritten den Hof überquerte. Sie würde seinen Wunsch erfüllen, sie wollte es ebenso wie er.

Währenddessen saßen Rosa und Nelly in der kleinen Kammer und diskutierten heftig. Nachdem Rosa ihrer Freundin von den jüngsten Ereignissen berichtet hatte, wollte Nelly sofort in die Stadt eilen, um ihren Bruder zu warnen. Rosa gelang es nur mit Mühe und Not, sie davon abzuhalten.

„Du würdest nicht nur dich, sondern auch unseren Plan gefährden“, versuchte sie ihr ins Gewissen zu reden. „Es ist alles für ihre Flucht vorbereitet. Lass uns warten, bis es dunkel ist.“

„Was, wenn es dann zu spät ist?“, fragte Nelly. „Wir können doch nicht einfach nur rumsitzen und warten.“

„Mach das Radio an!“, forderte Rosa, die den Volksempfänger erst vor wenigen Tagen in den Altbau geschleppt hatte, was Franz zum Glück bis heute nicht bemerkt hatte. „Vielleicht erfahren wir ja etwas Neues.“

Kaum hatte Nelly den Knopf gedreht, schlug ihnen die eisige Stimme des Propagandaministers Joseph Goebbels entgegen. Seine Rede war eine einzige Hetze. Wie erwartet, machte er die Juden kollektiv für das Attentat verantwortlich. Er lobte die angeblich spontanen ersten Reaktionen gegen sie und betonte, dass die Partei weitere Aktionen zwar nicht organisieren, aber auch nicht behindern werde. Das Volk würde selber wissen, was zu tun sei, und ihm gebe er sein volles Vertrauen.

Nachdem Goebbels seine Hetzrede beendet hatte, war für einen Moment nichts zu hören. Dann brach stürmischer Beifall aus.

„Da hörst du es! Das war wohl deutlich genug.“ Nelly schüttelte den Kopf. „Spontane Reaktionen des Volkes! Als ob das Volk von sich aus so handeln würde. Aber das ist jetzt auch egal. Wenn es bisher noch Zurückhaltung gab, ist das nun vorbei. Wir sind zum Freiwild geworden, Rosa. Hitler und sein Regime haben ihr Ziel erreicht.“

„Noch ist ja nichts passiert“, versuchte Rosa ihre Freundin zu beruhigen, merkte aber selbst, wie wenig überzeugend sich ihre Worte anhörten. Beklemmung machte sich im Raum breit. Schweigend saßen sie da, bis es draußen dunkel wurde.

„Ich muss los“, sagte Rosa nach einem Blick auf ihre Uhr und stand auf. Nelly, der die Sorge ins Gesicht geschrieben stand, umarmte sie innig.

„Pass auf dich auf, Rosa! Ich könnte es nicht ertragen, wenn dir etwas zustößt.“

„Versprochen.“

Rosa ging zur Tür. Die Zeit eilte. Ihnen blieben nur wenige Stunden. Sie wusste von Jakob, dass der Hauswart jeden Morgen pünktlich um fünf Uhr einen Kontrollgang durch das sogenannte Judenhaus machte. Wenn er dabei bemerkte, dass einige von ihnen verschwunden waren, würde er sofort die SA informieren. Dann mussten sie bereits in Sicherheit sein.

Vor dem Haus blieb Rosa kurz stehen. Sie hatte Schritte gehört. Schnell lief sie zu der Hecke, die zum Garten führte, und versteckte sich dahinter. Als sie einen Blick darüber wagte, erkannte sie Rena, die auf dem Weg zum Gutshaus war.

Rosa atmete auf und dankte Gott dafür, dass sie die Eingebung gehabt hatte, ihre Schwiegermutter auf Reisen zu schicken. Franz und Rena würden die ganze Nacht beschäftigt sein und nicht bemerken, was sich im Hof abspielte.

„Rosa?"

Sie verließ ihr Versteck und stieß beinahe mit dem Knecht zusammen, der im Dunkeln auf sie wartete.

„Wo bleibst du denn?", fragte er mit angespannter Stimme. „Es gibt Neuigkeiten."

„Was für Neuigkeiten?"

Rosa sah ihn ängstlich an. Sie ahnte, dass es keine guten sein würden. Währenddessen holte Friedrich tief Luft.

„Der Botschafter ist tot. Ich befürchte, heute Nacht wird kein Jude vor den Deutschen sicher sein."

„Oh nein", stöhnte Rosa auf. Doch gleich darauf riss sie sich zusammen. „Dann müssen wir uns beeilen, Friedrich. Steht die Kutsche bereit?"

Der Knecht nickte und lief ihr voraus. Sie wurden von Greta erwartet, die ihnen aufgeregt mit auf den Weg gab, nur ja vorsichtig zu sein. Rosa versprach es auch ihr und hatte keine Ahnung, ob sie dieses Versprechen halten konnte. War ihr Plan auch vorher schon gefährlich gewesen, grenzte er nun fast an Leichtsinn.

Durch das Attentat und die Reaktionen, die darauf folgen

würden, setzten Friedrich und sie ihr Leben aufs Spiel. Wenn sie von den Nazis erwischt wurden, würden die nicht lange überlegen, wie sie mit ihnen umzugehen hatten. Nicht in dieser Nacht, ahnte Rosa.

Der Knecht und sie sprachen kaum ein Wort während der Fahrt. Erst als sie sich der Stadt näherten, forderte Rosa ihn auf, die Pferde zu stoppen.

„In die Stadt zu fahren ist zu riskant", sagte sie. „Warte hier! Ich werde allein weitergehen. Wenn ich in zwei Stunden nicht zurück bin, fährst du nach Hause. Hast du verstanden, Friedrich?"

„Einen Dreck werde ich. Du glaubst doch wohl nicht, dass ich dich allein gehen lasse. Wir hatten einen Plan und der ..."

„... ist ab jetzt nicht mehr gültig", fiel Rosa ihm ins Wort. „Ich brauche dich auf dem Gut, Friedrich. Verstehst du nicht? Sollte mir etwas zustoßen, musst du dich um Nelly kümmern."

Der alte Mann antwortete nicht. Rosa sah, wie er mit sich kämpfte.

„Du wartest!", wiederholte sie. „Ich fordere es von dir als deine Gutsherrin."

Friedrich schnaufte. Doch Rosa achtete nicht darauf und machte sich auf den Weg. Sie durfte keine Zeit verlieren. Mit hochgeschlagenem Mantelkragen bog sie in die Straße ein, die zu den Judenhäusern führte. Aber schon an der nächsten Ecke wurde sie aufgehalten. Vor ihr hatte sich eine Menschentraube gebildet, die ihr ein Durchkommen unmöglich machte. Rosa streckte sich, um über die Köpfe hinwegzusehen. Obwohl es um diese späte Stunde stockfinster hätte sein müssen, waren die Straßen hell erleuchtet. Viel zu hell, um von dem Licht der wenigen Straßenlaternen zu kommen. Als sie die Ursache erkannte, schnappte sie nach Luft. Das erste von fünf Judenhäusern brannte lichterloh. Uniformierte und Schaulustige sahen dabei zu. Keiner griff ein, im Gegenteil, Rosa hörte sie schreien:

„Ihr Scheißjuden, hoffentlich verreckt ihr! Heute bekommt ihr die Rache für den Botschafter zu spüren! Heil Hitler!"

Am ganzen Körper zitternd wankte sie zurück und lehnte sich gegen eine Hauswand. Ihre schlimmsten Befürchtungen waren übertroffen worden. Sie versuchte, Luft zu holen und ihre Atmung unter Kontrolle zu bringen. Doch ihr blieb kaum Zeit, erneut schallten Rufe zu ihr hin.

„Raus, ihr Juden, oder wir stecken euch an!"

Eine Schar der Hitlerjugend hatte sich vor dem nächsten Haus versammelt. Ein Junge hielt eine brennende Fackel in der Hand. Vor den Augen der Schaulustigen warfen seine Kameraden Pflastersteine in die Fenster. Dabei lachten sie laut. Als sich die Tür des Hauses öffnete und ein altes Ehepaar heraustrat, das sich erst ängstlich an den Händen hielt, nur um wenig später die Arme in die Luft zu halten, begann die Menge zu grölen.

Sofort waren die Jugendlichen bei den alten Menschen und rissen sie grob mit sich. Rosa, die das Ganze entsetzt beobachtete, presste sich die Hand vor den Mund, um nicht laut loszuschreien. Erstarrt schaute sie zu, wie das Ehepaar zu einem Lastwagen gestoßen wurde. Als die Frau stürzte, schlugen die Jungen wild auf sie ein und schrien sie an, aufzustehen.

Ein sinnloses Unterfangen, die alte Frau besaß nicht die Kraft dazu und blieb röchelnd auf der kalten Straße liegen, während ihr Mann versuchte, zu ihr zu gelangen. Er hatte keine Chance. Der Lastwagen fuhr ohne seine Frau davon.

Rosa konnte den Anblick seiner entsetzten Augen nicht länger ertragen. Sie musste weiter, sie musste zu Nellys Bruder und den anderen, bevor ihnen das Gleiche widerfuhr. Entschlossen drängte sie sich durch die Menge und atmete auf, als sie am Ende der Straße angekommen war. Die Stoßtrupps befanden sich noch bei den ersten Häusern. Aber lange würde es nicht dauern, bis sie auch dieses Gebäude ins Visier nahmen.

„Endlich!“

Rosa schrie auf, als zwei Arme sie packten und in den Hauseingang zerrten. Gleichzeitig erkannte sie Jakobs Stimme. „Wo ist die Kutsche?“, fragte er. „Ihr werdet es unmöglich zu Fuß schaffen.“

„Friedrich wartet vor der Stadt. Sind alle bereit?“

„Nein, nur Aaron und Helene. Die anderen weigern sich zu gehen. Sie glauben, dass sie erschossen werden, sobald sie die Straße betreten.“

„Was? Hast du ihnen nicht erzählt, was hier passiert? Du musst sie überzeugen, Jakob. Wir müssen so viele wie möglich von ihnen retten.“

„Dafür ist es zu spät. Ihr müsst sofort verschwinden, Rosa. Sie können jede Minute hier sein. Viel Glück!“

Helene Schuhmann und Nellys Bruder traten aus der Dunkelheit. Sie trugen jeweils einen Koffer bei sich. Rosa erkannte die Angst in ihren Augen, aber auch die Hoffnung, dass sie ihnen zur Flucht verhelfen würde.

„Wir müssen mehr retten“, wandte sie sich an Jakob. „Was wird aus den anderen?“

„Ich weiß es nicht“, antwortete Friedels Neffe leise. „Geht, Rosa! Rette diese Menschen!“

„Was ist mit dir, Jakob? Kommst du nicht mit?“

„Nein, ich werde versuchen, hier Verstecke zu finden. Ich kann sie nicht alle im Stich lassen.“

„Aber du riskierst damit dein Leben.“

„Das tust du auch.“ Jakob umarmte Rosa. Sie sah die Tränen in seinen Augen. „Gib Anna einen Kuss von mir!“

Bevor Rosa antworten konnte, rannte er ins Haus zurück. Währenddessen fasste Nellys Bruder ihren Arm. Als sie aufsah, nickte er ihr zu.

„Wir sollten gehen, bevor es zu spät ist.“

Das Grölen wurde lauter. Die aufgeheizte Menge näherte sich unaufhaltbar. Rosa warf einen letzten Blick zum Haus.

Hinter einem der Fenster sah sie eine junge Frau, die ihr Kind im Arm hielt, welches sich ängstlich an sie klammerte.

„Folgt mir!“, forderte Rosa, bevor sie zum Ende der Straße flohen und über das offene Feld Richtung Wald liefen.

~

Franz war schon früh am Morgen auf den Beinen. Ihm steckte die Müdigkeit der Nacht, die Rena bei ihm verbracht hatte, noch in den Gliedern. Dennoch fühlte er sich glücklich wie lange nicht mehr. Rena und er hatten sich mit einer Leidenschaft geliebt, die er kaum für möglich gehalten hätte. Umso enttäuschter war er gewesen, als sie ihn noch vor Sonnenaufgang verließ. Gerade rechtzeitig, bevor Friedrich an seine Tür geklopft und ihm mitgeteilt hatte, dass Kessler im Salon auf ihn wartete.

„Was will der denn in aller Herrgottsfrühe von mir?“, hatte Franz den Knecht gefragt und Friedrich gemustert, der ziemlich erschöpft aussah. „Konntest du ihn nicht abwimmeln?“

„Leider nicht. Ich denke, je eher du zu ihm gehst, desto eher verschwindet er. Ich muss in die Stadt.“

Mit diesen Worten war Friedrich gegangen und Franz in seine Kleider geschlüpft. Es widerstrebte ihm, gerade jetzt auf Kessler zu treffen, der Rena seinerzeit als Ungeziefer bezeichnet hatte. Aber er ahnte, dass es einen besonderen Grund geben musste, wenn er sich persönlich hier blicken ließ. Widerwillig machte er sich auf den Weg zum Salon.

„Guten Morgen, Franz“, begrüßte Kessler ihn und stellte das gerahmte Foto zurück, welches er betrachtet hatte. Es zeigte Peter in der Uniform der Hitlerjugend.

„Guter Junge“, sagte er beiläufig. „Sie können stolz auf ihn sein.“

„Das bin ich“, log Franz. „Darf ich fragen, womit ich die Ehre Ihres frühen Besuchs verdient habe?“

„Dürfen Sie, Franz. Aber sagen Sie, wäre es zu viel verlangt, um einen Kaffee zu bitten? Ich habe eine lange Nacht hinter mir."

Das habe ich auch, dachte Franz, der absichtlich darauf verzichtet hatte, seinem Gast etwas anzubieten. Er wollte ihn loswerden, und zwar so schnell wie möglich. Allerdings konnte er dessen Bitte ja schlecht abschlagen.

„Natürlich, entschuldigen Sie!"

Franz rief nach Mascha und trug ihr auf, Kaffee zu holen. Dann bot er Kessler Platz an und ließ sich in den Sessel gegenüber fallen. Kessler sah tatsächlich müde aus, stellte er fest. Gerade deshalb wunderte es ihn, dass er auf dem Gut auftauchte.

„Wie kann ich Ihnen behilflich sein?", fragte er, nachdem endlich der Kaffee kam.

„Mir behilflich sein?" Kessler grinste. „Das Gegenteil ist der Fall, lieber Franz. Ich bin gekommen, um Sie zu warnen. Gestern Nacht sind einige Juden aus der Stadt geflohen. Leider haben wir ihre Spur verloren. Es deutet jedoch alles darauf hin, dass sie in Richtung Ihres Guts geflüchtet sind."

„Zu meinem Gut? Warum sollten sie das tun? Wurden sie nicht in diesen Judenhäusern untergebracht?"

„Dann haben Sie nicht mitbekommen, was gestern Nacht los war?"

Kessler schien ernsthaft überrascht. Doch dann machte sich erneut ein Grinsen auf seinem Gesicht breit.

„Ihr lebt hier ganz schön auf dem Mond, Franz. Dabei wurde gestern Geschichte geschrieben. Die Judenhäuser gibt es nicht mehr, sie wurden abgefackelt."

Kessler brach ab und warf Franz einen Blick zu, der eindeutig misstrauisch war. Franz erwiderte ihn, während er sich die ganze Zeit fragte, wovon Kessler eigentlich sprach.

„Wissen Sie was, Franz?", fuhr der unterdessen fort. „Es beruhigt mich, dass Sie nichts mitbekommen haben. Ich gebe zu, dass ich kurz darüber nachgedacht habe, ob Ihr Gut nicht als Versteck für dieses Gesindel dienen könnte."

„Wie kommen Sie denn darauf?"

Franz erschrak und dankte Gott dafür, dass Rena Kessler nicht in die Arme gelaufen war. Krampfhaft versuchte er, seine Gefühle unter Kontrolle zu halten. Kessler durfte unter keinen Umständen merken, was in ihm vorging. Doch es fiel ihm nicht leicht. Die Angst, Anna oder Rena könnten gerade jetzt im Hof sein, ließ ihn innerlich zittern.

„Nun, es ist weit genug von der Stadt entfernt und würde sich geradezu anbieten. Außerdem erinnere ich mich, dass Ihre Frau früher politisch auf Abwegen war. Aber lassen wir das. Es war dumm von mir anzunehmen, dass Sie unsere Sache verraten könnten. Immerhin haben Sie Ihre Loyalität dem Führer gegenüber bewiesen."

Franz wusste, dass er auf Schulz anspielte. Dabei wollte er gerade das vergessen.

„Ich muss weiter", sagte Kessler und stand auf. „Sollten Sie etwas Verdächtiges bemerken, zögern Sie nicht, zu mir zu kommen. Früher oder später werden wir diese Ratten schon finden, egal in welchem Loch sie sich versteckt haben."

Er lachte und schüttelte Franz die Hand.

„Heute geht es übrigens weiter. Wir werden nicht ruhen, bis die Stadt judenfrei ist. Wenn Sie Lust haben, an dem Spektakel teilzuhaben, kommen Sie in die Stadt, Franz."

Kessler sah Franz vertrauensvoll an und zwinkerte ihm verschwörerisch zu. Er glaubt, ich bin seinesgleichen, dachte Franz und wollte sich nicht einmal vorstellen, wie Kessler reagieren würde, wenn er die Wahrheit erfuhr. Nur zu gerne hätte er diesen widerwärtigen Kerl vom Gut gejagt. Aber er durfte sich keine Blöße geben und er musste zu Rosa, um ihr von den Ereignissen zu erzählen. Nelly war ebenso in Gefahr wie Rena und Anna. Sie mussten darüber reden, wie es unter diesen Umständen weitergehen sollte.

Franz atmete auf, als Kessler endlich ging. Er wartete, bis der Wagen vom Hof gefahren war. Dann machte er sich unverzüglich auf den Weg zum Altbau, wo er hoffte, seine Frau zu finden. Doch auf dem Hof kam Rosa ihm bereits entgegen.

„War das Kessler?“, fragte sie. Franz bemerkte, wie angespannt sie war. Er nickte.

„Was wollte er?“

„Mich warnen. Gestern Nacht scheint in der Stadt die Hölle los gewesen zu sein, die Judenhäuser wurden in Brand gesteckt. Es gab unzählige Verhaftungen. Ein paar davon sind wohl geflohen. Kessler meint, sie könnten sich auf dem Gut versteckt halten.“

Rosa erblasste. Aber Franz, der mit seinen eigenen Gedanken beschäftigt war, bemerkte es nicht. Auch nicht den Blick, den Rosa Greta zuwarf, die in diesem Moment aus dem Haus kam und zu ihnen herüberschaute. In ihrer Hand hielt sie einen vollgepackten Korb. Rosa schüttelte unmerklich den Kopf. Daraufhin verschwand die Köchin wieder im Haus.

„Wir müssen wissen, was passiert ist“, sagte Franz. „Wo ist der Empfänger, Rosa? Ich konnte ihn im Salon nicht finden.“

„Im Altbau bei Nelly, komm mit!“

Franz folgte ihr. Wenn sie die Nachrichten hörten, erfuhren sie vielleicht mehr über die Absichten der Nazis. Entschlossen drehte er wenig später den Knopf und lauschte. Rena, Nelly und seine Frau standen ebenfalls neben dem Gerät. Nach einem lauten Knacken hörten sie die aufbrausende Stimme des Reichspropagandaministers, der sich an das Volk wandte. Gebannt hörten sie zu.

„Die berechtigte und verständliche Empörung des deutschen Volkes über den feigen jüdischen Meuchelmord an einem deutschen Diplomaten in Paris hat sich in der vergangenen Nacht in umfangreichem Maße entladen. In zahlreichen Städten und Orten des Reiches wurden Vergeltungsaktionen gegen jüdische Gebäude und Geschäfte vorgenommen. Es ergeht nunmehr die strenge Aufforderung, von allen Aktionen gegen das Judentum sofort abzusehen."

„Habt ihr das gehört?" Nelly drehte sich zu Rosa. „Das bedeutet, sie lassen uns in Frieden."

Rosa hingegen wirkte keineswegs überzeugt, skeptisch sah sie zu Franz.

„Wie denkst du darüber?"

„Ich weiß nicht so recht. Kessler hat vorhin das Gegenteil behauptet. Allerdings hörten sich Goebbels Worte eindeutig nach einem Befehl an. Aber was, wenn das nur leeres Gerede war? Wenn er die jüdische Bevölkerung nur in Sicherheit wiegen will? Es wäre nicht das erste Mal, dass er Lügen verbreitet."

In diesem Moment hörten sie, wie jemand die Treppe heraufkam. Gespannt schauten sie zur Tür. Es war Friedrich, der völlig außer Atem ins Zimmer trat.

„Ich komme aus der Stadt", teilte er ihnen mit. „Ihr würdet sie kaum wiedererkennen. Vergesst, was Goebbels gesagt hat! Er lügt. Die Nazis planen weitere Vergeltungsaktionen. Auf dem Weg zum Gut sind mir mehrere Lastwagen mit Uniformierten aufgefallen. Ich befürchte, sie werden bald hier sein."

„Oh Gott, dann müsst ihr euch verstecken!", rief Franz erschrocken. Kesslers Besuch war also nur ein Vorwand gewesen, während sich seine Leute längst bereitgemacht hatten, um das Gut zu durchsuchen. Offenbar wollte er nicht den Eindruck erwecken, dass er dahintersteckte, und wäre Friedrich nicht zufällig in der Stadt gewesen, wäre Kesslers Plan sogar aufgegangen. Niemals hätte Franz vermutet, dass sein Gutshof im Visier der Nazis sein könnte.

Aber war er das überhaupt? Was, wenn es tatsächlich Spuren gab, die zum Gut führten, und das Ganze gar nichts mit Rena und Nelly zu tun hatte?

„Bist du sicher, dass die Lastwagen auf dem Weg zu uns waren?", fragte er Friedrich.

„Ganz sicher", antwortete der.

„Dann dürfen wir keine Zeit verlieren." Franz glaubte dem Knecht jedes Wort. Fieberhaft überlegte er, wie er Rena und seine Tochter in Sicherheit bringen könnte. „Uns bleibt nur der Wald", sagte er. „Ihr müsst euch dort verstecken, bis sie wieder verschwunden sind."

„Im Wald?" Rena schüttelte den Kopf. „Weißt du, wie kalt es draußen ist? Stell dir nur vor, sie bleiben länger. Anna würde das nicht überstehen."

„Es muss sein, Rena", erwiderte Franz verzweifelt. „Im Haus werden sie zuerst suchen. Ich wünschte, es gäbe eine andere Möglichkeit, aber die gibt es nicht."

Sie schwiegen. Erst jetzt fiel Franz auf, dass Rosa kein Wort gesagt hatte. Fragend sah er sie an. Seine Frau hob den Kopf. Ihre Blicke trafen sich. Franz sah das Misstrauen darin, oder war es Angst? Bevor er nachhaken konnte, wanderte ihr Blick weiter zu Friedrich. Sie schüttelte langsam den Kopf.

„Vertrau ihm, Rosa!", verlangte der alte Knecht.

„Ich kann nicht", presste sie heraus. „Ich kann es einfach nicht."

„Wovon redet ihr?", fragte Franz verstört. „Was geht hier vor? Was verheimlicht ihr mir? Rede, Rosa!"

Als seine Frau weiterhin schwieg, wandte er sich an Friedrich, dessen Lippen fest aufeinandergepresst waren. Franz ahnte, dass er nichts sagen würde, wenn er nicht Rosas Zustimmung erhielt.

„Rosa, verdammt!" Wütend drehte er sich zu ihr um. „Es geht hier um Renas Leben. Wenn es etwas gibt, was ich wissen sollte, musst du es mir sagen. Jetzt!"

Rosa schluckte. Ihr Blick fiel auf Rena. Wehmütig erinnerte sie sich daran, wie sie das blinde Mädchen damals in der Näherei kennengelernt hatte. Es kam ihr wie eine Ewigkeit vor. Selbst Friedels Gesicht konnte sie sich nur noch schwer in Erinnerung rufen. Wenn es ihr doch gelang, war es eine

Mischung aus seinem gutmütigen Lachen und blutigen Hautfetzen. An Letzterem trug Franz die Schuld. Aber was konnte Rena dafür? Sollte sie für eine Tat büßen, von der sie nicht einmal ahnte, dass sie geschehen war?

Rosa holte tief Luft. Es fiel ihr schwer, die Lippen zu öffnen.

„Es gibt eine andere Möglichkeit“, sagte sie leise. „Nehmt ein paar Sachen und folgt mir! Hol deine Tochter, Rena!“

7

Stettin 1939

Der Winter ging langsam vorüber und machte einem warmen Frühling Platz. Wo noch vor Tagen Schnee gelegen hatte, streckten sich vorsichtig die ersten Schneeglöckchen und Krokusse dem Licht entgegen. Die hohen Fichten rund um die Scheune hatten ihre schwere Schneelast abgeworfen und strahlten nun im ersten zarten Grün. Rosa und Nelly standen im Freien und atmeten tief die frische Luft ein.

„Jetzt könnt ihr auch endlich wieder zum Gut", sagte Rosa. „Niemand wird mehr Spuren im Schnee sehen."

„Zum Glück, ich halte es in der kleinen Scheune kaum noch aus." Nelly seufzte. „Sie ist einfach zu beengt für fünf Leute. Manchmal habe ich das Gefühl, kaum atmen zu können."

„Dennoch hat sie euch das Leben gerettet. Wenn ich mir vorstelle, Friedrich hätte uns im November nicht gewarnt."

„Ich weiß, Rosa." Ihre Freundin drückte ihre Hand. „Und

ich bin dankbar dafür. Ich hoffe so sehr, dass das alles bald vorbei ist und wir in Ruhe leben können."

„Leider sieht es im Moment nicht danach aus. Franz und ich hören jeden Tag die Nachrichten. Der Ton der Berichterstattung ist schärfer geworden. Es deutet alles darauf hin, dass es wieder Krieg geben könnte, und wie erwartet macht Hitler die Juden dafür verantwortlich. Er hat angekündigt, im Falle eines neuen Weltkrieges die jüdische Rasse endgültig zu vernichten."

„Was?" Nelly war bleich geworden. „Aber er ist es doch, der den Lebensraum erweitern will. Was können wir dafür?"

„Gar nichts, Nelly. Gar nichts."

Rosa nahm ihre Freundin in den Arm. Sie hätte ihr gerne etwas Tröstliches gesagt. Aber mehr, als ihr noch schlimmere Nachrichten zu ersparen, konnte sie nicht. Inzwischen wusste sie, dass Jakob von der Gestapo tagelang verhört und gefoltert worden war. Dann hatte man ihn in ein Lager gebracht. Keiner wusste, wohin genau und ob Jakob jemals wiederkehren würde. Verraten hatte er sie nicht.

„Lass uns zum Gut gehen. Dann kannst du dich endlich ordentlich waschen", schlug sie Nelly vor, die sofort zustimmte. Die hygienischen Verhältnisse in der Scheune, die nicht mehr als ein Schuppen und eigentlich für das Futter der Waldtiere vorgesehen war, konnte man kaum als solche bezeichnen. Lediglich eine Schüssel mit Wasser stand bereit. Ihre Notdurft verrichteten sie im Wald.

„Glaubst du, ich könnte eine Nacht bei dir verbringen?", fragte Nelly voller Sehnsucht in der Stimme. „Ich vermisse dich so, Rosa, und natürlich auch ein Bett. Eine einzige Nacht nur?"

„Das halte ich für keine gute Idee." Franz kam auf sie zu. Offenbar hatte er ihre letzten Worte gehört. „Meine Mutter ist eben von ihrer Reise zurückgekehrt. Wir können nicht riskieren, dass sie Kessler oder irgendjemand anderem von dir und

Rena erzählt. Sie darf auf keinen Fall erfahren, dass wir euch und eure Familien in der Scheune verstecken."

„Mathilde ist zurück?", fragte Rosa erschrocken. „Ich dachte, sie hätte beschlossen, auch noch den Frühling in Hamburg zu verbringen. Peter ging doch dort bereits zur Schule."

„Das tut er auch jetzt noch. Unser Sohn bleibt so lange, bis es Ferien gibt. Offenbar gefällt es ihm in der Stadt."

„Wenigstens etwas", antwortete Rosa und vergaß, dass sie sich eigentlich grämen müsste, ihr Kind nicht in die Arme schließen zu dürfen. „Was hast du jetzt vor?", fragte sie Franz.

„Es bleibt alles beim Alten, die Scheune ist ein gutes Versteck. Nicht einmal die Hunde haben Witterung aufgenommen, als das Gut durchsucht wurde."

Rosa nickte. Sie erinnerte sich ungern an die Nacht zurück, als die Lastwagen auf den Hof gefahren waren und deren Scheinwerfer ihn hell erleuchteten. Franz und sie waren gerade von der Scheune zurückgekehrt, wo sie die Flüchtlinge ängstlich zurückgelassen hatten. Keine Minute zu früh, wie sie feststellen mussten.

Nach einer kurzen Erklärung hatten die Männer der SS den gesamten Hof abgesucht und waren sogar ins Haus eingedrungen. Natürlich geschah das mit dem nötigen Respekt Franz gegenüber. Doch Rosa und er wussten, dass es nur der Förmlichkeit wegen war. Es hatte nichts an den Plänen der Nazis geändert, die Juden aufzuspüren. Enttäuscht waren sie nach über zwei Stunden abgezogen.

„Dann werde ich meine liebe Schwiegermutter wohl begrüßen müssen", sagte Rosa und verdrehte die Augen. „Mathilde darf uns nichts anmerken, Franz."

„Das wird sie nicht. Komm! Ich begleite dich."

Gemeinsam gingen sie zurück zum Gutshaus, direkt in den Salon. Dort fanden sie Mathilde von Lichtenfels in einer Unmenge von Kartons und Taschen wieder. Als sie ihren

Sohn sah, erstrahlte sie und ging auf ihn zu, um ihn zu umarmen.

„Franz, mein Lieber. Wie schön, dich zu sehen."

„Willkommen zurück, Mutter."

„Guten Tag, Rosa."

Die Begrüßung ihrer Schwiegertochter fiel deutlich kühler aus. Mathilde reichte ihr lediglich die Hand. Dann wandte sie sich wieder ihrem Gepäck zu.

„Wie man unschwer erkennen kann, hast du deinen Reiseetat vollständig ausgeschöpft."

Rosa zeigte auf die Kartons. Doch Mathilde zuckte nur mit den Schultern.

„Natürlich, dafür hat Franz es mir ja gegeben, nicht wahr? Außerdem sind das nicht nur Einkäufe. Wie ihr vielleicht nicht wisst, ist der Mann meiner Schwester inzwischen Oberst der Sturmabteilung. In dieser Nacht vor ein paar Wochen ist einiges zurückgeblieben, für das er Verwendung fand. Stellt euch nur vor, sogar ein Gemälde von Renoir war darunter. Man kann kaum glauben, was diese Juden alles gehortet und der Öffentlichkeit vorenthalten haben."

„Du hast dich am Eigentum dieser Leute bereichert?", rief Rosa entsetzt, die erst jetzt verstand, wovon ihre Schwiegermutter sprach.

„Na und? Warum denn nicht? Man hat sie aus der Stadt vertrieben."

„Eben! Und sie ihres Hab und Guts beraubt. Schämst du dich nicht?"

„Rosa, bitte!", mischte sich nun Franz ein, der befürchtete, Rosa könnte in ihrer Wut übers Ziel hinausschießen. Dabei hatten sie sich vorgenommen, Mathilde unbefangen gegenüberzutreten. Was auch ihm angesichts der Tatsachen nicht leichtfiel.

„Du sagst das nur, weil deine kleine Freundin Jüdin ist. Hat man sie etwa auch verhaftet?"

Mathilde grinste spöttisch und Rosa hätte ihr am liebsten ins Gesicht geschlagen. Nur mühsam gelang es ihr, sich zurückzuhalten. Aber Franz hatte recht. Sie durfte sich nicht provozieren lassen.

„Was ist mit Peter?“, fragte sie deshalb. „Wie geht es ihm?“

„Peter geht es ausgezeichnet. Der Junge erfreut sich bester Gesundheit und ist richtig aufgeblüht in der Stadt, seit ihn mein Schwager Heinz unter seine Fittiche genommen hat. Was kein Wunder ist. Dort bekommt er die Aufmerksamkeit, die ihm hier ja verwehrt wird.“

„Mutter!“, mahnte nun auch Franz sie. „Können wir uns nicht vernünftig unterhalten?“

„Sag das deiner Frau. Sie war es, die unser Gut zu einem Judentümpel gemacht hat. Herrgott bin ich froh, dass das endlich vorbei ist. Auf unseren Führer ist wahrlich Verlass.“

„Treib es nicht zu weit, Mathilde!“ Rosas Gesicht verzerrte sich vor unterdrückter Wut. Ihre Finger ballten sich zu Fäusten. „Warum bist du nicht in Hamburg geblieben, wenn es dir dort so gut gefällt?“

„Weil ich meinen Sohn vermisst habe. Ein Gefühl, welches dir offenbar fremd ist. Und nun bitte ich euch, mir ein wenig Ruhe zu gönnen. Die Fahrt war anstrengend.“

Mathilde ging mit erhobenem Haupt zur Tür.

„Ich bin sicher, Lothar hat sich ausreichend um dein Wohl gekümmert“, rief Rosa ihr nach und bemerkte zufrieden, wie ihre Schwiegermutter zusammenzuckte. Wenigstens hatte sie ihr einen Hieb versetzen können, dachte Rosa, die sich schwor, Mathilde irgendwann für ihr Verhalten büßen zu lassen.

„Ich hasse sie“, stieß sie aus, nachdem die Tür zugefallen war.

„Ich weiß, und sie dich“, antwortete Franz. „Gerade deshalb solltest du vorsichtiger sein. Geh ihr aus dem Weg, Rosa!“

„Nichts lieber als das.“ Sie nickte. „Ich suche Greta und bitte sie, Proviant für drei Tage zusammenzustellen. Vielleicht ist es besser, die Scheune in den nächsten Tagen zu meiden. Wer weiß, wozu deine Mutter fähig ist."

„Ein guter Plan. Ich bringe die Sachen nachher mit Friedrich zu ihnen."

Franz ging zu seiner Frau. Zum ersten Mal seit Langem nahm er sie in die Arme. Rosa ließ es geschehen.

„Irgendwann wird es vorbei sein", flüsterte er in ihr Haar. „Irgendwann werden auch sie wieder frei leben können. Ich verspreche es dir!"

8

Leider musste Franz in den nächsten Monaten erkennen, dass sich keinerlei Möglichkeiten boten, sein Versprechen auch nur halbwegs umzusetzen. Die Freiheit der Versteckten schien weiter entfernt als je zuvor. Im Gegenteil, sie konnten die Scheune nur noch verlassen, wenn es dunkel war.

Ständig trieben sich nun irgendwelche fragwürdige Gestalten in der Gegend herum. Franz, der eines Tages zwei junge Männer beobachtete, die offensichtlich Schutz im Wald suchten, verzichtete darauf zu fragen, wo sie herkamen und wohin sie wollten. Entweder handelte es sich um Juden, die aus der Stadt flüchteten, oder aber um junge Männer, die sich weigerten, an die Front zu gehen und für den Führer zu kämpfen.

Inzwischen befand sich Deutschland im Krieg. Was keiner für möglich gehalten hatte, war eingetroffen. Die Wehrmacht war in Polen eingefallen. Franz und seine Familie hatte die Nachricht bei einem Sonntagsfrühstück überrascht. Die Fanfare, die eine Sondermeldung ankündigte, war aus dem Volksempfänger erklungen. Sofort war Peter, der mittlerweile aus Hamburg zurückgekehrt war, aufgesprungen und hatte den

Ton lauter gedreht.

Schweigend hatten sie der Stimme gelauscht, die berichtete, dass polnische Grenzsoldaten deutsche Grenzposten angegriffen hätten, woraufhin diese sich zur Wehr setzten.

„Seit fünf Uhr wird zurückgeschossen."

Die Neuigkeiten schlugen wie eine Bombe ein. Mathilde hatte ihre Worte als Erste wiedergefunden. Unbeeindruckt nahm sie die Nachrichten zur Kenntnis.

„Was schaut ihr denn so entgeistert? Es war doch davon auszugehen, dass es so weit kommt. Der Führer hat nie geleugnet, dass wir mehr Lebensraum brauchen. Machterweiterung erfordert Krieg, so ist das nun einmal."

„Sagst du das auch noch, wenn dein Sohn oder dein Enkel in diesen Krieg ziehen muss?", fragte Rosa gereizt. Das Messer in ihrer Hand fiel klirrend auf die Tischplatte. Doch ihre Schwiegermutter zuckte nur mit den Schultern.

„Franz ist Bankier und Parteimitglied, Peter hingegen noch viel zu jung. Ich glaube kaum, dass man ihm ein Gewehr in die Hand drückt und ihn an die Front schickt."

„Ich hoffe, dein Führer sieht das genauso", schleuderte Rosa ihr entgegen und stand auf. „Mir ist der Appetit vergangen, ich brauche frische Luft."

„Wenn ich an die Front geschickt werde, darf ich dann auf richtige Menschen schießen?", fragte Peter, noch bevor Rosa aus dem Raum war. Ungläubig drehte sie sich zu ihm um und erschrak, als sie die Begeisterung in seinem Gesicht erkannte.

„Natürlich darfst du das", antwortete Mathilde und tätschelte die Hand des Jungen.

„Du willst was?", fragte Rosa, die nicht verstand, wie ein Kind so abgebrüht sein konnte. Es ging hier doch um

Menschenleben und nicht um leere Einmachgläser, auf die er in der Hitlerjugend das Schießen geübt hatte.

„Auf unsere Feinde schießen", antwortete er. „So lange, bis unsere reine Rasse die Welt beherrscht."

„Weißt du überhaupt, was du da sagst? Was haben sie bloß in Hamburg mit dir gemacht?"

Rosa schüttelte sprachlos ihren Kopf. Franz hingegen erhob sich nun ebenfalls. Das Unbehagen stand ihm ins Gesicht geschrieben. Er wusste, dass Rosa es ihm anlastete, dass Peter so geworden war. Wenn sie es auch nicht laut aussprach, fühlte er, dass sie noch immer das Böse in ihm sah. Sobald der Junge etwas tat, was sein brutales Wesen zum Vorschein brachte, erinnerte sie sich an das Verbrechen im Garten. Er sah es in ihren Augen.

„Ich begleite dich nach draußen, Rosa", sagte er. Sie nickte und ging ihm voraus. Schweigend standen sie im Hof, bis Rosa selbiges unterbrach.

„Mein Gott, Franz. Warum habe ich dieses Kind bekommen? Ich hätte es noch in meinem Bauch sterben lassen sollen."

„Hör auf damit! Ich gebe ja zu, dass Peter nicht gerade das Kind ist, von dem Eltern träumen. Aber er ist unser Sohn, Rosa. Ob du es nun willst oder nicht."

„Er ist dein Sohn", schrie sie ihn an. „Wie soll ein Kind, welches mit Gewalt gezeugt wurde, Liebe empfinden können oder Anteilnahme. Sag es mir!"

„Du gibst mir die Schuld. Glaubst du, ich weiß das nicht? Du denkst, es steckt in mir und Peter hat es geerbt. Aber das ist nicht so, Rosa. Ich bereue, was ich dir und Friedel angetan habe. Der Mensch, der das getan hat, war nicht ich. Du kennst mich doch. Hast du mich etwa jemals dabei gesehen, wie ich ein Tier gequält habe?"

Als Rosa daraufhin schwieg, schüttelte er den Kopf. Dann fasste er sie an den Schultern und zwang sie so, ihn anzusehen.

„Genauso gut könnte es an dir liegen. Du hast deinen Sohn nie geliebt, nicht einmal als er noch in deinem Bauch war. Wie sollte er sich zu einem mitfühlenden Menschen entwickeln, wenn er es selbst nie erfahren hat?“

„Vielleicht hast du recht“, gab Rosa leise zu. Plötzlich fühlte sie sich unsagbar müde. „Aber es ändert nichts daran, dass er nun so ist, wie er ist. Deine Mutter tut ihr Übriges. Wir müssen dafür sorgen, dass er der Scheune nicht zu nahe kommt, Franz. Was ist mit Kessler? Du hast erwähnt, dass er dich zum Untersturmführer machen will. Wirst du sein Angebot annehmen?“

„Nein, niemals. Ich könnte Rena nicht mehr in die Augen schauen.“

„Ich verstehe dich. Aber du weißt, dass es um mehr geht. Denk doch einmal weiter. Du wüsstest immer, was die Nazis planen und könntest Peter gleichzeitig in eins dieser Sommerlager schicken, von denen er so schwärmt. Schlag Kesslers Angebot nicht aus, Franz! Wir können nicht einfach so tun, als wäre die Gefahr nicht real.“

„Ich denke darüber nach, versprochen.“

„Danke. Ich werde heute Abend zur Scheune gehen. Soll ich Rena etwas ausrichten?“

Franz nickte. Am liebsten hätte er ihr vorgeschlagen, sie zu begleiten. Aber das war unmöglich. Einer von ihnen musste dafür sorgen, dass Mathilde und Peter nichts davon mitbekamen. Deshalb wechselten er und Rosa sich gemeinsam mit Friedrich ab.

„Nur, dass ich sie liebe“, sagte er leise.

Vier Monate später stand Franz kurz vor seiner Berufung zum Untersturmführer der SS. Kessler persönlich hatte ihn für diesen Rang vorgeschlagen, nachdem unzählige Männer an die Front einberufen worden waren.

Franz blieb keine andere Wahl, wenn er dieses Schicksal nicht teilen wollte. Doch das bedeutete auch, dass er sich zum Handlanger des Regimes machte. Er war nicht so naiv zu glauben, dass er tatenlos zuschauen konnte, während seine sogenannten Kameraden ihre Befehle ausführten. Einer davon war die Organisation des geplanten Transports, der heute Richtung Dachau gehen sollte, angeordnet durch den Gauleiter der NSDAP Pommern.

Franz stieg in den bereitstehenden Wagen und fuhr in die Stadt. Gleich würde er die Einzelheiten des Projekts, wie Kessler es nannte, erfahren. Bisher wusste er nur, dass man die verbliebenen Juden Stettins umsiedeln wollte.

Alles in seinem Inneren sträubte sich dagegen, bei dieser Aktion dabei zu sein. Allein der Gedanke, dass er unter dem Deckmantel der SS Rena und seine Tochter schützen konnte, beruhigte sein schlechtes Gewissen.

Dennoch hatte er Rena nichts von dem Transport erzählt. Wie hätte er ihr erklären sollen, dass er im Begriff stand, für ihr Leben andere zu opfern? Lediglich Rosa war eingeweiht. Natürlich hatte auch sie auf ihn eingeredet, sich nicht an der Vertreibung der Juden zu beteiligen. Letztendlich hatte aber auch sie eingesehen, dass Kessler ihm nur dann vertraute und von weiteren Durchsuchungen des Gutes absah.

Als er am Hauptquartier ankam, stand eine Hundertschaft der SA schon bereit. Auf ein Kommando hin stürmten sie los. Sie waren es gewohnt, Befehle zu befolgen, und die meisten von ihnen folgten gerne. Franz sah es in ihren zufriedenen und teilweise erwartungsvollen Gesichtern. Auch Kessler schien prächtiger Laune zu sein.

„Franz, da sind Sie ja endlich!“, rief er erfreut und kam auf ihn zu. „Ich hatte schon befürchtet, Sie könnten es sich anders überlegt haben.“

„Warum sollte ich?“, fragte Franz und bemühte sich um ein Lächeln.

„Ich weiß nicht."

Wieder traf ihn einer der misstrauischen Blicke Kesslers, die Franz bereits kannte. Obwohl er alles daransetzte, den Anschein zu erwecken, treu hinter Führer und Vaterland zu stehen, blieben bei Kessler Zweifel an seiner Gesinnung. Franz war sich dessen bewusst, hatte aber nicht den geringsten Schimmer, wie er sie aus dem Weg räumen konnte.

„Wann geht der Transport?", wich er aus.

„Das kann dauern." Kessler ließ seinen Blick über die Menge gleiten. „In ein paar Stunden vielleicht, möglicherweise erst morgen. Wir wollen sichergehen, auch die letzte Ratte erwischt zu haben. Aber spätestens morgen früh wird Stettin judenfrei sein."

In den nächsten Stunden trieb die Sturmabteilung Hunderte Männer, Frauen und Kinder zusammen, die sich ängstlich aneinanderklammerten. Wer zu langsam war oder Zeit damit verschwendete, einige Wertsachen einzupacken, wurde gnadenlos verprügelt. Franz hörte, wie Mütter nach ihren Kindern riefen, die erbärmlich schrien. Von irgendwoher ertönten vereinzelte Schüsse. Panik brach aus. Die Leute rannten vorwärts, ohne darauf zu achten, ob jemand stürzte und die eigenen Stiefel deren Körper trafen.

Irgendwann am späten Nachmittag fand sich Franz mit seinen Kameraden inmitten von Hunderten Juden am Bahnhof wieder. Die Uniformierten rissen den Menschen die Koffer und Taschen aus den Händen und warfen sie auf einen Haufen, der immer größer wurde. Es herrschte ein einziges Chaos. Doch bevor Franz sich einen Überblick verschaffen konnte, kam Kessler auf ihn zu.

„Ist das ein Spektakel?", fragte er belustigt.

Franz nickte. Er dachte an Rena, die nicht ahnte, was hier vorging. Im nächsten Moment hörte er einen alten Mann schreien.

„Ich besitze nichts, wirklich. Glauben Sie mir doch bitte!"

„Ihr Juden besitzt mehr als wir Deutschen“, brüllte ihn ein SS-Mann an. „Mach schon, raus damit! Wo hast du den Schmuck und das Geld versteckt, Alter?“

„Ich habe nichts“, wiederholte der alte Mann und sah flehend zu dem jungen Kerl auf, der dem Alter nach sein Enkel hätte sein können. „Bitteschön, lassen Sie mich einfach nur in den Zug.“

„Du besitzt also nichts?“

Sein Gegenüber grinste, während der alte Mann heftig nickte. Ein zaghaftes Lächeln machte sich in seinem Gesicht breit. Nur für Sekunden, dann prallte die Faust mitten hinein. Der Alte stürzte zu Boden. Eine Frau neben ihm begann laut zu jammern. Sie wollte ihm helfen, wurde jedoch grob zurückgestoßen.

„Wusste ich es doch“, hörte Franz den Mann sagen, der sich über den Alten beugte und in dessen blutige Mundhöhle griff. Franz, dessen Vorstellungskraft nicht ausreichte, um zu begreifen, was er vorhatte, starrte gebannt auf dessen Hand, die in diesem Augenblick einen Goldzahn hochhielt.

Kessler begann laut zu lachen. Franz hingegen wurde übel. Das blutige Gesicht des alten Mannes beschwor Bilder herauf, die er vergebens zu verdrängen versuchte. Krampfhaft bemühte er sich, den Würgereiz zu unterdrücken. Es gelang ihm nicht. Schnell lief er hinter eine Mauer des Bahnhofsgebäudes und übergab sich. Als er zu Kessler zurückkehrte, stand ihm kalter Schweiß auf der Stirn.

„Was ist los mit Ihnen, Franz?“

Kesslers Ton war plötzlich scharf geworden. Mit kalten Augen musterte er ihn. Franz spürte, wie er innerlich zu zittern begann. Er musste sich etwas überlegen, um Kesslers Misstrauen zu zerstreuen. Sofort.

„Sagen Sie nicht, Sie empfinden Mitgefühl für dieses Pack?“

„Das Essen“, keuchte Franz, dessen Magen erneut rebellierte. „Ich glaube, ich habe etwas Verdorbenes zu mir genommen."

„Dann kotzen Sie sich aus. Danach erwarte ich von Ihnen, dass Sie die Leute aussortieren. Alte und Kranke in den hinteren Teil des Zuges."

Kessler brach ab. Auf seinem Gesicht machte sich ein Grinsen breit.

„Warten Sie! Ich habe eine andere Aufgabe für Sie. Übernehmen Sie die Kinder. Die Bälger werden von ihren Müttern getrennt. Jeglicher Schmuck wird beschlagnahmt. Verstanden?"

„Schmuck?"

„Sie haben richtig gehört. Diese Juden behängen ihre Brut schon von klein auf mit Gold und Silber. Halsketten, Ohrringe, reißen sie alles ab, wenn nötig mitsamt den Ohren. Los! Fangen Sie an! Ich will heute Abend ins Theater. Bis dahin möchte ich, dass hier saubergemacht wurde."

Kessler drehte sich um und ging ins Bahnhofsgebäude. Franz hingegen blieb wie angewurzelt stehen. Was Kessler verlangte, überstieg seine Kräfte. Er konnte doch keine Kinder quälen, die in etwa im gleichen Alter waren wie Anna und Peter, viele sogar wesentlich jünger. Und was war mit den Säuglingen? Sollte er auch sie den Armen der Mütter entreißen?

Mit zusammengebissenen Zähnen nahm er den Kindern ihren Schmuck ab und scheuchte sie in die Waggons. Sie gehorchten und sahen ihn nur mit großen verängstigten Augen an. Franz wich diesen Blicken aus. Er wusste, dass ihm das Schlimmste noch bevorstand. Langsam näherte er sich einem Leiterwagen, auf dem man die Säuglinge abgelegt hatte. Etwa zwanzig Kleinkinder lagen wild durcheinander – wie Kornsäcke gestapelt auf der Ladefläche. Ihr Geschrei war jämmerlich und mitleiderregend. Doch davon war Kessler, der in diesem Moment zu ihm kam, weit entfernt.

„Fangen Sie an!", fuhr er einen älteren SA-Angehörigen an,

der sofort begann, zwei der Kleinen auf den Arm zu nehmen, um sie zum Zug zu bringen. Kessler stoppte ihn.

„Nicht in den Zug. Sie bleiben hier."

„Hier? Aber wohin soll ich sie bringen?"

„In eine bessere Welt."

Kessler lachte, während der Mann erst ihn ungläubig ansah und dann Franz einen fragenden Blick zuwarf. Doch der verstand genauso wenig. Im nächsten Moment packte Kessler die Kleinen. Zwei weitere Männer kamen hinzu. Sie wussten offenbar sofort, was zu tun war. Mit den Säuglingen im Arm liefen sie zu einer angrenzenden Mauer. Ohne zu zögern packten sie die schreienden Säuglinge an den Füßen und schmetterten deren Köpfe gegen die Steine.

„Gott steh mir bei", hörte Franz den Mann neben sich stammeln, während sein eigener Magen erneut rebellierte und er eines ganz sicher wusste: Heute, hier am Bahnhof, in diesem Moment, gab es keinen Gott.

„Was ist los, Franz? Haben Sie Ihre Gedärme immer noch nicht im Griff?"

Kessler bohrte seine Blicke in sein Gesicht, während die Männer die Türen der Waggons schlossen. Wieder schrien die Menschen darin auf, wieder flehten Mütter laut, ihnen ihre Kinder zu bringen.

„Musste das sein?", fragte Franz, der nicht fassen konnte, wie gelassen Kessler reagierte.

„Sie meinen die Brut? Das waren Juden, Franz. Ich gebe zu, es waren winzige Juden. Aber irgendwann wären sie groß geworden. Ich habe ihnen einen qualvollen Weg erspart."

Franz fehlten die Worte. Er wollte nur noch zurück auf das Gut. Die Sehnsucht, Rena und seine Tochter im Arm zu halten, wurde übermächtig in ihm. Er wusste, dass er keinen Trost finden würde für das, was eben geschehen war. Und doch hoffte er, den Aufruhr in seinem Inneren zur Ruhe zu bringen, bevor er etwas Unüberlegtes tat.

„Dann kann ich jetzt gehen?", fragte er. „Ich muss aufs Gut zurück, es wartet Arbeit auf mich."

„Gehen Sie nur, der Zug wird auch ohne Sie fahren."

Kessler nickte ihm zu. Daraufhin drehte sich Franz um und wollte den Bahnsteig gerade verlassen, als Kessler ihn noch einmal beim Namen rief.

„Franz?"

„Ja, was gibt es noch?"

„Nichts Wichtiges, ich hatte nur vergessen zu erwähnen, dass natürlich auch Gut Lichtenfels durchsucht wird. Die Männer dürften dort aber bald fertig sein. Schließlich haben Sie ja nichts zu verbergen."

Es begann bereits zu dunkeln, als die Autos auf den Hof fuhren. Rosa, die Franz erwartete, der immer noch nicht zurückgekehrt war, lief zum Fenster. Von dort aus sah sie, wie die Männer von den Wagen sprangen. Sie hielten Taschenlampen in den Händen, die sie nun über das Anwesen streifen ließen. Die Hunde, die sie mitführten, bellten aufgeregt.

Im ersten Moment glaubte sie, es könne Franz sein, der von seinen Kameraden zurückgefahren wurde. Vielleicht war es auch nur die Hoffnung in ihr, dass es sich nicht um das handelte, was sie befürchtete. Doch so sehr ihre Augen auch nach ihm suchten, sie konnte ihn nicht finden. Vorsichtig öffnete sie einen Flügel des Fensters und lauschte.

„Fangt im Haus an!", hörte sie. „Sucht jeden Winkel ab!"

Rosa begann zu zittern. Ihre Hoffnung zerschlug sich. Unfähig sich zu bewegen, beobachtete sie, wie die Männer in den Trakt der Bediensteten eindrangen. Es dauerte nicht einmal zehn Minuten, bis sie sämtliches Personal auf dem Hof zusammengetrieben hatten. Unter ihnen auch Friedrich und Greta, die wild schimpfte.

„Was soll das?“, schrie sie die Männer an. „Was haben Sie hier zu suchen?“

Rosa hielt den Atem an. Die Köchin hatte gerade die Frage gestellt, deren Antwort auch sie brennend interessierte. Es geschah nicht zum ersten Mal, dass der Hof durchsucht wurde, und sie wusste, dass sie nicht die Einzigen waren. Auch ihre Eltern hatten davon gesprochen und sich darüber empört.

„Was wir suchen? Juden natürlich, was sonst?“, kam die Antwort. „Stettin wird judenfrei gemacht.“

„Hier werden Sie wohl kaum welche finden.“

Die Tür des Gutshauses öffnete sich und Mathilde trat heraus. Sie musste den Lärm bis in den Salon gehört haben, in dem Rosa sie sah, bevor sie ihre Räume aufgesucht hatte.

„Guten Abend, Frau von Lichtenfels.“

Der Anführer der Gruppe nickte ihr höflich zu. Mathilde war trotz ihres Hochmutes immer noch eine beeindruckende Erscheinung, wie sie dastand mit erhobenem Kopf, die Lippen herablassend verzogen. Vielleicht auch gerade deswegen, dachte Rosa, die endlich aus ihrer Erstarrung erwachte.

„Wir haben den Befehl, Ihren Grund und Boden abzusuchen. Die Stadt wurde heute von sämtlichen Juden gesäubert. Es wäre möglich, dass einige davon im Vorfeld geflüchtet sind. Es wird nicht lange dauern. Sobald wir uns überzeugt haben, dass sich keiner von dem Pack bei Ihnen versteckt, verschwinden wir.“

„Also gut.“ Mathilde nickte. „Allerdings verlange ich, dass ich in meinen Räumen nicht gestört werde.“

„Tut mir leid. Wir müssen …“

„Sie glauben doch nicht, dass ich Juden bei mir verstecke?“, fiel Mathilde dem jungen Mann ins Wort. Rosa sah, wie ihre Schwiegermutter angewidert den Mund verzog.

„Natürlich nicht“, erwiderte der Mann daraufhin. „Wir werden Sie nicht belästigen.“

Er drehte sich zu seinen Männern um.

„Macht bei den Ställen weiter!“

Rosa schloss das Fenster. Fieberhaft überlegte sie, was sie tun sollte. Abwarten, bis Franz endlich auftauchte, und hoffen, dass niemand auf die Idee kam, in dem angrenzenden Wald zu suchen, wo sich die alte Scheune befand? Oder sollte sie lieber loslaufen, um Nelly und die anderen zu warnen? Beides konnte gefährlich sein. Wenn sie sich jedoch für Letzteres entschied, musste sie es schnell tun. Noch waren die Männer in den Stallungen beschäftigt. Danach würden sie vermutlich das Haus durchsuchen. Vielleicht blieb ihr dadurch eine Stunde Zeit, möglicherweise auch weniger.

Wenn Franz doch nur käme, dachte sie verzweifelt, während sie sich einen dunklen Mantel überwarf. Sie hatte Angst. Diese Angst nahm sie völlig in Besitz, sodass sie befürchtete, ihre Beine könnten unter ihr versagen. Nur der Gedanke an Nelly ließ sie ihre Beherrschung aufrechterhalten. Vorsichtig setzte sie einen Fuß vor den anderen, um bloß kein Geräusch zu verursachen. Sie atmete auf, als sie endlich das Fußende der Treppe erreicht hatte. Jetzt musste sie nur noch wenige Meter gehen, dann konnte sie durch den Hinterausgang in den Garten flüchten.

„Mutter!“

Rosa erschrak. Ruckartig drehte sie sich um.

„Peter? Was tust du denn hier?“

Der Junge sah sie mit völlig emotionsloser Miene an.

„Dasselbe wollte ich dich gerade fragen.“

„Ich hatte vor, frische Luft zu schnappen. Warum bist du nicht in deinem Zimmer? Und weshalb trägst du die Uniform?“

„Das Gut wird gerade durchsucht. Hast du denn gar nichts davon mitbekommen?“

„Nein, ich war ja nicht auf dem Hof.“

„Seltsam.“

Er kniff die Augen zusammen. Rosa wusste, dass er ihr kein

Wort glaubte. Sie spürte, wie ihr Tränen in die Augen stiegen. Vor ihr stand ihr eigener Sohn und sie fürchtete sich vor ihm.

„Geh in dein Zimmer, Peter!“, verlangte sie streng. „Du hast da draußen nichts verloren.“

„Machst du dir etwa Sorgen um mich?“

Die Frage kam unerwartet und hatte einen ungewöhnlich emotionalen Klang. Als würde ihr Sohn etwas bei ihr suchen, von dem er hoffte, es zu finden, aber dennoch daran zweifelte. Zum ersten Mal seit Jahren fühlte Rosa einen Hauch von Zuneigung für ihr Kind. Für einen kurzen Moment dachte sie sogar darüber nach, ihn in die Arme zu nehmen. Doch ihr fehlte die Zeit. Sie musste zu Nelly, deren Leben auf dem Spiel stand.

„Nein, Peter“, sagte sie deshalb. „Weshalb auch? Ich möchte nur nicht, dass du so spät noch draußen herumstreunst. Geh nach oben! Ich sehe später noch einmal nach dir.“

Im Garten angekommen, atmete sie tief die frische Luft ein. Sie hörte, wie die Hunde nahe den Stallungen bellten. Kommandos wurden gerufen. Eine Tür schlug zu. Die Männer führten ihre Befehle aus. Rosa warf einen flehenden Blick in den Himmel, in dem gerade der Mond aufging. Dann rannte sie los.

Zur gleichen Zeit raste Franz in seinem Wagen in Richtung Gut Lichtenfels. Voller Panik trat er das Gaspedal durch. Dabei fluchte er laut über Kessler, der ihm absichtlich verheimlicht hatte, dass sein Gutshof durchsucht wurde. Er musste nur an dessen zufriedenes Grinsen denken, als er ihn davon unterrichtet hatte. Sein Bauchgefühl hatte ihn die ganze Zeit über nicht getrogen. Kessler misstraute ihm seit dem Tag, an dem er Franz mit Friedel und Rena auf der Straße vor der Näherei gesehen hatte. Allerdings hatte Franz nicht einmal für einen winzigen Moment damit gerechnet, dass er so weit gehen würde, das Gut hinter seinem Rücken absuchen zu lassen.

Franz nahm die letzte Kurve. Schon aus der Entfernung sah

er, dass der Hof beleuchtet war. Im Haus brannten sämtliche Lichter, was bedeutete, dass sich die SA gerade die Räumlichkeiten vornahm. Er bremste ab, bis der Wagen in einem abgelegenen Seitenweg zum Stehen kam. Obwohl ihm die Zeit davonlief, versuchte er, seine Gedanken zu ordnen.

Wenn er jetzt auf den Hof fuhr, würde er die ganze Zeit über beobachtet werden. Die Männer der Sturmabteilung gingen aber davon aus, dass er sich in der Stadt aufhielt. Für ihn gab es kaum einen Zweifel daran, dass Kessler sie informiert und alles im Voraus geplant hatte. Blieb die Frage offen, ob irgendjemand von der Scheune im Wald wusste.

Franz überlegte hin und her, bis er zu dem Entschluss kam, dieses Risiko nicht eingehen zu können. Er musste Rena und die anderen warnen und im Wald verstecken, bis im Gut wieder Ruhe eingekehrt war. Danach konnten sie entscheiden, wie es in Zukunft weitergehen sollte. Jetzt, in diesem Moment, war es nur wichtig, rechtzeitig zur Scheune zu kommen, bevor es die Männer taten.

Beinahe lautlos schlich sich Franz durch das Gelände. Um den Hof machte er einen Bogen. Dennoch wehte der Abendwind das Gebell der Hunde und vereinzelte Rufe zu ihm rüber. Franz fluchte leise. An Hunde hatte er nicht gedacht. Er konnte nur beten, dass die nicht seine Witterung aufnahmen. So schnell es ihm möglich war, kämpfte er sich durch die Büsche, bis er die Umrisse der Scheune endlich vor sich sah. Erst dann kehrte er auf den Weg zurück und lief noch schneller. Im nächsten Moment hörte er Schritte.

Er blieb stehen und lauschte. Das Geräusch verstummte. Hatte er sich geirrt und ihm die Sorge um Rena und seine Tochter einen Streich gespielt? Er horchte noch einmal in die Nacht. Doch mehr als das leise Rauschen der Fichten drang nicht an sein Ohr.

Langsam ging er weiter und erreichte die ersten Bäume, als er mit jemandem zusammenprallte. Der Körper vor ihm sackte zu Boden, rappelte sich aber augenblicklich wieder auf.

„Franz! Hast du mich erschreckt.“

Rosa blies geräuschvoll den Atem aus. Trotz der Dunkelheit erkannte Franz die Erleichterung in ihrem Gesicht. Er reichte ihr die Hand und zog sie zu sich nach oben.

„Du bist also auch der Meinung, dass sie die Scheune finden könnten?“

„Ich weiß es nicht. Aber sie führen Hunde mit sich und als du nicht kamst, bin ich auf eigene Faust los, um Nelly und die anderen zu warnen. Warst du auf dem Hof?“

„Nein, ich bin auf direktem Weg hierher. Ich weiß von Kessler, dass er die SA zu uns geschickt hat. Dieses Schwein hat mich den ganzen Tag im Ungewissen gelassen.“

„Wundert dich das? Er hat ...“ Rosa brach ab und horchte. „Was war das?“

„Ich höre nichts.“

Sie lauschten gemeinsam, bis Franz mit den Schultern zuckte.

„Wahrscheinlich ein Fuchs, der durchs Unterholz schleicht. Komm! Lass uns gehen. Wir müssen uns beeilen.“

Franz ging Rosa voraus zur Scheune. Leise öffnete er die Tür. Die kleine Scheune war leer, sah man von den Strohballen ab, die ordentlich übereinandergehäuft waren.

„Ihr könnt rauskommen. Wir sind es“, rief Rosa, woraufhin Rena, Nelly, Anna und der Rest der Familien aus ihren Verstecken krochen. Die Angst stand ihnen ins Gesicht geschrieben. Jeder der Anwesenden wusste, dass Franz und Rosa nicht zufällig vorbeigekommen waren.

„Was ist passiert?“, fragte Nelly und stürzte zu Rosa, die sie in den Arm nahm.

„Die Nazis durchsuchen das Gut. Ihr seid hier nicht sicher.“

„Warum eigentlich nicht?“, fragte Franz. Hätte er die

Scheune durchsuchen müssen, er hätte niemals vermutet, dass sie sich hinter dem Stroh verbargen.

„Und was ist mit den Hunden?“, gab Rosa zu bedenken.

„Wer sagt denn, dass sie überhaupt zur Scheune kommen?“, mischte sich nun auch Rena ein, die Anna an sich drückte. Das Mädchen klammerte sich verängstigt an ihr fest. Hinter ihr stand Helene, nicht minder besorgt. Stillschweigend hatte sie die Strapazen in den vergangenen Wochen über sich ergehen lassen. Doch nun deutete alles darauf hin, dass sie einem Zusammenbruch nahe war. Sie zitterte, ihre Augen flackerten nervös.

Im nächsten Moment wurde die Scheunentür erneut geöffnet. Rosa schrie auf, während Franz wie zu Stein erstarrt zum Eingang blickte.

„Peter!“, rief er erleichtert und gleichzeitig überrascht, als sein Sohn eintrat. „Was machst du hier?“

Der Junge sagte kein Wort. Sein Blick wanderte über die Flüchtlinge. Nichts in seinem Gesicht ließ erkennen, ob er sich der Tragweite der Situation bewusst war. Dann drehte er sich um und rannte davon.

In der Scheune brach Panik aus. Während Franz Rosa einzureden versuchte, dass von ihrem Sohn sicher keine Gefahr ausginge, war die völlig anderer Meinung. Der Junge hatte Anna mit diesem seltsamen Blick angesehen, der sie frösteln ließ. Rosa war sich nicht sicher, ob er ahnte, dass Franz Annas Vater war. Vielleicht hatte Mathilde ihren Enkel längst darüber aufgeklärt. Das würde zumindest erklären, warum Peter Renas Tochter so hasste. Er würde sich die Gelegenheit nicht entgehen lassen, die Nazis auf ihre Spur zu hetzen. Für sie gab es keinen Zweifel daran.

„Ihr müsst fort von hier“, sagte sie, ohne Franz’ Beschwichtigungsversuche gelten zu lassen. „Es wird nicht lange dauern, bis Peter die Nazis zur Scheune führt. Noch könnt ihr euch einen kleinen Vorsprung sichern. Aber ihr müsst euch beeilen, schnell!"

„Aber wohin?", rief Nelly. „Und was wird aus dir?"

„Das spielt jetzt keine Rolle. Macht schon, nehmt eure Sachen."

„Nein, ich gehe nicht ohne dich."

Nelly begann zu schluchzen. Viel zu laut für Rosas Empfinden, die jede Sekunde damit rechnete, dass die Hunde zu bellen begannen. Verzweifelt packte sie ihre Freundin an den Schultern.

„Wir sehen uns wieder, Nelly. Versprochen! Und nun lauft, bevor es zu spät ist."

Rosa atmete auf, als Nelly endlich zum Ausgang der Scheune ging. Von dort warf sie einen letzten traurigen Blick zurück. Rosa sah ihre Tränen. Dann nahm ihr Bruder sie an die Hand und führte sie in den Wald.

Unterdessen umarmte Rena ihre Mutter, die mit den Kräften völlig am Ende schien. Die Frauen flüsterten etwas, Helene weinte, bevor sie sich umdrehte und den anderen folgte. Erstaunt sah Rosa, wie Anna ihr nachwinkte.

„Was habt ihr vor?", fragte sie Franz. „Warum geht Rena nicht mit ihrer Mutter?"

„Weil es besser ist, wenn sie sich trennen. Dann können die Hunde ihre Spuren nicht gleichzeitig verfolgen. Ich bringe Rena und Anna zu meinem Wagen. Vielleicht verschwindet die Horde ja wieder, wenn sie die Scheune verlassen vorfindet."

„Was?" Rosa schüttelte ungläubig den Kopf. „Das glaubst du doch selbst nicht. Wenn Peter ihnen erst erzählt hat, dass wir in der Scheune Juden verstecken, werden sie nichts unversucht lassen, sie zu finden."

„Ja, vielleicht, aber bis dahin haben sie einen Vorsprung."

Franz wich dem Blick seiner Frau aus. Rosa hingegen dämmerte so langsam, was er vorhatte. Er wollte Rena und seine Tochter retten, und vermutlich würde ihm das sogar gelingen. Was aus Nelly, Aaron und Helene wurde, war ihm völlig egal.

„Warum hast du den anderen nicht auch von dem Wagen erzählt?“, schrie sie ihn an. „Kann es sein, dass du nur Renas und Annas Haut retten willst? Bist du deshalb zur Scheune gegangen? Hättest du Nelly überhaupt gewarnt, oder wolltest du nur die beiden holen?“

„Natürlich hätte ich das“, rechtfertigte sich Franz. Allerdings hörte sich seine Stimme nicht halb so überzeugend an, wie Rosa es erhoffte. Im Gegenteil, sie bemerkte, dass sie leicht zitterte. Damit räumte Franz auch die letzten Zweifel in ihr aus.

„Du lügst, Franz.“

Rosa bemerkte kaum, wie ihr die Tränen über die Wangen liefen. Sie war wütend auf ihren Mann, aber noch mehr auf sich selbst. Warum hatte sie ihm vertraut? Franz hatte in der Vergangenheit doch bewiesen, dass es ihm nur um Rena ging. Dennoch traf sie die Enttäuschung mit voller Wucht und raubte ihr fast den Atem.

„Du hattest nicht vor, auch nur einen da drin auf die Gefahr hinzuweisen. Du wolltest Anna und deine geliebte Rena in Sicherheit bringen. Inzwischen bin ich mir nicht einmal sicher, ob du es nicht selbst warst, der den Nazis einen Hinweis gab.“

„Nein, Rosa! Was redest du da? Warum sollte ich das tun?“

„Weil Kessler dir dann nicht länger misstrauen und dich und das Gut in Ruhe lassen würde.“

„Rosa, bitte!“ Rena kam zu ihr und suchte ihre Hände. „Du kennst Franz doch. So etwas würde er niemals tun.“

„Ja, ich kenne ihn.“ Rosa lachte hart auf. In ihrem Blick lag Enttäuschung, aber auch Ekel, wie Franz feststellte. „Aber kennst du ihn auch?“

Bevor Rena fragen konnte, was Rosa damit meinte, hörten sie Hundegebell, welches unaufhaltsam näher kam. Franz nahm Rena am Arm und griff mit der freien Hand nach Anna.

„Schnell, wir müssen verschwinden. Sie kommen.“

Sie schafften es gerade noch rechtzeitig, sich hinter ein paar Fichten zu verstecken. Von dort aus warf Rosa einen Blick zurück und sah, wie die SA sich vor der Scheune sammelte. Doch sie waren nicht allein. Zwischen ihnen liefen mit gesenkten Köpfen Helene, Nelly und deren Bruder. Sie hatten es nicht einmal aus dem Wald geschafft und waren offensichtlich direkt in die Arme ihrer Peiniger gelaufen.

Rosa schlug sich entsetzt die Hand vor den Mund, um nicht laut loszuschreien, während Franz die Frauen verzweifelt anflehte, endlich mit ihm zu kommen. Sie war sich sicher, dass er sofort die Flucht ergriffen hätte, wäre es nur um sie gegangen. Doch auch Rena blieb wie angewurzelt stehen.

„Was passiert gerade?“, flüsterte sie Rosa zu.

„Nichts“, wehrte Franz ab. „Die Männer haben die Scheune entdeckt. Komm mit mir, Rena!“

„Rosa?“

Offenbar glaubte Rena ihm nicht. Sie tastete nach Rosas Körper. Als sie ihn nicht fand, ließ sie ihren Arm nach unten sacken.

„Sie haben deine Mutter“, antwortete Rosa in diesem Moment. „Sie haben alle drei.“

Stille breitete sich aus. Nun bat auch Franz nicht mehr, dass sie ihm folgen sollten.

„Rein da mit euch!“, schallte eine fordernde Stimme zu ihnen herüber. Aus ihrem Versteck heraus beobachteten sie, wie die Gefangenen zurück in die Scheune gestoßen wurden, während einer der Männer die Tür verriegelte.

„Sie nehmen sie nicht mit“, flüsterte Rosa. „Sie sperren sie nur ein. Vielleicht können wir sie später befreien.“

Ein weiterer Befehl machte ihre Hoffnung jedoch augenblicklich zunichte.

„Zündet den Schuppen an!“, hörte sie und erstarrte. Das konnte dieser Mann nicht ernst gemeint haben, schoss es ihr durch den Kopf. Er wollte den Gefangenen nur Angst bereiten, sie quälen. Franz selbst war es gewesen, der von dem Transport erzählt hatte. Dorthin mussten sie Nelly bringen. Wahrscheinlich ging dieser Transport in eines der Lager, von denen sie gehört hatte. Das Wenige, das man darüber erfuhr, hörte sich schrecklich an. Aber es war immer noch besser, als im Feuer zu sterben. Nelly würde zumindest am Leben bleiben.

Die Fackel in der Hand des Befehlsempfängers sprach hingegen eine andere Sprache.

„Unternimm etwas, Franz!“, bat sie ihren Mann entsetzt. „Du musst sie aufhalten!“

„Wir können nichts für sie tun“, antwortete er tonlos. „Es ist zu spät.“

„Nein, das ist es nicht, du Feigling“, schrie sie ungeachtet dessen, dass man sie hören konnte. „Wir können doch nicht zusehen, wie sie am lebendigen Leib verbrannt werden.“

Als Franz schwieg, schüttelte sie den Kopf. Gleichgültigkeit ihm gegenüber machte sich in ihr breit. Er war ein elender Feigling, er war es immer gewesen. Sie hätte es schon erkennen müssen, als er sich seinen Eltern gebeugt und sie geheiratet hatte.

„Du kannst dabei zusehen, nicht wahr? So wie du Friedel den Schädel einschlagen konntest. Was bist du nur für ein Mensch?“

Rosa stand auf und lief zur Lichtung vor der Scheune. Als die Männer sie bemerkten, lachte der Anführer von ihnen, als hätte er sie erwartet. In dieser Sekunde wusste Rosa, dass Peter ihnen die genaue Anzahl der Personen genannt hatte, die er in der Scheune gesehen hatte. Sie ahnten nicht, dass die Gutsherrin persönlich vor ihnen stand. Vielleicht hielten sie sie für Rena. Rosa war es gleichgültig.

„Gütiger Gott“, stöhnte Franz, als er sah, dass Rosa auf die

Männer zuging. „Sie ist völlig verrückt geworden. Was tut sie da?"

Franz beobachtete, wie Rosa die Männer anbettelte, das Feuer zu löschen. Sie schrie und weinte. Sie warf sich sogar auf den Boden und flehte sie an. Aber alles, was man für sie übrig hatte, war ein müdes Lächeln. Daraufhin lief sie selbst zur Scheune und löste den Riegel. Sofort schlug ihr Rauch entgegen. Sie begann zu husten.

In diesem Moment hörte man die Schreie. Qualvolles Rufen um Hilfe, welches nur vom lauten Knistern der Flammen gestört wurde. Franz sah, wie seine Frau die Augen aufriss und völlig hysterisch zu schreien begann.

„Nelly! Nelly, wo bist du?"

Tatsächlich kam ihre Freundin auf sie zugestolpert. Die Frauen fielen sich in die Arme, während das Feuer in immer rasanterem Tempo wütete. Rosa küsste ihre Freundin und drückte sie an sich.

„Ich liebe dich", sagte sie. „Ich liebe dich, Nelly."

„Ihr liebt euch also." Der offensichtliche Befehlshaber der Gruppe schritt auf die Frauen zu. In seinem Gesicht lag Abscheu. „Das ist widerlich, ihr Huren. Aber wenn ihr nicht ohne einander leben könnt, werde ich euch nicht im Wege stehen. In der Scheune könnt ihr euch küssen und herzen, solange euch heiß ist."

Er gab dem Paar einen Stoß. Nelly stürzte nach hinten. Sofort war Rosa bei ihr und beugte sich über sie. Der Mann hingegen ging zurück zur Gruppe, die dem Geschehen zum Teil unbeeindruckt, teilweise aber auch entsetzt mit den Blicken folgte.

„Schließt die Tür!", befahl er. „Macht schon! Ich kann diesen Abschaum nicht länger ertragen."

Als keiner seiner Aufforderung nachkam, stemmte er seine Arme in die Hüften.

„Was? Ist niemand bereit, diesem abartigen Treiben ein Ende zu setzen?“

„Ich werde es tun.“

Franz keuchte auf, als er sah, dass Peter hervortrat. Er wirkte emotionslos, fast gleichgültig. Der Gedanke, dass sich seine eigene Mutter in der brennenden Scheune befand, schien ihn nicht zu erschrecken. Im Gegenteil, Franz glaubte, Genugtuung in seinem Gesicht zu erkennen.

„Nein, bitte nicht!“, hörte er Anna leise neben sich weinen. Sie zitterte am ganzen Körper.

„Sieh nicht hin!“, forderte Franz sie auf. „Er wird das nicht tun.“

Franz irrte sich. Peter verriegelte ohne zu zögern das Tor. Währenddessen klammerte sich Rena an Franz und fragte, was passierte. Sie hatte natürlich gehört, was der Mann verlangte, und auch Peters Stimme erkannt. Aber ohne sehen zu können, konnte sie die Tragweite des Geschehens nicht begreifen.

„Kommt, wir müssen hier endlich verschwinden, bevor es zu spät ist“, wich Franz ihrer Frage aus. Er spürte, wie der Brechreiz vom Morgen zurückkehrte. Es fehlte nicht viel und er hätte sich übergeben. Um eben das zu vermeiden, musste er das Geschehen vor sich ausblenden. Er durfte nicht darüber nachdenken, dass sein Sohn seine Mutter tötete. Er durfte es nicht.

Wieder zog Franz an Renas Arm, doch die schüttelte ihn energisch ab.

„Ich gehe mit dir, Franz“, sagte sie leise. „Aber erst, wenn du mir schwörst, dass Rosa gelogen und du Friedel nicht umgebracht hast.“

Franz zuckte zusammen. Hatte er eben noch Mitleid für seine Ehefrau empfunden, verfluchte er sie nun im Stillen. Wenn sie unbedingt mit ihrer geliebten Nelly sterben wollte, warum hatte sie dann nicht den Mund gehalten? Warum musste sie Friedel erwähnen? Damit würde sie sich selbst über ihren Tod hinaus noch zwischen Rena und ihn drängen.

„Ich werde es dir in Ruhe erklären", versicherte er ihr. „Wenn wir in Sicherheit sind. Bitte, Rena! Wenn wir ..."

„Hör auf! Sag mir einfach die Wahrheit! Es ist nur ein Wort, Franz. Hast du meinen Mann auf dem Gewissen?"

„Ja."

Franz nickte. Sämtliche Farbe war aus seinem Gesicht gewichen. Hilflos hockte er hinter dem Baum und versuchte zu begreifen, was gerade geschah. Er war doch aufs Gut zurückgekehrt, um Rena und seine Tochter vor den Nazis zu retten. Stattdessen musste er zusehen, wie seine Frau sich mit ihrer Geliebten verbrennen ließ, von seinem eigenen Sohn. Und als ob das nicht ungeheuerlich genug wäre, hatte Rosa auch noch sein Geheimnis offenbart. Wie sollte er Rena jetzt noch überzeugen, sich von ihm beschützen zu lassen. Sie würde ihm nie wieder vertrauen.

„Geh!", hörte er neben sich. „Verschwinde, Franz. Ich will dich nie wiedersehen."

Franz schüttelte seinen Kopf. Er hatte mit dieser Reaktion gerechnet. Schließlich kannte er Rena. Er hatte sie belogen, die ganze Zeit über. Sie jetzt um Verzeihung zu bitten, wäre sinnlos.

„Denk an Anna", bat er deshalb. „Lass mich euch in Sicherheit bringen. Wenn du dann immer noch darauf bestehst, verschwinde ich aus eurem Leben."

„Es ist zu spät", antwortete Rena leise. „Komm, Anna!"

Sie stand auf und ging vorwärts, während das Mädchen Franz fragend ansah. Anna hatte Angst, er erkannte es in ihren Augen. Beruhigend strich er ihr übers Haar.

„Warte hier, versteck dich!", flüsterte er ihr zu, bevor er Rena folgte, die blind über das unebene Gelände stolperte. Zu Franz' Entsetzen in die völlig falsche Richtung. Nur noch wenige Meter und sie würde den Männern der Sturmabteilung gegenüberstehen. Er musste sie einholen, bevor sie in ihr Verderben lief. Leider blieb er ausgerechnet in diesem Moment mit dem Fuß an einer Wurzel hängen. Er strauchelte und knallte der Länge nach hin.

„Na, wen haben wir denn da?“, hörte er, als er sich aufrappelte. Ein Blick in Richtung der Lichtung genügte, um zu erkennen, dass er Rena nicht mehr helfen konnte. Sie wurde umringt von den Männern und war völlig orientierungslos.

„Wo kommst du her?“, wurde sie gefragt. Rena gab keine Antwort. Sie schien erst jetzt zu begreifen, in welch aussichtslose Lage sie sich gebracht hatte.

„Rede! Und sieh mich an!“, brüllte der Befehlshaber sie an.

„Sie ist blind“, mischte sich in dem Augenblick Peter ein. Franz atmete auf. Wenn sein Sohn Rücksicht auf Renas Erblindung nahm, würden die Männer es vielleicht auch tun. Vorsichtig bewegte er sich rückwärts, um zu Anna zu gelangen. Das Mädchen schaute völlig verstört zu seiner Mutter hin. Seine Augen waren weit aufgerissen. Franz bemerkte gerade noch rechtzeitig, dass es sich bereitmachte, zu ihr zu laufen.

„Nicht, Anna!“ Er hielt sie am Arm fest. „Wir können ihr nicht helfen. Zumindest im Moment nicht. Wir müssen jetzt abwarten, hörst du?“

Anna nickte und sah mit schmerzerfülltem Blick zu ihm auf. Franz brach es das Herz, seine Tochter so leiden zu sehen. Doch noch hoffte er auf einen gütlichen Ausgang der Situation. Die Scheune war inzwischen fast abgebrannt. Sie konnten Rena dementsprechend nicht dem gleichen Schicksal aussetzen wie den anderen. Möglicherweise gelang es ihr sogar, die Männer davon zu überzeugen, dass sie nicht dazugehörte.

„Wer bist du?“, wurde sie erneut befragt. Der Anführer der Gruppe schien sich tatsächlich plötzlich unsicher zu sein. „Warst du in der Scheune versteckt?“

Rena schüttelte ihren Kopf.

„Bist du nur blind oder auch stumm? Antworte gefälligst!“

„Ich war nicht in der Scheune. Ich lebe auf dem Hof."

„Du bist also eine Bedienstete?"

„Ja, ich bin Schneiderin."

„Schneiderin?"

Der Mann zuckte mit den Schultern. Dann wandte er sich an Peter, der mit starrer Miene hinter ihm stand.

„Sagt sie die Wahrheit? Du kennst eure Leute doch."

„Ja, sie ist die Schneiderin", antwortete der Junge. Franz hatte das Gefühl, er nahm ihm damit eine zentnerschwere Last von der Brust. Er dankte Gott dafür. Und er würde seinem Sohn danken, nahm er sich vor. Rosa hatte ihn verkannt, er war ein lieber Junge, wenn er das auch nicht immer zeigen konnte. Stolz sah Franz zu ihm hin und bemerkte nicht, dass Peter plötzlich lächelte.

„Und sie ist Jüdin", fügte er hinzu. „Eine dreckige, verlogene Jüdin."

Angespannt saß Franz am nächsten Morgen in Kesslers Büro. Hinter ihm lag eine rasante Fahrt vom Gut in die Stadt. Nicht die erste, die er seit dem vergangenen Abend hinter sich gebracht hatte.

Nachdem Rena verhaftet worden war, hatte Franz seine Tochter bei Greta untergebracht, die nicht fassen konnte, was passiert war. Erschüttert hatte die Köchin das Mädchen in die Arme genommen. Dabei kannte sie noch nicht einmal die furchtbaren Details. Aber Franz fehlte die Zeit für lange Erklärungen. Er hatte sich unverzüglich auf den Weg in die Stadt gemacht. Er wollte Kessler sprechen, ihm die Situation erklären und erfahren, wohin man Rena brachte.

Leider war der Leiter der politischen Abteilung nicht aufzufinden gewesen, weder im Quartier noch in seinem Zuhause. Dessen Ehefrau hatte Franz lediglich mitgeteilt, dass ihr Mann aufgrund dringlicher Angelegenheiten noch einmal zum Quartier hatte fahren wollen, nachdem er einen Anruf erhalten hatte.

Daraufhin war Franz zum Gut zurückgekehrt. Doch seine Vermutung, Kessler könnte sich dort blicken lassen, wurde enttäuscht. Er wartete Stunde für Stunde, dann fuhr er erneut in die Stadt, wieder ohne Erfolg.

Erst in den frühen Morgenstunden war ihm ein Wagen auf der einzigen Straße zum Gut entgegengekommen. Als Franz abgebremst hatte, erkannte er einen Kameraden, der sein Auto ebenfalls stoppte. Er hatte Franz mitgeteilt, dass Kessler ihn in seinem Büro erwartete.

Und da saß er nun und wartete. Doch Kessler ließ sich Zeit. Als er eine halbe Stunde später endlich den Raum betrat, war Franz mit seinen Nerven am Ende. Dennoch bemerkte er, dass auch Kessler ungewohnt nervös wirkte. Er versuchte es jedoch zu überspielen, indem er sich Franz mit versteinerter Miene gegenübersetzte. Heute bot er ihm keinen Schnaps an, aber damit hatte Franz auch am wenigsten gerechnet.

„Was ist mit der Schneiderin unseres Gutshofs passiert?“, fragte er ohne Umschweife.

„Sie reden von der Jüdin, Franz? Warum interessiert Sie, was aus ihr wurde?“

„Es handelt sich um eine Angestellte.“

Franz konnte nicht verhindern, dass sich kleine Schweißperlen auf seiner Stirn sammelten. Kessler bemerkte sie natürlich.

„Hören Sie zu, es wäre lächerlich, wenn wir um den heißen Brei herumreden. Ich komme eben von meinem Vorgesetzten. Er hat mir unmissverständlich klargemacht, dass dieser Vorfall Konsequenzen für Sie nach sich ziehen wird. Sie haben auf Ihrem Gut Juden versteckt. Wollen Sie das etwa leugnen?“

„Nein.“

Franz bemerkte recht schnell, dass er nicht einmal den

Versuch starten musste, Kessler von seiner Unschuld zu überzeugen. Der glaubte ihm kein Wort. Aber auch er hielt einen Trumpf im Ärmel und er wusste, dass genau das Kessler beunruhigte.

„Haben Sie den Befehl gegeben, die Scheune abzubrennen?", fragte er und bemerkte zufrieden, wie Kesslers Fassade zu bröckeln begann. Er fühlte sich unwohl, das war nicht zu übersehen.

„Die Sturmabteilung, der ich befohlen habe, das Gut abzusuchen, hat eigenmächtig gehandelt. Von einem Feuer war nie die Rede."

„Vier Menschen sind in der Scheune verbrannt."

„Was nach meinem Empfinden zu entschuldigen ist. Schließlich handelte es sich um Juden."

„Nicht nur, unter den Opfern befindet sich auch Rosa von Lichtenfels, meine Frau. Sie wurde durch Ihre Männer ermordet."

„Meine Männer?" Kessler lachte auf. „Meine Güte, Franz, Sie müssten sich hören. Bis vor Kurzem waren das Ihre Kameraden. Haben Sie nicht hier in diesem Büro geschworen, hinter Führer und Vaterland zu stehen? Seien Sie ehrlich. Sie haben diese Jüdin in ihr Bett gezerrt, sie hat Ihnen den Kopf verdreht. Würde es nicht gegen die Rassengesetze verstoßen, könnte ich Sie vielleicht sogar verstehen. Aber was glauben Sie, wird die Gestapo davon halten?"

„Dann gehen wir gemeinsam unter", antwortete Franz selbstsicher. Er wusste, dass auch Kessler einem Problem gegenüberstand, aus dem er keinen Ausweg sah. Wenn Franz den Mord an Rosa anzeigte, konnte es ihn seinen Posten kosten, wenn nicht noch schlimmer.

„Sie können nichts beweisen", antwortete Kessler kalt. Doch seine Augen flackerten unruhig.

„Sie irren sich. Es gibt Zeugen."

Franz zuckte mit den Schultern. Seine Behauptung stand

auf wackligen Beinen, das war ihm bewusst. Kein deutsches Gericht würde einem jüdischen Mädchen Glauben schenken. Anna würde nicht einmal bis zum Gericht gelangen, sondern vorher auf einen Transport geschickt werden. Dennoch musste er es versuchen. Eine andere Möglichkeit blieb ihm nicht.

Er atmete innerlich auf, als er beobachtete, wie Kessler sich die Krawatte lockerte, um besser Luft zu bekommen.

„Was schlagen Sie vor?“, fragte er dann.

„Einen Handel“, kam die Antwort ohne zu zögern. „Einen Handel, der für beide Seiten von Vorteil ist.

„Reden Sie!“

„Sie sehen davon ab, mich der Gestapo zu melden. Dafür werde ich den Tod meiner Frau als Unfall hinstellen. Und ich möchte erfahren, wohin Rena Schuhmann gebracht wurde.“

„Diese Auskunft kann ich Ihnen leider nicht geben. Die Jüdin sitzt in einem Transport in irgendein KZ. Dachau, Buchenwald bei Weimar, Bergen Belsen, ich weiß es nicht. Was den anderen Teil Ihres Handels betrifft, bin ich bereit, darüber nachzudenken.“

„Nein, Sie entscheiden sich sofort, oder Sie vergessen meinen Vorschlag.“

„Also gut, ich verzichte darauf, Sie zu melden. Doch was die Konsequenzen angeht, die von oben kommen, kann ich nichts für Sie tun. Auf dem Gut waren Juden versteckt, ob nun durch Ihre Hilfe oder nicht. In meiner Aktentasche steckt das Dokument Ihrer Versetzung, Franz. Ab sofort sind Sie der Lager-SS Dachau unterstellt.“

9

Konzentrationslager Lublin-Majdanek 1943

„Mein Name ist Franz von Lichtenfels. Ich habe als Unterscharführer im Arbeitslager Buchenwald gearbeitet. Auf eigenen Wunsch wurde ich zu Ihnen versetzt."

„Auf eigenen Wunsch also", wiederholte der Lagerkommandant und sah sich die Papiere an, die Franz auf den Tisch gelegt hatte. „Sie haben sich in den letzten zwei Jahren ziemlich oft auf eigenen Wunsch versetzen lassen", stellte er fest.

„Ich möchte dazulernen, jedes Lager ist anders aufgebaut", antwortete Franz unbeeindruckt. Er war längst an diese Fragen gewöhnt. Es gelang ihm sogar, ein Lächeln aufzusetzen.

„Ich hoffe, Sie können Verstärkung gebrauchen."

„Damit liegen Sie goldrichtig." Das Misstrauen im Gesicht des Kommandanten verschwand. Er reichte Franz die Hand und schüttelte sie. „Gäbe es mehr Männer wie Sie, hätten wir dieses Judenpack wahrscheinlich längst ausgerottet. Herzlich willkommen in Lublin."

„Danke, Herr Kommandant."

Franz bemühte sich, ein zufriedenes Gesicht vorzutäuschen, doch seine Lippen waren krampfhaft zusammengepresst. Die abwertenden Worte seines Gegenübers trafen ihn auch nach all der Zeit noch. Dabei hatte er wahrlich genug gesehen, um zu wissen, dass sie harmlos waren gegen die Taten, die ihnen folgten.

Irgendwann hatte er aufgehört zu zählen, wie viele Häftlinge er in den Tod begleitet hatte. Sie waren zu Nummern geworden, namenlose, schemenhafte Gestalten, die ihrem Schicksal entgegensahen. Nur Rena blieb für ihn Wirklichkeit. Nur wegen ihr wechselte er die Lager, wenn er auch ahnte, dass seine Suche aussichtslos war.

Genauso gut konnte sie längst tot sein, verhungert, erschlagen oder vergast. Franz konnte nicht einmal ausschließen, ob es nicht sogar vor seinen Augen geschehen war. Es waren zu viele, um den Überblick zu behalten, und fast unmöglich, zufällig ein bekanntes Gesicht unter all den kurz geschorenen Häuptern zu erkennen.

Deshalb hatte Franz nach seiner Arbeit unermüdlich Akten durchgesehen. Eingänge und Ausgänge, Todesopfer, Krankenlisten. Berge von Akten, die er ungeachtet der verwunderten Blicke der anderen oft bis in die Nacht studierte. Nie war er auf Renas Namen gestoßen und die Wahrscheinlichkeit, dass er ausgerechnet hier fündig wurde, war mehr als gering.

Dennoch wollte er nicht aufgeben. Die Suche nach ihr war zu seinem Lebensinhalt geworden. Zweimal im Jahr fuhr er aufs Gut, um seine Tochter zu sehen, die bei Friedrich und Greta aufwuchs. Peter war inzwischen nach Berlin verschwunden, in den Brennpunkt von Hitlers Macht, wie Mathilde Franz stolz mitgeteilt hatte. Der Junge hatte sich nicht einmal von ihm verabschiedet. Franz war es gleichgültig. Es erleichterte ihn vielmehr, dass dadurch keine Gefahr mehr von Peter für Anna ausging.

„Dann zeige ich Ihnen mal, wo Sie wohnen werden", riss ihn der Kommandant aus seinen Gedanken. Nach einer kurzen Konversation, bei der es um Hitler, Deutschland und den Krieg ging, führte er ihn zu einem Gebäude, in dem die Lager-SS untergebracht war. Es unterschied sich kaum von denen der letzten zwei Jahre. Ähnlich verhielt es sich mit dem Lager.

Als Franz am Fenster seiner Stube stand, ließ er seinen Blick über den Appellplatz gleiten, auf dem sich gerade die ankommenden Arbeitskolonnen formierten. Ausgemergelte Gestalten in gestreiften Drillichen, die es gewohnt waren, den Befehlen zu folgen.

Regungslos beobachtete er, wie immer wieder Körper zusammensackten und auf dem kalten Schotter liegen blieben. Er kannte diese Tortur. Sie konnte stundenlang andauern, oft bis in die Nacht. Natürliche Auslese hatten sie es in Buchenwald genannt. Alte, Kranke und nicht arbeitstaugliche Häftlinge wurden so aussortiert, ohne sich die Hände schmutzig machen zu müssen.

Franz verscheuchte den Gedanken, der sich ihm aufdrängte. Und doch hatte er sich in seinem Kopf eingebrannt, seit er zum ersten Mal durch eins der Lagertore geschritten war und ihm bewusst wurde, dass er die Hölle betrat.

In welche Kategorie würde wohl eine blinde Jüdin fallen?

Drei Wochen später war Franz gerade auf dem Weg zur Kommandantur, als ihn unerwartet ein Schäferhund ansprang und sich in seiner Uniformhose festbiss. Franz trat nach ihm, doch der Hund kämpfte weiter, bis ein Kamerad ihn am Halsband packte und wegzerrte.

„Das ist Artus", klärte er Franz auf. „Er muss dich mit

einem Juden verwechselt haben. Der Köter ist auf sie abgerichtet."

Der Mann lachte. Franz hingegen sagte kein Wort und besah sich das Loch in seiner Hose. Der Hunde hatte einen ganzen Stofffetzen herausgerissen. Zum Glück war sein Bein bis auf ein paar Kratzer verschont geblieben.

„Du kannst die Hose Helga mitgeben. Die kümmert sich darum."

„Helga?"

„Die Aufseherin mit diesem scharfen Blick. So eine Große, Dürre. Sie schafft die Wäsche in die Näherei. Morgen hast du deine Hose zurück."

„Welche Näherei?"

Franz horchte auf. Erinnerungen wurden wach. Wehmütig dachte er an den Tag zurück, als er mit dem abgerissenen Knopf in der Hand in Renas Laden gestanden hatte.

„Du wirst dich schon noch zurechtfinden bei uns", versprach ihm unterdessen der Kamerad. „Es gibt hier ziemlich alles, einen Friseur, sogar ein Bordell und eben auch die Näherei. Und jetzt halte dich fest. Dort arbeitet eine Blinde."

Franz stockte der Atem. Doch noch befürchtete er, sich verhört zu haben. Ungläubig starrte er den Mann an. Als der es bemerkte, grinste er.

„Du glaubst mir nicht? Dann geh selber hin. Es ist tatsächlich so. Diese Jüdin kann besser nähen als jede andere. Ansonsten wäre sie wohl längst selektiert worden. Aber die Frau des Kommandanten hat einen Narren an ihr gefressen und lässt sich ihre gesamte Garderobe von ihr fertigen."

„Danke", presste Franz hervor und versuchte krampfhaft, sich zusammenzureißen, was ihm nur schwerlich gelang. Für ihn gab es keinen Zweifel, dass er Rena gefunden hatte. Zwei Jahre hatte er nach ihr gesucht. Zwei lange Jahre, in denen er in Ungewissheit gelebt hatte. Umso schwerer fiel es ihm nun zu realisieren, dass er tatsächlich am Ziel war.

„Wir sehen uns später."

Franz versuchte, so unbefangen wie möglich zu wirken. Plötzlich hatte er das Gefühl, dass jeder sehen müsste, wie aufgewühlt er war. Doch sein Kamerad war weit davon entfernt, ihm gegenüber misstrauisch zu sein. Schließlich konnte er nicht einmal erahnen, aus welchen Beweggründen Franz seine Versetzung in dieses Lager beantragt hatte. Nach einem kurzen Gruß ging er weiter. An seiner Hand hielt er den Hund, der aufgrund des straffen Zugs am Halsband wütend bellte.

Franz hingegen suchte seine Stube auf. Bevor er in die Näherei ging, musste er die Kontrolle über sich zurückerlangen. Niemand durfte bemerken, dass er wegen Rena hier war. Deshalb musste er sich auch überlegen, wie er reagieren sollte, wenn sie ihn erkannte. Eine unüberlegte Reaktion konnte alles kaputtmachen. Umso wichtiger war es, jedes mögliche Detail zu durchdenken, wenn es ihn auch mit aller Macht drängte, zu ihr zu gehen.

Er wartete bis in die frühen Abendstunden. Normalerweise versammelte sich die Lager-SS dann zum Abendessen und später im lagereigenen Salon. Auch er war einige Male dort gewesen. Doch schnell waren ihm die Geschichten über nach Luft ringende Juden, die in den Gaskammern um ihr Leben kämpften, zu viel geworden. Die schlechten Witze seiner neuen Kameraden zerrten an seinen Nerven, sodass er nach zwei Gläsern Bier wieder verschwunden war und sich lieber in seiner kleinen Stube aufhielt.

Franz nahm die kaputte Hose und machte sich auf den Weg. Sein Herz klopfte so laut, dass er befürchtete, die Männer, die zum Essen an ihm vorübergingen, könnten es hören. Doch die nickten ihm nur kurz zu und beachteten ihn nicht weiter. Ohne aufgehalten zu werden, kam er wenig später vor der Näherei an.

Er zögerte und holte tief Luft. Gleich würde er der Frau, die er noch immer liebte, gegenüberstehen – vorausgesetzt sie arbeitete. Aber wie würde sie reagieren? Würde sie glücklich sein, ihn wiederzusehen. Oder besaßen ihre letzten Worte noch immer Gültigkeit?

Franz hatte keine Ahnung. Er würde es nur herausfinden, wenn er jetzt durch diese Tür ginge. Seine Hand drückte die Klinke herunter. Im gleichen Moment öffnete sich die Tür und Helga trat heraus. Franz war ihr bisher nur einmal begegnet, doch er hatte bei einem Gespräch im Salon mitbekommen, dass sie zu den brutalsten Aufseherinnen gezählt wurde. Wenn er dem Gehörten Glauben schenken konnte, fand sie Gefallen daran, die weiblichen Häftlinge völlig nackt über den Appellplatz laufen zu lassen, auch bei klirrender Kälte, während sie den Blicken ihrer Bewacher ausgesetzt waren.

Ihm gegenüber setzte sie jedoch ein freundliches Lächeln auf, sodass es Franz schwerfiel, diesen Geschichten zu glauben. Allerdings hatte ihn die Erfahrung gelehrt, dass selbst hinter den nettesten Fassaden häufig die größten Sadisten lauerten.

„Kann ich Ihnen helfen?“, fragte sie Franz. „Sie sind neu hier, nicht wahr?“

„Danke, inzwischen habe ich mich eingelebt. Ich möchte nur eine Hose reparieren lassen.“

„Ich kann das gerne für Sie übernehmen.“

Bevor Franz reagieren konnte, nahm sie ihm die Hose ab und besah sich den Schaden.

„War es der Hund?“

„Ja, der Köter hat sich festgebissen.“ Franz nahm ihr die Hose ab. „Vielen Dank für Ihr Angebot, aber ich bin es gewohnt, meine Angelegenheiten selbst zu regeln.“

„Wie Sie wollen.“

Das Lächeln im Gesicht der Aufseherin verschwand. Nachdem sie Franz abschätzend von Kopf bis Fuß gemustert hatte, zuckte sie die Schultern, bevor sie sich umdrehte und ging. Franz schaute ihr nach und sah, dass sie die Baracken ansteuerte. Sie würde sich vermutlich ein Opfer suchen, an dem sie ihren Ärger über seine Abfuhr auslassen konnte.

Er öffnete die Tür. Doch anstatt Rena an der Nähmaschine zu entdecken, türmte sich vor ihm ein riesiger Wäscheberg auf. Nie zuvor hatte Franz eine solche Unmenge an Kleidung gesehen. Der Stapel aus Mänteln, Jacken, Kleidern und Hosen reichte fast bis an die Decke.

„Haben Sie etwas vergessen?"

Franz zuckte zusammen, als er Renas vertraute Stimme hörte. Langsam ging er weiter und sah eine dünne Gestalt an einer alten Nähmaschine im hinteren Teil des Raumes sitzen. Seine Augen suchten weiter nach Rena, doch er fand sie nicht, bis ihm bewusst wurde, dass sie diese dünne Gestalt war, die nun den Kopf hob.

Franz schluckte. Seine Kehle fühlte sich wie zugeschnürt an, während sich seine Hände um die zerrissene Hose klammerten.

Rena war kaum wiederzuerkennen. Sie hatte stark an Gewicht verloren, was die sowieso schon schlanke Frau dürr und ausgemergelt aussehen ließ. Ihr Gesicht war grau und eingefallen. Unter ihren blinden Augen, die in tiefen Höhlen lagen, glänzten dunkle Ringe.

Was Franz jedoch am meisten entsetzte, war ihr kahl geschorener Kopf. Obwohl er in den vergangenen zwei Jahren unzählige davon gesehen hatte und wusste, dass das Scheren des Haares gleich nach der Ankunft im Lager vorgenommen wurde, hatte er diese demütigende Prozedur dummerweise nie mit Rena in Verbindung gebracht. In seinen Träumen hatte er sie schön wie früher gesehen, mit ihrem dunklen, seidigen Haar, welches ihr anmutiges Gesicht umrahmte.

Franz riss sich zusammen. Ihr erschreckendes Aussehen änderte nichts an seinen Gefühlen und der Freude, die er in diesem Augenblick empfand. Zum ersten Mal seit Monaten dachte Franz an Rosa und ihre Worte, die sie vor einer Ewigkeit zu ihm auf der Lichtung gesagt hatte.

„Wenn man liebt, dann sollte man es aus vollstem Herzen tun, unabhängig von gesellschaftlichem Stand, Ansehen und Besitz. Ein Gefühl fragt nicht danach. Wenn du es nicht tust, ist deine Liebe nicht echt. Dann vergiss Rena!“

Rosa hatte recht behalten. Franz bedauerte ihren Tod und auch, dass er nicht öfter auf sie gehört hatte. Seine Frau hatte immer gewusst, was wahre Liebe bedeutete. Sie war Nelly sogar in den Tod gefolgt. Franz vermisste sie.

„Ich würde mir gerne eine Hose reparieren lassen“, sagte er mit belegter Stimme und ging lächelnd auf Rena zu. Nun trennten sie nur noch wenige Meter.

„Eine Hose also?“, fragte Rena und arbeitete unbeirrt weiter. Doch Franz sah, wie ihre Finger zu zittern begannen, als sie den Stoff unter der Nadel durchschoben. Sie hatte seine Stimme erkannt.

„Wenn ich störe, komme ich später wieder.“

Franz lächelte. Die Situation glich der ihres ersten Treffens fast bis ins Detail, sie wussten es beide. Dabei wollte Franz Rena nur in den Arm nehmen, sie an sich drücken und ihr sagen, dass er sie eine furchtbar lange Zeit gesucht hatte, weil er sie liebte. Und doch standen ihm ihre letzten Worte im Weg. Rena hatte im Wald vor der Scheune gesagt, dass sie ihn nie mehr wiedersehen wollte.

„Franz, was machst du hier? Wie kommst du in dieses Lager?“

Rena stoppte die Maschine. Still saß sie da, ihre Hände auf die dünnen Oberschenkel gelegt.

„Ich wollte dich finden."

„Was heißt das? Du konntest nicht wissen, wo ich bin."

„Das stimmt, es ist nicht das erste Lager, in dem ich nach dir suche."

Rena nickte. Aus ihren Augen liefen Tränen. Franz sah, wie ihre Brust bebte. Er hielt es nicht länger aus. Ungestüm zog er sie nach oben und nahm sie in die Arme. Rena ließ es, am ganzen Körper zitternd, geschehen.

„Wie geht es Anna?", fragte sie. Franz hörte die Angst mitschwingen. „Ist sie am Leben?"

„Ja, Rena, unsere Tochter ist ziemlich groß geworden. Sie lebt auf dem Gut. Greta und Friedrich kümmern sich um sie, als wäre es ihre Tochter. Trotzdem vermisst sie dich natürlich. Sie ist dir wie aus dem Gesicht geschnitten."

„Du glaubst nicht, wie froh mich das macht. Schlimmer als die täglichen Schikanen, der Hunger und der Verlust der Freiheit war die Ungewissheit, der Gedanke, dass ihr etwas zugestoßen sein könnte. Was ist mit deiner Mutter? Es fällt mir schwer zu glauben, dass sie Anna auf dem Gut duldet."

„Mutter ist nach Hamburg zu ihrer Schwester gezogen und Peter in Berlin. Ich habe Friedrich zum Verwalter gemacht. Trotz seines Alters hat er alles im Griff. Du kannst also unbesorgt sein. Anna wird unbeschwert aufwachsen."

„Danke, Franz." Rena atmete schwer, bevor sie ihn von sich schob. „Es ist besser, du gehst jetzt. Wenn einer der Aufseher dich hier sieht, kann das unangenehme Folgen haben. Sie haben ihre Augen überall."

„Erst nachdem du mir gesagt hast, wie ich dir helfen kann, Rena."

„Das kann niemand, Franz." Rena schüttelte traurig ihren Kopf. „Die Frau des Kommandanten ist gestern bei einem Verkehrsunfall ums Leben gekommen. Sie war es, die mich bis heute vor dem Tod bewahrt hat. Wie du sicher weißt, gehört eine blinde Jüdin nicht zu den lebenswerten Geschöpfen."

„Was willst du damit sagen?"

„Dass du keinen Tag zu früh gekommen bist. Helga war eben nur bei mir, um mir persönlich mitzuteilen, dass in den nächsten Tagen ein Transport geht. Mein Name steht auf der Liste. Offensichtlich werden meine Dienste nicht länger benötigt."

„Nein." Franz schüttelte ungläubig den Kopf. „Das ist nicht wahr, Rena. So grausam kann das Schicksal nicht sein. Ich habe dich gerade erst gefunden."

„Und mir damit die Last von den Schultern genommen, Franz. Ich danke dir von ganzem Herzen. Ich wusste, dass der Tag kommen würde, an dem ich an der Reihe sein werde. Mit der Gewissheit, dass Anna eine Zukunft hat, wird es mir leichter fallen."

„Sag so etwas nicht. Auch wir haben eine Zukunft. Du wirst nicht auf diesen Transport gehen, dafür sorge ich. Und wenn es das Letzte ist, was ich tue."

„Es ehrt dich, Franz, und es beweist, dass deine Liebe zu mir ehrlich ist. Ich gebe zu, ich habe oft daran gezweifelt, wenn ich nachts auf der Pritsche lag und an Rosa dachte. Ich kann dir nicht verzeihen, was du Friedel angetan hast, Franz. Aber ich kann trotz allem meine Gefühle nicht verleugnen."

Sie brach ab. Ihr Kopf richtete sich dem Kleiderberg zu, als könne sie ihn sehen.

„Weißt du, woher diese Sachen kommen?"

Franz antwortete nicht.

„Es ist das Letzte, was sie getragen haben, bevor sie von den Nazis ermordet wurden. So viele Kleidungsstücke, Franz. So viele Schuhe. Es sind Hunderte Kinderschuhe darunter. Manchmal, wenn ich nachts wach liege, frage ich mich, was die Menschen dazu sagen werden, wenn das alles vorüber ist. Keiner von ihnen wird es glauben können. Und weißt du, warum? Weil die Vorstellung, dass Menschen das anderen Menschen antun könnten, zu grausam wäre."

Rena schüttelte ihren Kopf.

„Irgendwann musst du unserer Tochter diesen Ort zeigen, Franz, so wie andere Eltern ihn ihren Kindern zeigen müssen."

~

Noch am gleichen Abend machte sich Franz auf die Suche nach dem Lagerkommandanten. Er fand ihn im Salon, wo er vor einem Glas Bier saß und vor sich hinstarrte. Die Trauer um seine Frau war ihm ins Gesicht geschrieben und normalerweise hätte Franz ihn in diesem Moment nicht gestört. Doch die Situation erforderte es. Er konnte keine Rücksicht nehmen.

„Mein aufrichtiges Beileid", sagte er und setzte sich zu ihm. „Ich habe es gerade erfahren."

„Danke, Franz." Der Kommandant sah nicht auf. Stattdessen nahm er das Glas und leerte es in einem Zug. Danach bestellte er sich ein neues.

„Entschuldigen Sie, ich wollte nicht stören."

Franz tat, als wolle er gehen. Dabei hoffte er inbrünstig, der Kommandant würde ihn aufhalten. Und tatsächlich hob der endlich den Kopf.

„Bleiben Sie! Trinken Sie ein Bier mit mir!"

„Ich weiß nicht, vielleicht sollten Sie ..."

„Unsinn", fiel ihm der Lagerkommandant ins Wort. „Ich will nicht allein sein, wenn Sie das meinen. Das werde ich von nun an oft genug."

„Es tut mir leid." Franz setzte sich zurück auf den Stuhl. „Ich weiß, wie Sie sich fühlen. Ich habe meine Frau ebenfalls bei einem Unfall verloren."

„Das wusste ich gar nicht."

„Ich rede nicht gern darüber."

„Wer tut das schon? Meine Frau trug nicht einmal die Schuld. Ein betrunkener Oberscharführer hat ihren Wagen gerammt und die Böschung hinabgeschoben. Sie brach sich beim Aufprall das Genick."

Franz antwortete nicht. Er ließ den Kommandanten reden, aus dem es plötzlich heraussprudelte.

„Wissen Sie, Franz. Als ich die Kommandantur des Lagers übernahm, war mir klar, dass wir Menschen töten. Ich habe in viele Gesichter geschaut, die wussten, dass ihre letzte Stunde geschlagen hat. Für mich waren sie namenlos. Ich bekam Befehle und ich führte sie aus."

Er brach ab und starrte in sein Glas.

„Und jetzt? Was fühlen Sie jetzt?"

„Jetzt frage ich mich, ob diese Menschen nicht auch Ehemänner oder Töchter und Söhne besitzen, die um sie trauern. Verstehen Sie mich nicht falsch. Mir ist bewusst, dass die Juden ein Übel sind, welches ausgerottet werden muss. Ich stehe loyal zum Führer. Und trotzdem sind es irgendwie Menschen, oder nicht?"

„Lassen Sie das lieber niemandem hören", antwortete Franz, der noch nicht sicher war, ob der Kommandant es ehrlich meinte oder nur zu viel getrunken hatte.

„Sie behalten das doch für sich, Franz?"

Der Kommandant war sichtlich erschrocken. Er atmete auf, als Franz ihm beruhigend auf die Schulter klopfte.

„Natürlich, was denken Sie von mir? Darf ich Sie auch etwas fragen?"

„Was immer Sie wollen."

„Ich habe gehört, dass ein Transport geplant ist. Der Name einer früheren Bekannten steht darauf."

„Der Transport geht morgen früh. Was ist das für eine Bekannte?"

„Morgen früh?" Franz erschrak. Doch er fing sich schnell. „Sie war die Schneiderin meiner Frau."

„Jüdin?"

„Ja."

„Dann war sie auch die Schneiderin meiner Frau. Tut mir leid, Franz. Theresa hatte einen Narren an ihr gefressen. Sie mochte diese Rena richtig und schwärmte von ihrem Talent. Gerade deshalb kann ich ihren Anblick nicht länger ertragen. Ich habe sie auf die Liste gesetzt. Allerdings kann ich das jederzeit rückgängig machen, wenn Ihnen so viel daran liegt."

„Würden Sie das tun?"

Franz konnte sein Glück kaum fassen. Im Stillen beglückwünschte er sich, den Kommandanten aufgesucht zu haben. Schon morgen früh wäre es zu spät gewesen.

„Warum nicht? Mir ist es im Grunde genommen gleichgültig, wen ich nach Auschwitz schicke. Hauptsache der Zug ist voll."

„Mir würde tatsächlich viel daran liegen. Nur der Erinnerungen an meiner Frau wegen."

„Gut, trinken wir darauf."

Der Kommandant hob sein Glas. Franz stieß nur allzu gern mit ihm an. Er fühlte sich plötzlich leicht und befreit. Dazu kam das wohlige Gefühl, welches der Alkohol in seinem Körper auslöste.

Als er Stunden später den Salon verließ, torkelte er. Zu dem Bier war schnell Schnaps hinzugekommen. Der Kommandant hatte sogar gelacht, nachdem er zwischendurch um seine Frau geweint hatte. Zum Schluss hatte er Franz umarmt und ihm noch einmal versprochen, die Liste zu ändern. Franz vertraute ihm und pfiff ein Lied vor sich hin, während er seine Stube aufsuchte.

Am nächsten Morgen wachte er mit Kopfschmerzen und einem faden Geschmack im Mund auf. Er stöhnte, als er versuchte, sich aufzurichten. Vage erinnerte er sich, wie er mit dem Kommandanten ein Bier nach dem anderen gekippt und der ihm ein Versprechen gegeben hatte.

Er stand auf und ging zum Fenster. Der Morgen zeigte sich grau und trübe. Über Nacht war Nebel aufgezogen und tauchte das Lager in dichte Dampfschwaden. Dennoch herrschte ungewohnt reger Betrieb. Franz hörte Pfiffe. Jemand schrie einen Befehl über den Platz. Hunde bellten.

Der Transport, schoss es ihm in den Kopf. Er musste zu Rena und sich davon überzeugen, dass sie unversehrt in der Näherei arbeitete.

Trotz seines Unwohlseins stand er auf und schlüpfte in die Uniform. Dann machte er sich auf direktem Weg ins Lagerinnere. Schon von Weitem sah er, wie sich ein Zug von Häftlingen langsam auf das Tor des Lagers zubewegte. Das Klacken ihrer Holzpantinen klang wie ein trauriger Chor. Franz blieb stehen und ließ die Leute an sich vorüberziehen. Er schaute in jedes einzelne Gesicht und atmete auf, als er Renas nicht fand.

„Na, wieder nüchtern?", fragte ihn einer der Aufseher am Ende des Zugs und grinste.

„Nicht wirklich", gab Franz freundlich zurück und verdrehte die Augen.

„Dem Kommandanten geht es nicht viel besser. Er hat sich krankgemeldet. Waren wohl ein paar Bier zu viel?"

„Kann gut sein."

Franz zog die Stirn in Falten, während er nachdachte. Der Kommandant hatte sich freigenommen. Aber Rena war nicht bei den zum Tod geweihten Häftlingen. Hieß das, er hatte die Liste für den Transport noch am Abend geändert oder jemand anderen damit beauftragt?

„Geht's dir gut?", hörte er neben sich.

„Ja", antwortete er schnell. „Mir geht es gut, sehr gut sogar."

Franz nickte. Letztendlich konnte es ihm doch völlig egal sein, wer Renas Namen gestrichen hatte. Hauptsache sie blieb im Lager. Irgendwie würde es ihm schon gelingen, ihr Leben etwas erträglicher zu machen. Wichtig war nur, dass sie zusammen waren.

„Was ist das?", fragte er. Plötzlich schallte Gesang zu ihnen herüber. Helle, klare Kinder- und Frauenstimmen, fast zu schön für diesen düsteren Ort, dachte Franz.

„Das sind die Selektierten", antwortete der Mann und schaute zurück zu den Baracken. Inzwischen hatte der Zug das Tor passiert und zog weiter Richtung Bahnhof. Dann machte er kehrt, um den Häftlingen zu folgen.

„Warte!" Franz hielt ihn am Arm fest. „Was geschieht mit den Selektierten?"

„Müsstest du das nicht von den anderen Lagern kennen? Sie gehen in die Öfen, schau!"

Er zeigte über die Dächer der Baracken hinweg zu einem riesigen Schornstein, aus dem Rauch quoll. „Es wird nicht lange dauern, man hat schon vorgeheizt."

Franz spürte, wie ihm übel wurde. So sehr er sich auch anstrengte, es gelang ihm nicht, diese Übelkeit zu unterdrücken. Ein Würgen drang aus seiner Kehle. Dann erbrach er sich knapp neben die Stiefel des Kameraden.

„Beim nächsten Mal trink etwas weniger", sagte der, lachte spöttisch und verschwand. Franz hingegen begann zu laufen. Er konnte nicht sagen, was ihn antrieb. Schließlich hatte er das Versprechen vom Kommandanten. Aber da war auch diese Ahnung, die ihm die Luft nahm. Er würde erst beruhigt sein, wenn er Rena in den Armen hielt.

Es war natürlich Helga, die die Häftlinge auf dem Weg zum Krematorium bewachte. Als Franz zu ihr trat, ignorierte sie ihn. Sie hatte seine Abfuhr vom Vortag also nicht vergessen. Doch darauf konnte er in diesem Moment keine Rücksicht nehmen. Panisch glitt sein Blick über die Frauen und Kinder, die vor seinen Augen dem Tod entgegenliefen.

„Sagen Sie mir, ob die Schneiderin dabei ist", verlangte er von Helga. „Der Kommandant hat sie von der Liste gestrichen."

„Nicht von dieser", kam die spröde Antwort. Als sich in diesem Moment ein Mädchen von der Hand seiner Mutter löste und den Weg verließ, schlug sie mit der Gerte auf die Kleine ein.

„Was heißt das, nicht von dieser? Ist Rena Schulz unter diesen Häftlingen?“

„Natürlich ist sie das. Die Frau ist blind und außer der Kommandeuse hat sie kaum jemand gebraucht. Es gibt genug Frauen, die nähen können und nicht blind sind. Ihre Zeit ist abgelaufen.“

Franz hatte genug gehört und wusste, dass von der Aufseherin keine Hilfe zu erwarten war. Panisch suchte er die Reihen ab. Er musste Rena finden und sie vor den Öfen beschützen. Er würde nicht zulassen, dass man sie in den Tod schickte. Er brauchte nur einen Aufschub. Dann konnte er noch einmal mit dem Kommandanten reden.

„Rena“, rief er, als er sie endlich entdeckte. Eingekeilt zwischen zwei anderen Frauen stolperte sie auf das Krematorium zu. Franz erschrak, als er ihr Gesicht sah, das unter Blutergüssen und Schwellungen kaum wiederzuerkennen war. Mit leerem Blick folgte sie ihren Begleitern. Eine der Aufseherinnen stieß ihr den Schaft der Reitgerte in den Rücken. Der Drillich färbte sich an dieser Stelle bereits rot vom Blut. Franz blieb die Luft weg. Entsetzt riss er der Frau die Gerte aus der Hand.

„Was tun Sie da?“, schrie er sie an.

„Einen Befehl ausführen“, kam es ungerührt zurück. Bevor Franz ihr antworten konnte, kam der Zug vor dem Krematorium zum Stehen. Die Häftlinge der ersten drei Reihen wurden in das Gebäude geführt. Dann schloss sich die Tür.

„Hier liegt ein Missverständnis vor“, wandte er sich erneut an die Aufseherin, die offenbar das Kommando hatte. „Diese Frau dort gehört nicht zu den Selektierten.“

Er zeigte auf Rena.

„Das kann ich mir kaum vorstellen.“

Sie nahm ihre Liste und verglich Renas Nummer mit denen, die darauf standen.

„Sie irren sich. Sie ist dabei."

„Nein, schauen Sie noch einmal!", flehte Franz. „Das kann nicht sein."

„Was soll das Theater eigentlich? Warum liegt Ihnen so viel daran, diese Sara zu retten?"

„Mir geht es nur um die Bürokratie. Es soll doch alles seine Ordnung haben."

„Wenn es das ist, kann ich Sie beruhigen. Ihr Name steht auf der Liste, ganz deutlich geschrieben. War es das?"

Die Tür öffnete sich erneut. Franz' Herz begann zu rasen. Verzweifelt durchbrach er die Reihen, bis er bei Rena ankam. Ungeachtet dessen, welche Konsequenzen sein Verhalten nach sich ziehen würde, nahm er sie in den Arm. Sie schluchzte auf, als sie ihn erkannte. Zitternd lagen sie sich in den Armen.

„Was ist los, Franz?", fragte sie ihn. „Wohin bringen Sie uns?"

„Aus dem Lager, Rena", log Franz, dem inzwischen Tränen über die Wangen liefen. Er kam zu spät, er wusste es. Alles, was er jetzt noch für sie tun konnte, war, sie vor der grausamen Realität zu schonen.

„Ihr werdet umgesiedelt", flüsterte er ihr zu. „Alles wird gut, hörst du? Ich liebe dich."

„Das genügt!" Plötzlich stand Helga neben ihnen. Mit angewidertem Gesicht sah sie Franz an und schüttelte den Kopf. „Beendet dieses Theater!", schrie sie den Männern am Eingang des Krematoriums wütend zu.

„Keine Angst", sagte er zu Rena. „Ich bin bei dir."

Rena nickte. Sie standen nun direkt vor dem geöffneten Tor. Franz spürte die Hitze, die aus dem Gebäude wich. Keiner der anderen Aufseher nahm Notiz davon. Routiniert drängten sie die Frauen und Kinder ins Gebäude.

Er sah, wie Helga einem kleinen Mädchen übers Haar

strich und ihm zulächelte. Franz, der den Anblick nicht ertragen konnte, starrte hoch in den wolkenverhangenen Himmel.

„Warum ist es so heiß?“, fragte Rena. Franz’ Kehle schnürte sich zu. Nur mühsam brachte er die Worte heraus.

„Es ist die Sonne, Rena. Die Frühlingssonne. Sie glüht heute regelrecht.“

„Ich wünschte, ich könnte sie sehen, Franz, nur ein einziges Mal.“

Als er seinen Blick senkte, schloss sich die Tür hinter Rena.

Printed in Poland
by Amazon Fulfillment
Poland Sp. z o.o., Wrocław

61164907R00169